南 英男

夜の罠 捜査前線

実業之日本社

実業之日本社文庫

目次

第一章　謎の狙撃　7
第二章　偽装工作　82
第三章　殺人容疑　155
第四章　逃亡刑事　220
第五章　隠蔽《いんぺい》の綻《ほころ》び　285

夜の罠　捜査前線

第一章　謎の狙撃

1

もう限界だ。
膀胱《ぼうこう》が破裂しそうだった。周《まわ》りに人の姿は見当たらない。ついに堪《こら》えきれなくなった。
有働力哉《うどうりきや》は放尿しはじめた。
立ち小便だった。新宿区歌舞伎町《かぶきちょう》二丁目の裏通りである。あたりは真っ暗だった。
十月上旬の夜だ。十一時を回っていた。近くにある高級クラブで飲んだ帰りだった。
強い尿意を催《もよお》し、慌《あわ》てて脇道に駆け込んだのだ。
有働は用を足しながら、思わず声を洩《も》らした。
身震いが熄《や》んだ。緊張感が緩《ゆる》む。爽快《そうかい》な気分だ。

三十七歳の有働は、警視庁捜査一課第二強行犯《きょうこうはん》捜査殺人犯捜査第三係の主任である。職階は警部補だった。

身長百八十二センチの巨漢で、面相は厳《いか》つい。ライオンのような顔立ちだ。大学時代にアメリカンフットボールで鍛《きた》え上げた体軀《たいく》は筋肉だらけだった。髪は短く刈り込んである。いわゆるクルーカットだ。肌は浅黒い。

風体《ふうてい》は、やくざそのものだ。事実、強面《こわもて》で凄《すご》みがある。身なりは派手好みだった。腕時計は、宝飾に彩《いろど》られたピアジェを嵌《は》めることが多い。

この春まで、有働は本庁組織犯罪対策部の敏腕刑事だった。

同部は二〇二二年四月の再編で、組織犯罪対策総務課、組織収益対策課、国際犯罪対策課、暴力団対策課、薬物銃器対策課などが一本化された。総勢千人近い。略称は組対《そたい》である。

有働は二十代の半《なか》ばから暴力団係《マルボウ》刑事として闇社会の犯罪を取り締まり、組関係者や犯罪集団絡《がら》みの殺人捜査も手がけてきた。

被害者や加害者が堅気《かたぎ》なら、捜査一課が捜査を担《にな》う。だが、無法者たちが関与した殺人事件は組対の守備範囲である。

有働は在任中、五件の殺人事件を解決に導《みちび》いた。その実績が評価され、捜査一課に引き抜かれたわけだ。有働を抜擢《ばってき》したのは、殺人犯捜査第三係の係長の波多野亮《はたのりょう》警部だった。旧知の間柄である。

四十三歳の波多野は、有働と同じく東京の下町育ちだ。

それだからか、妙に波長が合う。以前から年に幾度か酒を酌《く》み交わしていた。情報交換もする仲だった。

暴れ者の有働は、裏社会の顔役たちに一目置かれている。

俠気《おとこぎ》があって、胆《きも》も据《す》わっていた。有働は武闘派やくざが息巻いても、少しも怯《ひる》まない。常に捨て身で捜査に当たってきた。

それだけに武勇伝は数多い。

胸部と腹部には銃創《じゅうそう》の痕《あと》が生々しく残り、背中には刀傷が斜めに走っている。半端な筋者《すじもの》よりも修羅場《しゅらば》を潜《くぐ》り抜けてきた。

有働は下品で、粗野だった。気取ったことを嫌い、いつも本音を隠そうとしない。しかし、ただの乱暴者ではなかった。社会的弱者や女性には温《あたた》かく接している。

といっても、スタンドプレイめいた優しさや思い遣《や》りは示さない。下町っ子らしく、ぶっきら棒に相手を労《いたわ》るだけだ。

有働は、狡猾《こうかつ》な人間や凶暴な犯罪者には容赦《ようしゃ》がない。違法行為を平気で重ね、時には相手を半殺しにしてしまう。

もともと有働は優等生タイプではない。中・高校時代は札つきの非行少年だった。

そうした気質は、いまも変わっていない。警察官でありながら、法律や道徳に縛《しば》られることはなかった。また、権力や権威にひざまずくのは最大の恥だと考えている。

警察は階級社会だ。

それでも有働は尊大な上司には楯突《たてつ》き、敬語も使わない。相手が警察官僚《キャリア》であっても、臆《おく》することはなかった。対等な口をきき、時には張り倒してしまう。

そんなふうに傍若無人《ぼうじゃくぶじん》に振る舞えるのは、職場で優位に立っていたからだ。

有働は警察内部の不正の証拠を握り、上層部の私生活の乱れも知っていた。腐敗や醜聞を嗅《か》ぎ当てる能力は猟犬並だった。

そんなことで、いつしか有働はアンタッチャブルな存在になっていた。本庁の警務部人事一課監察は歯噛みしているにちがいない。警察庁の首席監察官も同じだろう。

深川《ふかがわ》の材木商の家に生まれた有働は、幼いころから浪費家だった。独身ということもあって、いまも月々の俸給はほぼ一週間で遣《つか》い切ってしまう。

有働は生活費や遊興費に窮《きゅう》すると、暴力団が仕切っている違法カジノや賭場に通う。そのたびに勝つわけではないが、均《なら》して月に数百万円の泡銭《あぶくぜに》は得ている。

たとえ空穴《からけつ》になっても、暴力団関係者に金をせびるような真似《まね》はしない。そこまで節操がなくなったら、それこそ人間失格だろう。有働は、そう考えていた。

小便の雫《しずく》が切れた。

有働はスラックスのファスナーを閉じた。その直後だった。車のエンジン音が耳を撲《う》った。

頭《かぶり》を振る。

左手前方から、黒いRV車が猛進してくる。無灯火だった。怪しい車だ。有働は身構えた。

道幅は三メートルそこそこだった。ほとんど逃げ場はない。どうすべきか。

RV車がハンドルを左に切った。道端ぎりぎりまで寄り、そのまま突っ込んできた。ぼんやりと突っ立っていたら、間違いなく撥《は》ねられるだろう。背筋が凍った。

有働は縁石に両足を掛け、雑居ビルの外壁にへばりついた。

数秒後、不審なRV車が背後を走り抜けていった。凄《すさ》まじい風圧で、長袖シャツと黒いカシミヤジャケットが肩や背に密着する。スラックスの布地も脚《あし》にまとわりついた。

衝撃や痛みは感じなかった。

ひとまず安堵《あんど》して、外壁から離れる。RV車が闇に紛《まぎ》れた。ナンバープレートは外されていた。

「くそったれめ！」

有働は悪態《あくたい》をつき、靴の踵《かかと》で路地を踏みつけた。

暴力団係だったころは、ちょくちょく暴漢に狙われた。その大半は若いやくざだった。しかし、捜査一課に異動になってからは逆恨《さかうら》みされることは極端に少なくなった。

酔いが醒《さ》めてしまった。風林《ふうりん》会館のそばに美しい白人ホステスばかりを揃《そろ》えたクラブがある。営業時間は確か午前二時までだ。

有働は、その酒場で飲み直す気になった。

昨夜、六本木の違法カジノで二百万円近く儲けていた。懐《ふところ》は温かい。白人ホステスの多くは枕《まくら》営業をしている。つまり、店の客に体を売っているわけだ。

ショートは四万円で、泊まりの遊び代は八万円だった。ホテル代は客が負担することになっていた。

ベラルーシ育ちの美女と朝まで肌を重ねてもいい。女好きの有働は、ほぼ一日置きに柔肌を貪《むさぼ》っている。相手は娼婦やホステスが多い。下北沢《しもきたざわ》にある自宅マンションを丸一週間、留守にしたこともあった。

有働は表通りに向かって歩きだした。

秋の夜風が心地よい。夜空には、レモン色の月が浮かんでいる。半月だ。

裏通りを四、五十メートル進むと、左の側頭部を空気の塊《かたまり》が掠《かす》めた。鼓膜《こまく》が圧迫された。耳鳴りがする。

疾駆《しっく》したのは銃弾の衝撃波だった。

銃声は轟《とどろ》かなかった。背後から消音装置《サイレンサー》付きの拳銃で狙われたにちがいない。

有働は巨身を屈《かが》めた。振り向く前に、二弾目が放たれた。銃弾は脇腹すれすれのところを抜けていった。

とっさに有働は撃たれた振りをして、路上に前のめりに倒れた。

野太《のぶと》く唸《うな》りながら、もがき苦しむ真似をつづける。狙撃者を誘《おび》き寄せられるか。危険な賭けだった。

靴音が近づいてくる。小走りだった。

有働は転げ回りながら、駆け寄ってくる男の顔をうかがった。

見覚えがあった。新宿を根城にしている上海《シャンハイ》マフィアの一員だった。呉許光《ウーシェクアン》という名で、三十五歳だったか。

呉が立ち止まった。

二メートルほど離れた場所だ。右手に握りしめているのは、マカロフPbだった。ロシア製の消音型拳銃だ。

銃身と消音器が一体化されている。本来はロシア軍の将校用拳銃だった。だが、ソ連邦解体後、徐々に日本の裏社会に流れ込んできた。闇値は七、八十万円するはずだ。

呉《ウー》が警戒しながら、間合いを詰めてきた。

隙《すき》がないわけではなかった。反撃できそうだ。

有働は転がったまま、腰を軸《じく》にして体をハーフスピンさせた。

と同時に、右脚を長く伸ばす。横蹴りは呉の太腿《ふともも》に届いた。呉が驚きの声を発し、尻《しり》餅《もち》をついた。

弾みで一発、暴発した。九ミリ弾は低層ビルの外壁を穿《うが》った。跳弾《ちょうだん》が路面に落ちる。

硝煙がゆっくりと拡散《かくさん》しはじめた。

「てめえ、どこに潜伏してやがったんだっ」

有働は敏捷《びんしょう》に跳《は》ね起き、呉の腹部に鋭い蹴りを入れた。

靴の先が相手の筋肉に深く沈む。呉が呻《うめ》いて、後方に引っくり返った。今度は暴発しなかった。

有働は前に跳《と》んだ。

呉が左肘《ひだりひじ》で上体を支《ささ》え起こし、右腕を前に突き出した。有働は後ずさった。マカロ

ＦＰｂから小さな銃口炎《マズル・フラッシュ》が吐かれる。赤みを帯びた橙色《だいだいいろ》だった。薬莢《やっきょう》が舞った。

発射音は小さかった。圧縮された空気が洩《も》れるような音がしたきりだ。銃弾は的《まと》から、大きく逸《そ》れていた。

有働は一気にステップインして、狙撃者を組み敷くことにした。

だが、わずかに後《おく》れをとってしまった。呉が立ち上がり、銃把《じゅうは》に両手を添えた。両手保持だと、銃口の揺れはなくなる。しかも至近距離だ。被弾の確率は高い。侮《あなど》れなかった。

暗がりに退避《たいひ》し、姿勢を低くする。

そのとき、またもや呉が発砲した。銃弾は有働の頭上を通過し、雑居ビルの外壁に当たった。

有働は大声で威嚇《いかく》した。すると、呉が身を翻《ひるがえ》した。逃げる気なのだろう。

「待ちやがれ！」

有働は敢然《かんぜん》と追いはじめた。

呉はラブホテル街の路地を風のように抜け、職安《しょくあん》通りに向かった。有働は追跡を諦《あきら》めなかった。全力で駆ける。

およそ一年前、本庁組織犯罪対策部は新宿署生活安全課と合同で上海マフィア狩りに乗り出した。有働も合同捜査に加わった。

大久保《おおくぼ》のアジトに集《つど》っていた幹部たちの大多数は検挙されたが、すばしっこい呉許《ウーシエ》光《クアン》は逃走に成功した。行方をくらまして別の土地に潜伏していたのだろうが、どうやら新宿に密かに舞い戻っていたようだ。

歌舞伎町や百人町《ひゃくにんちょう》周辺には、約三百人の中国人マフィアがいる。かつては上海出身のグループがのさばっていたが、次第に福建省《ふっけんしょう》を故郷に持つ連中が勢力を誇示するようになった。

上海マフィアと福建《フジエン》マフィアは対立関係にあるのだが、そこは同じ漢民族同士だ。警察や日本のやくざに追われた敵方の同胞を一時的に匿《かくま》ったりしている。まさに呉越同《ごえつどう》舟《しゅう》だ。

また、歌舞伎町には暴力団の組事務所が百八十以上あるが、その約半数は外国人マフィアたちや半グレ集団と手を結んで、非合法ビジネスに励んでいる。呉が古巣に戻ることは充分に可能だった。

有働は懸命に呉を追いかけた。

しかし、職安通りの少し手前で呉の姿を見失ってしまった。付近を駆け巡《めぐ》ってみたが、結果は虚《むな》しかった。

逃亡前の住まいは百人町にあった。だが、同じ古ぼけた賃貸マンションを塒《ねぐら》にしているとは思えない。組対部所属のころによく接触していた中国人の情報屋が近くに住んでいる。その男なら、呉の隠れ家《が》を知っているかもしれない。

有働は新宿区役所通りを横切り、バッティングセンターのある脇道に足を踏み入れた。花道《はなみち》通りと並行する形で百メートルほど歩くと、右手に老朽化した木造モルタル塗りのアパートが見えてきた。

情報屋は楊《ヤン》という名で、一〇五号室で独り暮らしをしている。福建省生まれの偽造旅券屋だ。五十代の後半だが、割に若く見える。

有働は階下の奥まで進み、楊の部屋のドアをノックした。

ややあって、部屋の主の声で応答があった。短い福建語だった。有働は名乗った。待つほどもなくドアが開けられた。

「久しぶりね。入ってよ」

楊が癖のある日本語で言って、猫のような手招きをした。

有働は三和土《たたき》に滑《すべ》り込み、後ろ手にドアを閉めた。間取りは１ＤＫだ。奥の居室の机の上には、二台のパーソナル・コンピュータとプリンターが載《の》っていた。

机上の蛍光スタンドの灯が煌々《こうこう》と打《とも》っている。旅券を偽造中だったようだ。

「こんな夜更けに悪いな」

「それ、気にしないで。わたしたち、友達ね。きょうは何を知りたい？」

「上海グループの呉許光《ウーシェクアン》が一年前に高飛びしたことは知ってるよな？」

「それ、知ってる。呉は横浜の中華街の同郷人のコックの部屋に五カ月ぐらい隠れてたよ。でも、いまはまた新宿にいるね。呉は、ノーリンコ59でも本国から大量に仕入れたか？」

楊《ヤン》が訊《き》いた。ノーリンコ59とは、中国でライセンス生産されているマカロフのことだ。原産国は旧ソ連である。

有働は首を振って、呉に射殺されそうになったことを手短に話した。楊が目を丸くし、呉は新宿六丁目の『抜弁天《ぬけべんてん》コーポラス』に住んでいることを教えてくれた。

「部屋は？」

「三〇一号室ね」

「呉は何をやってシノいでるんだ？」

「歌舞伎町にある五軒の上海クラブの用心棒《ケツモチ》やってる。それからホステスたちを大小《ダアシャーウ》に誘い込んで、小遣い稼いでるみたいよ」

「そうか」

有働は短く応じた。

大小《ダアシャーウ》は中国式の賽《さい》ころ賭博である。胴元が三つの賽ころを転がし、出た目の合計が九以下なら小《シャーウ》、十以上なら大《ダア》だ。当てた場合は、二倍の配当がつく。

「呉は日本のやくざの下働きしながら、上海出の悪党《ワル》たちを集めて、組織の再結成をしたいみたいね。あの男が住んでるマンション、義仁《ぎじん》組が借りてる」

楊が洩らした。

義仁組は関東睦《ぼく》和《わ》会の下部団体である。組事務所は歌舞伎町一番街の裏手にあるが、義仁興産という看板しか掲《かか》げられていない。

有働は捜査一課に移る数カ月前、義仁組の田久保《たくぼ》克典《かつのり》という若頭を麻薬密売容疑で逮捕した。田久保はタイから密輸した錠剤型の覚醒剤を不良外国人グループに卸《おろ》し、十数億円を荒稼ぎしていたのである。

若頭は自分ひとりで罪を被《かぶ》って、素直に実刑判決を受けた。組長の柿尾《かきお》雄一《ゆういち》は罰を免れたのだが、関東睦和会の理事を解任されてしまった。おまけに義仁組は二次組織から三次の下部団体に格も下げられた。

田久保の立件材料を揃えたのは有働だった。柿尾組長がそのことで有働を苦々しく思い、呉を刺客にする気になったのではないか。

「あなた、何か思い当たることがあるみたいね」

「うん、ちょっとな。これで、好きな老酒《ラオチュウ》を飲んでくれ」

有働は折り畳んだ三枚の一万円札を楊《ヤン》に半《なか》ば強引に握らせ、一〇五号室を出た。路上でロングピースに火を点《つ》ける。有働は紫煙《しえん》をくゆらせながら、花道通りに出た。

最短距離を選んで明治《めいじ》通りを突っ切り、文化センター通りを進む。目的のマンションは抜弁天交差点の五、六十メートル手前にあった。

ありふれた造りの六階建て共同住宅だった。表玄関はオートロック・ドアにはなっていなかった。常駐の管理人もいない。

有働は勝手にエントランスロビーに足を踏み入れ、函《ケージ》に乗り込んだ。エレベーターの壁面は卑猥《ひわい》な落書きで埋《う》め尽くされている。入居者は、あまり柄がよくないようだ。

三階に着いた。

有働は函《ケージ》から出た。三〇一号室は、エレベーターホールの斜め前にあった。ネームプレートには何も記《しる》されていない。

三〇一号室のインターフォンを鳴らす。

スピーカーは沈黙したままだった。有働は、青いスチールドアに耳を押し当てた。かすかだが、室内に人のいる気配が伝わってきた。

ドアフォンを執拗《しつよう》に響かせつづける。

数分待つと、ドア越しに荒々しい足音が聞こえた。有働はドアスコープには映らない位置に移動した。

「おまえ、誰か？」

男の声が誰何《すいか》した。訛《なまり》のある日本語だった。

有働は返事の代わりに、ドアを蹴った。

ややあって、内錠が外された。青い扉《とびら》が細く開けられる。有働は抜け目なくドアに靴の爪先を噛ませた。そのままスチールドアを力まかせに押し開ける。

呉許光《ウーシェクアン》が跳《と》びのいた。格子柄のトランクスしか身につけていない。

「捜したぜ」

有働は口を歪《ゆが》め、呉を睨《にら》みつけた。

呉が母国語で何か喚《わめ》き、奥の居室に逃げ込んだ。有働は土足で追った。

間取りは2DKだった。呉はダイニングキッチンの右側の洋室に逃げ込んだ。その部屋に躍《おど》り込む。

ダブルベッドの上には、全裸の女が横たわっていた。

仰向《あおむ》けだった。二十二、三歳で、丸顔だ。化粧が濃い。ルージュは毒々しいほどに赤かった。

裸の女は有働に気づくと、焦《あせ》って羽毛蒲団《うもうぶとん》を引っ被った。呉《ウー》はベッド脇のテーブルの引き出しを開け、何かを摑み出そうとしている。

有働は呉の腰を強く蹴りつけた。

呉が壁に頭をまともにぶつけ、その場にうずくまった。引き出しの中には、マカロフPbが収まっていた。有働は消音型拳銃を取り出し、まず呉の動きを封じた。それから彼は、ベッドの女に顔を向けた。

「そっちは、この中国人の情婦《おんな》なのか？」

「ううん。あたし、デリバリーの仕事をやってんの。ここは、お客さんの部屋なんですよ」

「そうかい。悪いが、消えてくれ」

「でも、あたし、まだ何もお客さんにサービスしてないのよ。プレイ代は前金で貰ったんだけど」

「金は貰っとけばいいさ。怪我《けが》したくなかったら、早く消えるんだな」

「は、はい！」

女が弾《はじ》かれたように起き上がり、床の衣服をひとまとめに抱え上げた。すぐに彼女は寝室を出て、ダイニングキッチンで身繕《みづくろ》いに取りかかった。それは、気配で察せられた。

有働はマカロフPbの銃把《グリップ》から、弾倉《マガジン》を手早く引き抜いた。

残弾は二発だった。マガジンを銃把の中に戻し、スライドを引く。初弾が薬室《チャンバー》に送り込まれた。

「誰に頼まれて、おれをシュートしようとしたんだ？」

「日本語、よくわからないよ。わたし、中国人ね」

呉が肩を竦《すく》め、首を左右に振った。

有働は冷笑し、無造作に引き金《トリガー》を絞った。右手首に反動《キック》が伝わってくる。銃口がわずかに上下した。硝煙がたなびく。

飛び出した九ミリ弾は呉の脂《あぶら》っ気《け》のない頭髪をそよがせ、後ろの壁板を貫《つらぬ》いた。仕切りの分厚いコンクリート壁が鳴った。

「あと一発残ってる。雇い主の名を吐かなかったら、てめえの額に九ミリ弾をぶち込むぞ。それでもいいんだなっ」

「それ、困る。わたし、まだ死にたくないよ。撃たないでほしいね」

「誰に雇われたんだっ。早く言え！」

「柿尾の親分ね。わたし、柿尾さんに頼まれた。組長は関東睦和会の理事、辞めさせられた。それ、おまえ、いや、あなたのせいと思ってる。だから、とっても憎んでるよ」

「やっぱり、そうだったか」

「わたし、柿尾さんに世話になってる。親分の頼み、断れなかったよ。それ、わかってほしいね」

「最初はＲＶ車で、おれを轢《ひ》き殺そうとしたんだなっ」

「えっ、なんのこと⁉　わたし、始めっから、あなたを撃ち殺すつもりだったよ。車で轢き殺すことなんか考えてなかった。嘘じゃない。本当のことね」

「そっちの言う通りなら、柿尾は二人も殺し屋を雇ったんだろうな」

「それ、わからないよ。わたし、あなたを射殺してくれって頼まれただけ」

呉《ウー》が言った。

そのとき、ドアが開閉する音が響いてきた。デリバリーの女が三〇一号室から出ていったのだろう。

「成功報酬はいくらだったんだ？」

「それ、殺人《コロシ》のお礼のことか？」

「そうだ」

「わたし、百万円貰えることになってた」

「たったの百万か。おれの命もずいぶん安く見られたもんだな。それはそうと、柿尾は東中野の家《ヤサ》にいるのか？」

「親分、東京にいないよ。きょうの午後、仙台の実家に帰ったね。明日、三年前に病気で死んだお母さんの法事がある。そう言ってた」

「いつ東京に戻ってくる？」

「わたし、それ、聞いてない。何日か実家にいるみたいよ」

「わかった。この拳銃《ハンドガン》はいただくぞ」

有働は呉の顎《あご》を蹴り上げ、上海マフィアに背を向けた。わざと呉を緊急逮捕しなかったのは、少し前に発砲したことを警察関係者に知られたくなかったからだ。

2

瞼《まぶた》が重い。

有働は生欠伸《なまあくび》を嚙み殺した。寝不足だった。『やまびこ175』の車中である。指定席で列車の震動に身を委《ゆだ》ねていた。

東京駅を発《た》ったのは午前八時だった。

前夜、有働は呉《ウー》を締め上げると、タクシーで自宅マンションに戻った。それから入浴し、就寝したのは午前三時近い時刻だった。

仮眠をとっただけで、午前六時にはベッドから離れた。有働は洗顔を済ませると、組対部時代の部下に電話をかけた。義仁組の柿尾組長の実家の住所を調べさせたのである。

柿尾雄一の生家は仙台市内の宮町《みやまち》五丁目にあった。有働は柿尾の実家に電話をかけ、亡母の三回忌《き》の法要が営《いとな》まれる寺を聞き出した。関東睦和会の理事になりすましたのだが、組長の実弟は少しも怪しまなかった。

法事は同じ市内の新坂町《にいざかまち》の妙覚寺《みょうかくじ》で執《と》り行われるという話だった。有働はメモを取ると、すぐ自室を出た。タクシーで東京駅に急ぎ、東北新幹線に乗り込んだのである。

すでに列車は白石蔵王《しろいしざおう》を通過していた。定刻の九時五十五分には仙台駅に到着するだろう。

有働は上瞼を擦《こす》りながら、ごく自然に立ち上がった。

網棚の上のクッション封筒を掴んで、腰をシートに戻す。中身はマカロフPbだった。昨夜、呉《ウー》の自宅寝室で奪った消音型拳銃だ。

残弾は一発だったが、丸腰よりは心強い。柿尾組長はまだ四十八歳だが、用心深い性格だった。外出の際には必ずひとりか二人の護衛を伴《ともな》っている。ボディーガードは懐に拳銃を忍ばせていることが多い。柿尾組長自身もデリンジャーぐらいは隠し持っているのではないか。

有働はクッション封筒を膝の上に置き、窓の外に視線を投げた。

列車は広瀬川《ひろせがわ》の鉄橋に差しかかっていた。鉄橋を渡れば、間もなく仙台駅に達する。有働は過去に二度、仙台を訪れていた。駅周辺の地理は、おおよそわかっていた。

タクシーを利用すれば、新坂町までは二十分前後で行けるだろう。柿尾の亡母の法要は午前十時半に開始されるらしい。

有働は法事が終わってから、柿尾に迫《せま》るつもりでいる。まだ時間はたっぷりとある。慌《あわ》てることはない。

じきに『やまびこ175』は、仙台駅のホームに滑り込んだ。定刻通りだった。

有働はホームに降り、駅の中央口の改札を出た。駅前広場にある七十七銀行の建物には見覚えがあった。

目の前の青葉通《あおばどおり》を進み、最初の交差点を右に折れる。東五番丁通だ。

数十メートル歩くと、昔風の造りの大衆食堂が目に留《と》まった。有働はノスタルジックな気持ちを掻《か》き立てられ、その店に入った。

客は地元の者ばかりで、観光客らしき男女の姿は目につかない。先客の好奇心に満ちた視線を浴びながら、有働は隅のテーブルに着いた。

オーソドックスな家庭料理を六品ほど選び、ライスは大盛りにしてもらう。高いステーキや鮨《すし》は食べ飽《あ》きていた。運ばれてきた鯖《さば》の味噌煮、油揚げ入りのひじき、里芋と烏賊《いか》の煮付け、胡麻豆腐《ごまどうふ》、蒲鉾《かまぼこ》、浅蜊《あさり》の佃煮が妙にうまかった。

有働は遅い朝食を摂《と》ると、駅前に引き返した。

客待ち中のタクシーに乗り込み、行き先を告げる。

タクシーは青葉通を仙台城跡方面に走り、第一ワシントンホテルの前の交差点を右折した。そのまま道なりに進み、輪王寺《りんのうじ》の手前を今度は左に曲がった。いつの間にか、新坂町に入っていた。

民家や低層ビルの間に、由緒《ゆいしょ》ありげな寺院が点在している。十五、六分で、妙覚寺に着いた。

有働はクッション封筒を手にして、タクシーを降りた。

タクシーが遠ざかってから、妙覚寺の境内《けいだい》に入る。参道の正面に本堂があり、右手は庫裏《くり》になっていた。庫裏は住職一家の住居である。

本堂の左側に墓地が見える。境内には人影は見当たらなかった。本堂から読経《どきょう》の声が流れてくる。柿尾組長の亡母の法要が営まれているのだろう。

有働は墓地に入り、柿尾家の墓の位置を確かめた。南側の端にあった。花が供えられている。

法要の締め括《くく》りに、何人かの僧侶が墓前で経《きょう》を唱《とな》えるはずだ。墓地の横は雑木林だった。

有働は墓地から雑木林に移った。

林は割に広い。常緑樹が多く、枝葉が繁っている。恰好《かっこう》の目隠しだ。

有働は煙草《たばこ》を喫《す》いながら、時間を遣《や》り過ごした。

黒い礼服を着込んだ数十人の男女が次々に墓地に姿を見せたのは、正午少し前だった。その中に柿尾組長もいた。故人の縁者たちの向こうから、きらびやかな袈裟《けさ》をまとった三人の僧侶がやってくる。

柿尾家の墓前に人々が並んだ。

僧侶たちの声明《しょうみょう》が高らかに響きはじめた。朗々《ろうろう》たる声だった。

最初に焼香したのは、故人の長男の柿尾組長だった。柿尾の父親は十年近く前にすでに他界している。実家を継《つ》いでいるのは、組長の弟夫婦だ。妹は他家に嫁《とつ》いでいる。

親族たちが順番に墓の前に立ち、思い思いに合掌した。読経が終わると、故人の遺族たちは僧侶と一緒に本堂に引き揚げていった。

だが、柿尾は墓石から離れようとしなかった。ボディーガードと思われる三十歳前後の角刈りの男が斜め後ろから、柿尾に何か声をかけた。柿尾が振り向いて、短く何か命じた。

角刈りの男が頭を下げ、本堂に足を向けた。

柿尾が墓標を撫《な》でながら、片手で目頭《めがしら》を押さえた。親不孝を重ねてきたことを亡くなった両親に心の中で詫《わ》びているのか。

有働は抜き足で雑木林を出て、ふたたび墓地に足を踏み入れた。用心しながら、柿尾の背後に忍び寄る。クッション封筒からマカロフPbを摑み出したとき、柿尾が気配で振り返った。

「騒ぐと、ぶっ放すぞ」

有働は消音型拳銃のスライドを滑らせた。

「そっちは確か桜田門《さくらだもん》の組対《そたい》の有働刑事だったな」

「人事異動で、おれは捜一に移ったんだよ。懐からデリンジャーを出せや。それとも、ペンシル型の特殊拳銃でも持ってやがるのか？」

「物騒《ぶっそう》な物は何も持っちゃいねえよ。きょうは、死んだおふくろの三回忌の法事なんだ。丸腰だよ。なんなら、確かめてみればいいさ」

柿尾が両腕を高く掲げた。

有働は片手を伸ばして、組長の体を探った。銃器や刃物は確かに所持していなかった。

「一年前の事件《ヤマ》には、もうケリがついたはずだろうが。不良外国人たちに危《ヤバ》い錠剤を卸してたのは、田久保だったんだ。奴の個人的なシノギだったんだよ。おれは麻薬密売にはタッチしてなかった」

「だったら、若頭の田久保を破門にしてるはずだ。けど、そうはしてない。田久保がひとりで罪をしょったことはわかってる。けどな、そのことはもうほじくらねえよ。別のことで確かめたいことがあるんだ」

「何を確かめたいんだい？」

柿尾が問いかけてきた。

有働は何も答えなかった。柿尾組長の背後に回り込み、雑木林の奥まで歩かせる。

二人は向き合った。

「このマカロフPbには見覚えがあるな？」

「いや、ねえな。そいつがロシア製のサイレンサー・ピストルだってことは知ってるが……」

「そうかい。上海マフィアの呉許光《ウーシェクアン》まで知らねえとは言わせないぜ」

「呉《ウー》のことはよく知ってるよ。組で借りてる新宿六丁目のマンションに住まわせてやってるんでな」

「昨夜《ゆうべ》、おれは歌舞伎町二丁目の裏通りで呉に闇討《う》ちされた。奴は、このマカロフPbで後ろから不意に撃ってきやがったんだ」

「呉が現職刑事を撃《ハジ》こうとした⁉」

柿尾が、ぎょろ目を剝《む》いた。

「『抜弁天コーポラス』の二〇一号室に押し入って、呉の口を割らせたんだよ。野郎はあんたに頼まれて、おれを殺《や》るつもりだと自白《ウタ》った。殺しの成功報酬は、たったの百万円なんだってな？」

「ま、待ってくれ。おれは、呉にそんなことは頼んじゃいねえぞ」

「そうかな。おれが若頭の田久保を逮捕《パク》ったんで、あんたは関東睦和会の理事を解任された。それから、義仁組は二次団体から三次に格下げになったよな？」

「それは仕方ねえんだ。田久保がご法度《はっと》の裏商売を個人的にやってたんだから、本部もそれなりのけじめをつけなきゃならねえ」

「あんたは、だいぶおれを逆恨みしてたみたいだな。呉がそう言ってたぜ」

「あの野郎、何を考えてやがるんだっ。おれは、呉にそんなことは一言も言ってねえし、そっちを始末してくれとも頼んじゃいねえよ」

「呉が嘘をついたって言うのか？」

「そうだよ。おれは、本当にそっちを殺《や》ってくれなんて頼んでねえって」

「この拳銃《ドウグ》も呉に渡した覚えはないんだな？」

「ああ、ないよ。呉は別の誰かに、そっちを撃ち殺してくれって頼まれたんだろう」

「別の誰かって？」

「わからねえよ、そこまでは。ただ、呉は金を欲しがってたんだ。奴は上海グループを再結成して、自分で仕切るつもりでいるんだよ。でも、金がなきゃ、人は集められねえ。呉は人殺しでもなんでも請《う》け負《お》って、手っ取り早く稼ぐ気になったんだろうな」

「あんたが正直者かどうか、体に訊《き》いてみよう」

有働は言うなり、柿尾の睾丸《こうがん》を蹴り上げた。柿尾が両手で股間《こかん》を押さえ、長く唸《うな》った。唸りながら、その場に頽《くずお》れる。

「何をしやがるんでえ」

「一度、死んでみるか？」

有働は、柿尾の狭い額にサイレンサー・ピストルの先端を押し当てた。柿尾が全身を強張《こわば》らせた。眼球が盛り上がっている。

「悪い冗談はやめてくれ。そっちは警察の人間なんだ。いろいろ武勇伝は耳に入ってるが、いくらなんでも撃てねえことはわかってる」

「甘いな」

「え？」

「おれは、このマカロフであんたに撃たれそうになった。それで揉《も》み合ってるうちに暴発して、運悪く組長に弾《たま》が当たった。そういうことにすれば、あんたの頭でも心臓部でも撃ち抜ける」

「しかし……」

「ただの威《おど》しだと高を括《くく》ってたら、あの世で悔《く》やむことになるぞ。おれはきのう、射殺されそうになったんだ。どんな汚《きたな》い手を使ってでも、呉《ウー》を雇った人間を突きとめる」

「そっちの気持ちはわかるが、おれは呉の野郎に濡衣を着せられただけなんだ」

「ヤー公どもは平気で嘘をつく。だから、すんなりと信じるわけにはいかないな」

「おれは嘘なんかついてねえよ」

「やっぱり、信じられない。あんたは一年前の件でも、覚醒剤《シャブ》の錠剤を不良外国人グループに卸したのは若頭の田久保で、自分はまったく気づかなかったと白々しい供述をした」

「それも本当の話だって」

「警察をなめるなっ。暴発したことにして、あんたにくたばってもらう」

「やめろ！　やめてくれーっ」

「麻薬《ヤク》の密売は組ぐるみでやってたんだろうが！」

　有働は声を張った。

「そ、それは……」

「答えになってない、それじゃな。どうなんでえ？」

「田久保の個人的なシノギは薄々、気づいてたよ」

「まだそんなことを言ってるのか。ふざけんな。念仏を唱えろ。すぐおふくろさんのとこに行かせてやる」

「わかった。言う、言うよ。実は、麻薬ビジネスは組ぐるみでやってたんだ。二次団体は最低、月に千二百万ずつ関東睦和会の本部に上納しなきゃならねえんだよ。麻薬《ヤク》を売《バイ》しなきゃ、とても納められねえ。麻薬《クスリ》を扱うことは表向きご法度になってるが、それは建前だけなんだ。どの組もやってる裏商売さ」

「やっぱり、そうだったか。あんたは嘘つき野郎だ。本当は呉におれを始末しろって頼んだんだろうが？」

「違うって！　そのことでは、嘘なんか言ってねえ。頼むから、おれを信用してくれよ」

柿尾が哀願した。顔面蒼白だった。

有働は数メートル退《さ》がって、マカロフPbの引き金を絞った。かすかな発射音が響き、九ミリ弾は柿尾の足許《あしもと》に埋まった。

土塊《つちくれ》と朽葉《くちば》が飛び散った。柿尾がひっと声を洩らし、上体をのけ反《ぞ》らせた。もう弾倉は空だったが、有働は残弾があると匂わせた。

「まだ二、三発ある。次は、あんたの右腕を狙う。その次は腹に銃弾を見舞うことにするか」

「お願いだから、撃たねえでくれ。おれは本当に呉《ウー》には何も頼んじゃいない」

柿尾が言って、泣きそうな顔つきになった。

次の瞬間、スラックスの股の間が濡れはじめた。かすかに湯気《ゆげ》も立ち昇っている。恐怖のあまり、尿失禁してしまったことは明らかだ。

柿尾はうなだれ、それきり顔を上げようとしない。

「組長がビビって、小便を漏《も》らしちまったか。マンガだな」

「このことは誰にも言わねえでくれ。金は欲しいだけやるから、黙っててほしいんだ」

「おれを強請屋《ゆすりや》扱いしやがると、頭をミンチにしちまうぞ」

「口止め料は払わなくてもいいのか？」

「ああ。あんたは嘘をついてないようだ。だから、勘弁してやるよ」

有働は柿尾に言って、樹木の間を縫《ぬ》いはじめた。

歩きながら、ハンカチでマカロフPbに付着した自分の指掌紋《ししょうもん》を入念に拭《ぬぐ》う。サイレンサー・ピストルを遠くに投げ捨て、空のクッション封筒を手にして雑木林を出た。

有働は妙覚寺の前を通り抜け、表通りまで歩いた。

流しのタクシーは見つからない。やむなく仙台市営地下鉄を利用して、仙台駅に戻った。

上《のぼ》りの『やまびこ23』に空席があった。有働は午後一時二十三分に仙台駅を発《た》った。

列車が東京駅に到着したのは、三時二十四分だった。

有働は丸の内側からタクシーに乗り込み、呉の住まいに急ぐ。

目的のマンションに着いたのは三十数分後だった。有働はタクシーを降りると、『抜弁天コーポラス』の三階に上がった。

三〇一号室のチャイムを鳴らしても、応答はなかった。ドアに耳を寄せてみたが、室内はひっそりとしていた。

呉《ウー》は、しばらく新宿から遠ざかる気になったようだ。義仁組の関係者も知らない友人宅にでも身を寄せるつもりなのか。

情報屋の楊《ヤン》なら、心当たりがあるかもしれない。

有働はマンションを出ると、歌舞伎町に足を向けた。明治通りを渡った直後、懐で刑事用携帯電話が鳴った。ポリスモードと呼ばれ、五人との同時通話ができる。写真や動画の送受信も可能だ。

有働は立ち止まって、ポリスモードを取り出した。発信者は上司の波多野係長だった。

「二日酔いで、まだ寝てたのか？　いや、そうじゃないようだな。ざわめきが伝わってくるから」

「ワンナイトラブで行きずりの女とホテルに泊まって、少し前に自宅に戻ったんだ。きょうはお疲れモードだから、仕事にならないだろうな」

「欠勤するときは、もっと早く連絡してこい」

「次回から、そうするか。特に大きな事件《ヤマ》はないんでしょ？」

「ああ」

「だったら、下北沢の塒《ねぐら》で寝ることにする。別に問題ないよね？」

「明日は、ちゃんと登庁しろよ」

「了解！」

有働は刑事用携帯電話を耳から離した。ポリスモードを上着の内ポケットに戻し、また歩きだす。

十分ほどで、楊のアパートに達した。一〇五号室のドアをノックすると、楊が応対に現われた。

有働は一〇五号室の三和土《たたき》に入り、前夜からの経過を楊に伝えた。

「そういうことなら、呉は新宿にいられなくなったね。また、横浜にいる同郷のコックの部屋に転がり込むのかもしれない。いや、それ、できないだろうね。義仁組の奴らに、その知り合いのことを呉は喋ったかもしれないから」

「そうだな。ほかに呉が行きそうな所に心当たりはないかい？」

「呉の実の妹が町田の駅近くにある上海クラブでママをやってるはずよ。えーと、名前は確か呉紅蓮《ウーホンリエン》ね。三十二歳だったかな。わたしは見たことないけど、大変な美人らしい」

「その店の名は？」

「『秀梅《シウメイ》』だったね。店は飲食店ビルの四階か五階にあるって話だったよ。もしかしたら、呉は妹のとこに転がり込んだのかもしれない。それ、考えられそうね。そうじゃなくても、妹は呉《ウー》の友達のことを知ってるかもしれないよ」

「そうだな。町田署の刑事課に知り合いのシングルマザー刑事がいるんだ。六月の捜査本部事件で、その彼女とペアを組んだんだよ」

「あなた、少し照れてるね。その女刑事さん、嫌いじゃない。そうなんでしょ？」

「うん、まあ。いい女なんだよ、子持ちだけどな」

「なら、口説《くど》くね」

「そうしたいところだが、どうも彼女はおれの上司に気があるようなんだよ。上司はバツイチなんだが、その旦那、ものすごく粋《いき》なんだ。女には優しいしな」

「そう」

「日本には、男が男に惚《ほ》れるって言い方があるんだよ。おれは、その波多野って上司が大好きなんだ」

「あなた、ゲイだったか⁉　それ、全然気づかなかったよ」

楊《ヤン》が驚きの声をあげた。

「そういう意味の好きじゃない。尊敬に近い友情を感じてるってことさ」

「ああ、そういうことね。その上司も、子持ちの女刑事に好意を持ってるわけ？　どうなのかな」

「恋愛感情めいたものは懐《いだ》いてると思うよ、口に出したことはないがな」

「それで、あなたは上司に遠慮しちゃったのか？　それ、よくないよ。あなたらしくないね」

「そうかな」

「欲しい物があったら、何が何でも手に入れる。それが、あなたっぽいよ。それはともかく、町田に行ってみるといいね。きっと何か手がかりを摑《つか》める。わたし、そう思うよ」

「そうしてみらあ。ありがとよ」

有働は楊に礼を述べ、一〇五号室を出た。

3

美しい女性刑事と目が合った。

まともだった。妙に照れ臭い。落ち着かなくなった。

有働は、保科志帆《ほしなしほ》の整った顔から視線を外した。町田署の近くにあるファミリーレストランだ。二人は窓際のテーブル席で向かい合っていた。

店は旭町《あさひまち》交差点の角にある。目の前には町田街道が横たわり、交差点で鎌倉《かまくら》街道とクロスしていた。町田署は七、八十メートル離れた場所にある。鎌倉街道に面していた。

「職務中に呼び出して悪かったな」

「ううん、気にしないでください。六月の捜査本部事件ではいろいろ教えていただいて、ありがとうございました」

志帆が言って、小さく笑った。

匂うような微笑だった。卵形の顔で、目鼻立ちは完璧《かんぺき》なまでに整っている。それでいて、少しも取り澄ました印象は与えない。理智的な面差《おもざ》しだが、色気も漂《ただよ》わせている。

「こっちこそ、学ばせてもらったよ」

「有働さん、どうしちゃったんですか？　いつもとなんだか様子が違う感じだわ」

「おれ、ちょっと緊張してるのかもしれない。プライベートでこんなふうに差し向かいでコーヒーを飲んだのは、なんせ初めてだからな」

「そういえば、そうですね」

「六月の事件《ヤマ》は、保科巡査長のお手柄だったよな」

有働はロングピースをくわえた。

去る六月四日、町田市内に住む美人ＯＬが自宅マンションで猟奇的な殺され方をした。犯行の手口から性的異常者が加害者と思われた。その後、被害者の親友の女性が同じ手口で惨殺《ざんさつ》された。

二人の被害者の体内からは精液が検出された。捜査本部は男性による猟奇殺人という見方を強めた。しかし、志帆は二人の被害者が死に化粧を施《ほどこ》されていることに着眼した。そのことによって、有働たちペアは真犯人が女性だと見抜いたのである。

「わたしひとりの手柄ではありません。有働さんが事件を解《と》くヒントを与えてくれたから、加害者を割り出すことができたんです」

「謙虚《けんきょ》だな」

「本当にそう思っているんです。事件は落着しましたけど、いまも迷宮入《オミヤ》りになったほうがよかったんじゃないかと思うことがあります」

「こっちも同じだよ。加害者は二人の被害者に憧《あこが》れて強く慕《した》ってたのに、引き立て役として利用されてたんだからな」

「裏切られたという思いが膨《ふく》らんで、凶行に走ってしまった気持ちもわかるんですよね」

「こっちもだ。しかし、事件が解決してよかったんだよ。加害者は二件の殺人と一件の傷害過失致死で栃木の女子刑務所で服役することになったんだが、生き直すチャンスを与えられたんだから」

「ええ、そうですね」

志帆が相槌《あいづち》を打って、しなやかな白い指でコーヒーカップを抓《つま》み上げた。有働は短くなった煙草の火を灰皿の底で揉《も》み消した。

「その後、波多野警部はお元気ですか？」

「ああ。そっちは、うちの係長と因縁《いんねん》があるんだったな」

「ええ」

志帆がうなずいた。彼女の夫の保科圭輔《けいすけ》は、四年ほど前に殉職《じゅんしょく》している。所轄署の強行犯係刑事だった。

志帆の亡夫は本庁の波多野警部とコンビを組み、潜伏中の殺人犯を逮捕する際、別の犯罪に関わった男が運転する乗用車に轢《ひ》かれてしまったのだ。波多野に取り押さえられた殺人犯は手錠を打たれる直前、隠し持っていた刃物を振り回す素振りを見せた。

とっさに波多野は相棒を庇《かば》う気になって、志帆の夫に退《さ》がれと大声で叫んだ。それが裏目に出て、保科圭輔は運悪く車に撥《は》ね飛ばされたのだ。

この二月に町田署管内で発生した殺人事件で、本庁捜査一課の波多野は所轄署の志帆とペアで捜査に当たった。そのことで二人の間の蟠《わだかま》りは消え、いつしか互いに惹かれ合いはじめたようだ。町田署は都内で二番目に大きい所轄署だ。署員は五百五十人ほどいる。

「翔太《しょうた》君はどうしてる？」

有働は話題を転じた。

志帆の息子の翔太は四歳で、母親が働いている間は市内の私立保育所で過ごしている。母子は町田署からそれほど遠くない山崎《やまざき》団地の賃貸住宅で暮らしていた。志帆の実家は、静岡県浜松市内にある。

「相変わらずです。元気だけが取柄な子ですので、保育所の先生たちの手を焼かせてるみたいなの」

「男の子は、それぐらいでいいんだよ」

「わたしも、腕白でもいいと思っています」

「息子、波多野の旦那に会いたがってるんだろうな。翔太君は、すっかり係長に懐《なつ》いてる感じだったから」

「翔太は保科が亡くなったとき、生後半年足らずだったんですよ。ほとんど父親の記憶はないはずです」

「写真でしか知らないんだ、お父さんのことは?」

「ええ。だから、大人の男性には興味があって、なんとなく甘えたくなるんでしょうね」

「そうなのかな。そっちも、波多野の旦那のことは嫌いじゃないんだろう?」

「ええ、敬愛しています」

「もっと正直になれよ。うちの係長に惚《ほ》れてるんだろう?」

「波多野さんのことは大好きです。でも、恋愛感情とは少し違うんですよ。頼りになる男性とは思っていますけどね」

「おれは二人がてっきり相思相愛だと思ってたから、六月の事件の打ち上げのとき、気を利かせて『コルトレーン』とかいうジャズバーから消えたんだよ」

「そうだったみたいですね」

「それじゃ、あれから旦那にデートに誘われたこともないのか?」

「ありませんよ、そういうことは」

志帆が即答した。

「だったら、おれ、本気でそっちを口説くかな」

「有働さんは、どんなカップルも性愛を含めて三年が限度だと思っているんでしょ?」

「アメリカの性科学者が恋愛の賞味期限は三年だと学会で発表してると言っただけで、こっちの恋愛観ってわけじゃないんだ。相手の女に惚れきってたら、永遠《とわ》の愛もありなのかもしれないな」

「うまく言いくるめられた感じだわ」

「おれ、そっちも翔太君も好きだよ。再婚相手は、おれにしない？」

「軽いですね」

「わかってないな。こう見えても、おれはシャイな男なんだ。照れてるの！　すごく照れてるんだって」

「それにしても、ちょっと軽いわ」

「くそっ、なかなか想《おも》いが伝わらねえな」

有働は頭に手をやって、冷めたコーヒーを一気に啜《すす》った。ブラックだった。

「ところで、わざわざ町田まで来られたのはなぜなんです？　職務じゃないんでしょ？」

「そっちに会いたくなったんだ。そう言ったら、少しは点数が上がるんだろうが、ちょっと教えてもらいたいことがあるんだよ」

「何を知りたいんです？」

志帆が幾分《いくぶん》、前屈《まえかが》みになった。有働は前夜からの出来事をかいつまんで話した。

「確かに原町田《はらまちだ》六丁目に『秀梅《シウメイ》』という上海クラブはあります。ママの呉紅蓮《ウーホンリエン》という女性が襲撃者の妹かどうかわかりませんけど」

「そうか」

「その上海クラブは駅前交番の近くの米田《よねだ》ビルの四階にあるはずですけど、町田署《うち》の生活安全課がマークしてるんですよ」

「ママやホステスがオーバーステイなのかな？」

「そうじゃなく、ホステスたちが客を相手に売春をしてるって半月ほど前に密告《チクリ》が入ったんです」

「それで、内偵中なのか」

「ええ。コロナのせいで店の客が激減したんで、美人ママが五人のホステスに店外デートを強要したみたいですね。店で働いてる娘《こ》たちの多くは上海出身だそうです」

「町田一帯を仕切ってるのは、共進会《きょうしんかい》の四次組織だったな。『秀梅《シウメイ》』は地元の組と繋《つな》がりがあるのか？」

「みかじめ料は払ってるかもしれませんが、深い繋がりはないと思います。有働さんは個人的に呉許光《ウーシエクアン》を捜し出して、懲《こ》らしめるつもりなんですね？」

「うん、まあ」

「そういうことは、まずいですよ。昨夜《ゆうべ》の一件を所轄の新宿署に通報して、呉を指名手配すべきです」

　志帆が小声で忠告した。

「別に被弾したわけじゃないんだ。あまり事を大きくしたくねえんだよ」

「だけど、発砲事件なんです。黙ってるわけにはいかないでしょ？」

「呉を見つけても、個人的に裁《さば》いたりしないよ。おれを始末してくれって頼んだ奴の名を吐かせたいだけなんだ」

「殺しの依頼人がわかったら、どうするつもりなんですか。こっそりと殺すか、半殺しにする気でいるんじゃありません？」

「そこまではしないよ。殺しの依頼人を殺人教唆《きょうさ》容疑で逮捕するだけだって」

「本当にそうしてくださいね。ちょっとした違法捜査には目をつぶれますけど、有働さんが仕返し殺人なんかしたら、波多野警部を悲しませることになりますので。波多野さんは、有働さんのことを自分の弟のように思ってるみたいですよ。やんちゃ振りに少し困惑してるようですけど、決して有働さんを見放したりはしないでしょう」

「旦那は俠気《おとこぎ》があるからな」

「わたしも、有働さんが殺人者になったら、いやですね。悲しくなるとも思うわ」

「無茶はしないよ。約束する。あんまり油を売ってると、岡江《おかえ》って上司に厭味《いやみ》を言われそうだな。もう署に戻れよ」

有働は卓上の伝票を抓《つま》み上げ、勢いよく立ち上がった。志帆も腰を浮かせた。

ファミリーレストランを出ると、外は薄暗かった。午後五時半を過ぎていた。二人は店の前で右と左に分かれた。

有働は町田街道に沿って、旧市役所のあった方向に歩きだした。署員がおよそ五百五十人もいる町田署は、小田急線町田駅やJR横浜線町田駅から数キロ離れた場所にある。といっても、あたり一帯は市街地だ。人口四十三万人の町田市の中心地は、西の歌舞伎町と呼ばれるほどの繁華街である。

小田急線町田駅は、小田急デパートの二、三階部分が構内になっている。横浜線町田駅とは連絡通路で結ばれ、雨天でも濡れない。

両駅の周辺は賑《にぎ》やかだ。旧大丸のモディ、マルイ、東急ツインズ、ハンズ、ルミネ、西友、ジョルナなどがあり、銀行やオフィスビルが連《つら》なっている。飲食店や個人商店も数多い。

駅前のバスセンターからは、付近の大型団地やマンション行きのバスが発着している。

市街地から少し離れると、緑に恵まれた閑静な住宅街が点在している。緑地公園も少なくない。

数百メートル歩くと、右側に旧町田市役所跡地が見えてきた。そこは町田シバヒロと呼ばれている。

有働は町田シバヒロの横を抜けて、小田急線の町田駅前に出た。駅の脇の踏切を渡り、ドラッグストア『マツモトキヨシ』と『りそな銀行町田中央支店』の間の脇道に足を踏み入れる。両側には飲食店が並んでいた。

上海クラブ『秀梅《シウメイ》』は、この付近にありそうだ。有働はゆっくりと進みながら、左右の軒灯《けんとう》を目で確かめた。

米田ビルは、大手コンビニエンスストアの上階にあった。有働はエレベーターで、四階に上がった。『秀梅』はエレベーターホールの斜め前にあったが、まだ軒灯は点いていなかった。営業時間は午後七時からだった。

有働は、どこかで時間を潰《つぶ》すことにした。

表に出ると、正面の丁字路の右側に見覚えのある飲食店ビルが目に留《と》まった。藤川《ふじかわ》ビルだ。地下一階のジャズバーの隣に居酒屋があったと記憶している。手造りの酒肴《しゅこう》と地酒を揃えた店だった。

有働は藤川ビルに入り、地下一階に下《くだ》った。

ジャズバー『コルトレーン』は、まだシャッターが下りたままだった。居酒屋に入り、隅のテーブル席に落ち着く。

ほぼ満席だった。三、四十代のサラリーマンらしい男たちが目立つ。店の雰囲気は悪くない。大人向けの酒場だろう。

有働は芋《いも》焼酎のロックと五品ほど肴《さかな》を注文した。

突き出しは馬刀貝《まてがい》だった。若い世代向けのチェーン居酒屋とは、たたずまいが違う。うまい酒と肴を供してくれるのだろう。

その期待は裏切られなかった。鹿児島産の芋焼酎は絶品だった。

鮪《まぐろ》の中トロと間八《かんぱち》の刺身は新鮮で、お代わりしたくなった。外国産だろうが、焼き松茸《まつたけ》は割に香ばしかった。穴子《あなご》の天ぷらも肉厚で、うまかった。生湯葉《なまゆば》にはこくがあった。

有働は芋焼酎のロックを三杯空け、七時過ぎに店を出た。その足で、『秀梅《シュウメイ》』に向かった。

今度は営業中だった。先客はいなかった。チャイナドレスに身を包んだ五人のホステスが奥に控えている。全員、二十代だろう。

「いらっしゃいませ」

黒っぽいスーツ姿の四十年配の男が近寄ってきた。滑《なめ》らかな日本語だった。日本人だろう。

「おたくが店長なのかな?」

「はい、軽部《かるべ》と申します。お客さまは、きょうが初めてのご来店ですよね?」

「そう。ママの紅蓮《ホンリエン》さんが絶世の美女だって噂を聞いたんで、顔を拝《おが》みに来たんだよ。ママは、どこにいるの?」

有働は問いかけた。

「あいにくママは、まだ……」

「いつも何時ごろ、店に顔を出してるんだい?」

「日によって、まちまちなんですよ。週に一、二回は開店間もなく店にくるんですが、そのほかは自宅にいることが多いんです」

「リッチなんだな。あくせく稼ぐ必要がないってわけか」

「いいえ、逆なんですよ。コロナで三年以上も売上が下降線をたどる一方でしたので、ママはやる気をなくしちゃったんです。そんなことではいけないんですけどね」

店長の軽部が肩を竦《すく》め、案内に立った。

有働は導《みちび》かれ、ほぼ中央のボックスシートに坐った。

「お飲み物は何になさいます?」

「ビールにしよう。口開けの客になったんだから、女の子を全員、席に呼んでくれないか」

「ありがとうございます。お客さまのような粋人《すいじん》が町田にいるとは思ってもいませんでした。市内の邸宅街にお住まいなんでしょうね?」

「いや、下北沢の賃貸マンションで暮らしてるんだ。ただ、こっちは深川生まれだから、しみったれた遊び方したくないんだよ。男は見栄を張れなくなったら、おしまいだからさ」

「粋ですねえ。お客さまのファンになりました、一遍《いっぺん》にね」

店長が愛想笑いを浮かべて、嬉々《きき》として五人のホステスを呼び寄せた。

有働はチャイナドレスの女たちに取り囲まれた。ホステスたちが、それぞれたどたどしい日本語で源氏名《げんじな》を告げる。なぜだか全員、日本名だった。そのほうが客に馴染《なじ》みやすいからなのだろう。

有働は五人に好みのカクテルを振る舞い、フルーツの盛り合わせもオーダーした。ホステスたちが一斉に目を輝かせた。いいカモが店に迷い込んでくれたと内心、感謝しているにちがいない。

「女の大切なとこは、中国語で屄《ピー》って言うんだよな？」

有働は二杯目のビールを飲み干すと、意図的《いとてき》に下卑《げび》たことを口走った。それで、一気に座が盛り上がった。

八時半を過ぎても、新たな客は入ってこない。ママの紅蓮《ホンリエン》も姿を見せなかった。

有働はホステスの誰かを店外デートに誘い出して、紅蓮の自宅の住所を探り出すことにした。トイレに立ったついでに、店長の軽部に耳打ちする。

「明菜《あきな》って名乗ってる娘《こ》を連れ出したくなったんだ。この店、店外デートはオーケーなんだろ？」

「は、はい。ショートでお遊びになる？」

「そのつもりなんだ」

「それでしたら、ホテルで明菜に三万円お渡しください。時間は二時間ですので、よろしくお願いします」

「わかったよ」

「先に店を出て、『マツモトキヨシ』の横で六、七分お待ちください。明菜に大急ぎで着替えをさせ、すぐ行かせますので」

軽部が片目をつぶった。男のウインクは気持ち悪いだけだ。

有働は顔を背《そむ》け、手早く勘定を払った。思いのほか安かった。二万五千円弱だった。町田はローカルなのか。

五人のホステスに見送られて、『秀梅《シウメイ》』を出る。米田ビルから三十メートルあまり歩き、全国展開している有名なドラッグストアの横にたたずんだ。

六分ほど待つと、カジュアルな服に着替えた明菜が小走りに走り寄ってきた。

「お客さん、ありがとう。最初に店外デートに誘ってもらって、わたし、嬉しいよ」

「本名を教えてくれないか。下の名だけでもいいからさ。チャイニーズガールに明菜は変だからな」

「わたしの下の名前、美春《メイチュン》ね」

「いい名じゃないか。そっちのほうがずっといいよ。いつも、どのへんのホテルを使ってるのかな?」

有働は訊いた。

「駅の向こう側にあるホテルね、森野《もりの》にあるの。ラブホテルじゃなくて、一応、シティホテルだから、とっても入りやすいよ」

「そうか」

「歩いて三、四分ね。お客さんとわたし、今夜だけ恋人同士。うふふ」

美春が含み笑いをして、腕を絡《から》めてきた。

有働は美春と身を寄り添わせながら、踏切を渡って商業ビルの脇道に入った。最初の角を左に曲がると、左手前方に中層ホテルが見えてきた。

有働は暗がりで、美春を立ち止まらせた。

「そっちに三万円は、ちゃんと渡す。けど、おれはホテルには行かない」

「どういう意味か、わたし、わからない」

「そっちを店の外に連れ出したのは、セックスが目的じゃないんだ。ママの呉紅蓮《ウーホンリエン》の自宅のアドレスを教えてもらいたいんだよ」

「あなた、ママの家に行って何するの？」

「ママに確かめたいことがあるだけだよ。彼女の兄貴の許光《シェクアン》の居所が知りたいんだ。紅蓮を困らせることはしない。ママの自宅に彼女の兄貴がいる気配は？」

「それ、わからない。セックスしなくても、わたしに本当に三万円くれるの？」

美春が探るような眼差《まなざ》しを向けてきた。有働は黙ってうなずき、三枚の一万円札を美春に手渡した。

「なんだか悪い気がするよ、わたし」

「いいんだ。ハンバーガーショップかファミレスで時間を潰してから、店に戻ればいいさ。で、ママの住まいはどこにあるのかな?」

「この近くにママの住んでるマンションがある」

美春《メイチュン》が短く迷ってから、一息に言った。

「どこらへんにあるんだい?」

「この道をまっすぐ行くと、左側に『森野レジデンス』という六階建てのマンションがある。森野郵便局の斜め前ね。ママの部屋は五〇四号室だけど、表札は守屋《もりや》になってる。ママのパトロンが部屋を借りてるから」

「ママは、日本人のパトロンと一緒に暮らしてるのか」

「ううん、ふだんは独りで暮らしてる。守屋さんは月に二、三回しかママの部屋には泊まってないみたい」

「そうか。そっちに迷惑はかけないから、安心してくれ。じゃあな!」

有働は美春の肩を軽く叩《たた》いて、大股で歩きだした。二百メートル近く歩くと、教えられたマンションがあった。

表玄関はオートロック・システムにはなっていなかった。有働はエレベーターで五階に上がった。五〇四号室のインターフォンを鳴らすと、三十一、二歳の女が現われた。

やや目に険《けん》があるが、女優並の美女だ。色白で、プロポーションが素晴らしい。呉《ウー》紅蓮《ホンリエン》だった。

「あんた、店のホステスに売春させてるな」

有働は強請《ゆすり》屋を装うことにした。

「そんなことしてませんよ」

「日本語が上手だな。パトロンの守屋にベッドの中で教わったのか？」

「あなた、やくざなのね？」

「一匹狼の強請屋だよ。さっき『秀梅《シウメイ》』に行ってきた、懐にICレコーダーを忍ばせてな。店長の軽部との遣《や》り取りは鮮明に収録されてる。ショートの遊び代が三万だってな。店で半分はピンハネしてるんだろ？」

「入って！　中に入ってちょうだい」

紅蓮が早口で言って、後ろに退《さ》がった。

有働は入室し、靴を脱いだ。紅蓮の後《あと》から十五畳ほどの居間に入る。

間取りは2LDKだった。右手に洋室があり、左手に和室があった。耳をそばだててみたが、誰かが潜《ひそ》んでいる気配は伝わってこない。

「持ってるICレコーダーの音声データを五十万で引き取らせてもらうわ」

「たったの五十万か。話にならねえな」

「なら、百万で買うわ。それで、手を打ってよ」

「ガキの使いじゃねえんだ。二百万なら、譲《ゆず》ってやってもいいよ。本当は三百万と言いてえとこだがな」

「不満でしょうけど、二百万にして。その代わり、ちょっと色をつけるわ」

紅蓮《ホンリエン》がなまめかしく笑い、手早く衣服を脱いだ。ブラジャーとパンティーも取り除いた。

熟《う》れた裸身が眩《まばゆ》い。乳房はたわわに実り、ウエストのくびれは深かった。腰の曲線が美しい。むっちりとした腿《もも》は、艶《つや》やかな光沢を放っている。

絹糸のような和毛《にこげ》は淡かった。ぷっくりとした恥丘は、マシュマロを連想させた。珊《さん》瑚《ご》色の縦筋の一部が覗いている。

「一緒にシャワーを浴びましょうよ」

紅蓮が鳥のように有働の唇をついばみ、股間をまさぐった。指の使い方には、技《わざ》があった。男の体を識《し》り抜いた巧《たく》みな愛撫だった。

有働の下腹部は、たちまち熱を孕《はら》んだ。

据《す》え膳《ぜん》を喰《く》わなかったら、相手に恥をかかせることになる。女好きの有働は自分に言い聞かせ、衣服をかなぐり捨てた。

二人は生まれたままの姿で浴室に向かい、シャワーを浴びた。さんざん戯《たわむ》れ合ってから、寝室のダブルベッドの上で情熱的に交わった。

情事の余韻《よいん》を味わってから、有働は紅蓮の上体を荒々しく摑み起こした。

「兄貴の許光《シェクアン》は、どこにいる？　おれは、そっちの兄貴に用があるんだよ」

「強請屋じゃなかったの⁉」

「ああ。きのうの夜、おれは歌舞伎町の裏通りで呉《ウー》許光にサイレンサー・ピストルで撃たれそうになった。そっちの兄貴は誰かに頼まれて、おれを始末する気だったんだろう。そっちの兄貴は新宿から消えちまったんだ」

「兄からは半年以上も電話一本かかってきてないのよ。わたしが居所を知るわけないでしょ！」

「本当だなっ」

「もちろんよ」

紅蓮がベッドから滑り降り、ウォークイン・クローゼットに逃げ込んだ。そう思ったのは読みが浅かった。

数分後にクローゼットから飛び出してきた紅蓮は、右手にジェニングスJ《ジェイ》－22を握っていた。アメリカ製の安価な小型セミオートマチック・ピストルだ。ステンレス製のシングルアクションで、二十二口径である。

紅蓮《ホンリエン》は左手には注射器を持っていた。中身は麻酔液だろう。

「撃ちたきゃ、撃て！」

有働は虚勢を張った。小型拳銃でも侮《あなど》れない。急所を狙い撃ちされたら、命を落とすことになる。焦《あせ》らずに反撃の機会を待ったほうが賢明だろう。

「ベッドに俯《うつぶ》せになって」

紅蓮が命じた。

有働は言われた通りにした。そのすぐ後《あと》、紅蓮がベッドに走り寄ってきた。数秒後、背中に注射針を突き立てられた。こめかみには、ジェニングスＪ－22の銃口を押し当てられていた。

有働は抗《あらが》う術《すべ》がなかった。

一分も経《た》たないうちに、全身が痺《しび》れはじめた。それから間もなく、意識が混濁《こんだく》した。

我に返ると、かたわらに紅蓮の全裸死体が転がっていた。ベッドの上だった。ほっそりとした首には、くっきりと扼殺痕《やくさつこん》が見える。

有働の顔面や両腕には、爪の引っ掻《か》き傷があった。紅蓮を殺害した犯人が自分に濡衣を着せようと画策《かくさく》したことは、ほぼ間違いはない。

有働は慄然《りつぜん》としながら、ベッドから離れた。身繕《みづくろ》いをしながら、寝室を素早く見回す。小型拳銃と空になった注射器はどこにも落ちていなかった。

有働は寝室を出て、各室を検《しら》べた。犯人の遺留品の類《たぐい》は何も見つからなかった。

玄関ホールに向かい、急いで靴を履《は》く。有働はハンカチで内側のドアノブを神経質に拭《ぬぐ》って、そっと五〇四号室を出た。午前零時近い時刻だった。

外側のノブを拭い終えたとき、エレベーターホールの方から『秀梅《シウメイ》』の軽部店長がやってきた。

「お客さまは、ママのお知り合いだったんですか⁉」

「実は、ちょっとした知り合いなんだ。ママ、ぐっすり眠ってるよ。そっちは、なんでこのマンションに来たんだい？」

「毎晩、店の売上金を五〇四号室のドアポストに入れてるんですよ。ママにそうしてくれって言われてるものですから」

「そうなのか。ママは風邪薬を服《の》んで、寝入ってる。売上金、そっとドアポストに落としてやってくれ」

有働は軽部に言って、エレベーター乗り場に向かった。『森野レジデンス』を出ると、駆け足で遠ざかった。

無意識に町田駅とは逆方向に向かっていた。ほどなく鎌倉街道にぶつかった。左に曲がり、妙延寺《みょうえんじ》の脇の交差点まで歩く。信号を右に折れて道なりに進むと、町田駅前通りの反対側にカフェがあった。

有働は道路の反対側に渡り、カフェに入った。コーヒーを飲み終えたとき、警察手帳がなくなっていることに気づいた。

紅蓮《ホンリエン》の部屋に落としてきたのだろうか。そうだとしたら、殺人容疑が一段と濃くなってしまう。

有働は急いでコーヒー代を払い、『森野レジデンス』に駆け戻った。すると、マンションの前に二台のパトカーが停まっていた。赤色灯が瞬《またた》いている。

軽部が有働に不審の念を抱き、五〇四号室に入ってみたのか。それで、変わり果てた呉《ウー》紅蓮を発見し、一一〇番通報したのかもしれない。

所轄署の刑事たちに経緯《いきさつ》を説明しても、まず信じてはもらえないだろう。

有働はそう判断し、事件現場から足早に遠のきはじめた。

4

浴槽から湯が零《こぼ》れた。

二つの乳房が浮き上がった。恥毛は海草のように揺らめいた。沈み方が乱暴だったか。

保科志帆は湯船の底に尻を落とし、両膝を立てた。

自宅の風呂場だ。団地サイズの浴槽は小さい。両脚を一杯に伸ばすことはできなかった。それでも湯に浸《つ》かっていると、少しずつ疲れが取れる気がする。心身ともに寛《くつろ》げることは確かだった。

息子の翔太は十時四十分ごろ、眠りに落ちた。これからは自分の時間だ。

といっても、あまり夜更かしはできない。風呂上がりにウイスキーの水割りを二杯飲んだら、ベッドに入らなければならない。

わずか一時間程度の息抜きだが、自分にとっては大切な一刻《ひととき》だ。湯を両手で静かに搔き回していると、夕方にファミリーレストランで会った有働の顔が脈絡《みゃくらく》もなく脳裏に浮かんだ。

個人的に差し向かいでコーヒーを飲んだのは初めてだった。自分もなんとなく照れ臭かったが、有働は明らかにはにかんでいた。まるで初心《うぶ》な若者のようだった。無頼漢《ぶらいかん》の有働はあらゆる遊びをして、数多くの女性を抱いてきたにちがいない。そんな遊び人が別人のように落ち着きを失っていた。それは新鮮な驚きだった。

　有働は何度となく軽い口調で口説き文句を並べた。単なる冗談やからかいではなく、本気だったのだろうか。好意以上の感情を寄せてくれているのか。

　そうだとしたら、女として悪い気持ちはしない。しかし、困惑もする。

　志帆は本庁の波多野警部と二月の捜査本部事件でペアを組み、彼の人柄に触《ふ》れて敬愛の念を深めた。亡夫から聞いていた通り、波多野は魅力のある男性だった。

　死んだ保科は典型的な熱血漢で、堅物に近かった。だが、文京区千駄木《せんだぎ》で生まれ育った波多野は東京っ子らしく、遊び心も持っていた。硬骨漢だが、くだけた面もあった。容姿も悪くない。頭の回転は速かった。

　六月に町田署管内で猟奇殺人事件が発生したとき、本庁捜査一課の波多野班がふたたび捜査本部に出張《でば》ってきた。そのとき、波多野は予備班の班長の任に就《つ》き、現場捜査には携《たずさ》わらなかった。

　志帆は本庁組織犯罪対策部から捜査一課に異動になった有働刑事とペアを組んだわけだが、聞き込みの報告などで波多野とよく言葉を交わした。

そうこうしているうちに、彼女は波多野に恋情めいた想いを懐《いだ》くようになった。しかし、その感情は恋心とか異性愛といえるまでは高まっていない。そんなことで、自分の心の変化は誰にも洩らしてはいなかった。

保科が他界して、四年あまりが流れた。翔太が大学を卒業するまでは、意地でも女手ひとつで育て上げる気でいる。事実、言い寄ってくる男性たちには見向きもしてこなかった。精神的にも恋愛をするだけの余裕がなかった。

だが、まだ三十歳だ。子育てに明け暮れているうちに、いつしか女盛りの季節は過ぎ去ってしまうのだろう。

それでは、あまりにも淋《さび》しい。何か潤《うるお》いが欲しかった。胸をときめかせてもみたい。波多野と接するようになってから、志帆はそんなふうに考えるようになっていた。

翔太は、波多野を父親のように慕っている。波多野は十年以上も前に離婚している。仕事にかまけているうちに、妻が年下の男性と駆け落ちしてしまったらしい。

夫婦は子宝に恵まれなかった。そんなこともあって、波多野は翔太をかわいがってくれている。なんとなく心細くなったとき、志帆はいつか波多野となら再婚してもいいと考えたりする。しかし、それは強い願望ではなかった。

波多野が四十三歳であることは、別に障害にならない。だが、彼の元妻は末期癌で入院中だ。余命いくばくもないという。

元妻の命の灯が消えてしまえば、心優しい波多野はしばらく哀惜《あいせき》の念を消せないだろう。そんな相手に一途《いちず》にのめり込むほど若くはない。

有働は独身で、特別に親密な女性はいないようだ。ただ、浮気性であることは生涯変わらないだろう。それを考えると、再婚相手にはふさわしくない気がする。

「面倒臭いから、ずっとシングルでいいか」

志帆は声に出して呟《つぶや》き、湯船から出た。

全身が桜色に染まっていた。体のあちこちに湯滴がへばりついている。まだ若さを保《たも》っている証拠だ。

髪の毛と体を入念に洗い、ふたたび湯に浸かる。リフレッシュした気分で浴室を出て、バスタオルで体を拭い、ボディーローションをはたき込んだ。下着とパジャマを身にまとって、洗面所兼脱衣所を出る。

ダイニングキッチンに移り、手早くウイスキーの水割りを作った。肴《さかな》は生ハムとスライスしたチーズだ。

ダイニングテーブルに向かったとき、卓上の刑事用携帯電話が震動した。

ポリスモードだ。帰宅後は、いつもマナーモードに切り替えてあった。息子の安眠を妨《さまた》げたくなかったからだ。

志帆はポリスモードを摑み上げた。発信者は、上司の安西《あんざい》清《きよし》強行犯係係長だった。

「もう寝《やす》んでたか？」

「いいえ、まだ起きていました。どんな事件《ヤマ》が発生したんでしょう？」

「殺人《コロシ》なんだ。すぐ臨場《りんじょう》してほしいんだよ。現場は森野二丁目十×番地、『森野レジデンス』の五〇四号室だ」

「被害者《マルガイ》は？」

志帆は畳みかけた。

「中国人の呉紅蓮《ウーホンリエン》、三十二歳。町田駅の近くにある上海クラブ『秀梅《シウメイ》』のママだったんだ」

「えっ」

「どうした？」

安西が訝《いぶか》しんだ。

「いいえ、なんでもありません。刺殺ですか？　撲殺《ぼくさつ》なんでしょうか？」

「扼殺《やくさつ》だよ。加害者は情交後、ベッドの上で被害者の首を両手で絞めたようだ。上海クラブのママが住んでた部屋は、パトロンの守屋忠《ただし》、五十三歳が賃貸契約をしてる。月々の家賃の十二万三千円は守屋が払ってるようだ」

「そうですか」

「被害者《マルガイ》は痴情《ちじょう》の縺《もつ》れか何かで、パトロンに殺《や》られたのかもしれないな。いや、予断《よだん》は禁物だ」

「そうですね」

「主任の岡江や神崎《かんざき》は、もう現場にいる。きみも、ただちに臨場してくれ」

「了解！」

志帆は通話を終えると、椅子から立ち上がった。息子が寝ている部屋に走り入る。常夜灯《じょうやとう》が点《つ》いていて、室内は真っ暗ではない。

志帆は翔太を揺り起こした。

「もう朝なの？　ぼく、まだ眠いよ」

「まだ夜よ。いま町田署《カイシャ》から呼び出しの電話があってね、すぐに出かけなきゃならなくなったの」

「いつ帰ってくる？」

「二、三時間はかかりそうね。ひとりで待てるでしょ？」

「うん」

「何か困ったことがあったら、隣のおばちゃんに相談に乗ってもらいなさい。いいわね？」

「わかったよ」

翔太が寝呆《ねぼ》け声で答え、夜具の中に潜《もぐ》り込んだ。

志帆は別室に移り、急いで着替えを済ませた。部屋のドアをロックして、一気に階段を駆け降りる。

志帆は駐輪場《ちゅうりんじょう》に走り、ジェット型のヘルメットを被《かぶ》った。スクーターを団地の外周路まで押してから、エンジンを始動させる。

山崎団地から公社木曽《きそ》住宅、みどりケ丘住宅、日東《にっとう》団地を抜けて、滝《たき》の沢《さわ》から町田街道に入った。町田一中の角の交差点を右に折れ、そのまま直進する。ほどなく『森野レジデンス』に着いた。

マンションの前の路上には五、六台の覆面パトカーと鑑識車が駐《と》めてあった。黄色い立入禁止のテープが張られ、顔見知りの制服警官たちが立っていた。

志帆はスクーターをマンションの植え込みの際《きわ》に寄せ、手早くシューズカバーを装着した。白い布手袋《ぬのてぶくろ》を嵌《は》めながら、『森野レジデンス』のエントランスロビーに入る。

五階に上がると、エレベーターホールにも町田署の若い巡査たちが立番を務《つと》めていた。

「ご苦労さまです」

二人の巡査が、ほとんど同時に挨拶《あいさつ》した。

志帆は笑顔を返し、五〇四号室に向かった。ドアは開け放たれていた。ネームプレートには、守屋とだけ記されている。

玄関先には、本庁機動捜査隊の捜査員が立っていた。顔馴染《かおなじ》みだった。

「どうも遅くなりました」

志帆は相手に挨拶し、五〇四号室に入った。

玄関ホールの先にある居間に足を踏み入れると、町田署の鑑識係員たちが指紋と足跡の採取にいそしんでいた。ルミノール検査は行われていなかった。

署の先輩刑事たちが本庁の初動班のメンバーと情報を交換していた。

殺人事件が起こると、まず本庁機捜と所轄署刑事課の強行犯係が事件現場に駆けつける。双方は協力し合って、二、三日、聞き込みに励む。それが、いわゆる初動捜査だ。

わずか一両日の初動捜査で犯人を逮捕できるケースは少ない。東京都の場合は各所轄署が警視庁捜査一課に協力を要請する。

本庁の殺人犯捜査係の刑事たちは地元署に出張《でば》り、所轄の捜査員たちと事件を解決する。通常は、本庁から十数人の刑事が所轄署に出向く。リーダーは係長の警部と決まっている。

一カ月の第一期で事件が解決しなかったら、本庁の刑事だけが捜査を続行する。原則として、所轄署の捜査員は各自の持ち場に戻る。他《た》の各道府県警本部も同じだ。捜査本部事件の捜査費は、所轄署が負担する。

志帆は寝室に入った。

「おう、やっと来たな。保科、ちゃんとパンツを穿《は》いてきたか？」

強行犯係主任の岡江剛《つよし》巡査部長が振り向いた。四十九歳で、ずんぐりとしている。眉《まゆ》が濃く、ぎょろ目だ。

「パンツ？」

「子供を早く寝かしつけて、ボーイフレンドとホテルでよろしくやってたんだろう？」

「いつものセクハラですか。うんざりだわ。いい加減にしてっ」

「うーっ、おっかねえ！　冗談だよ。小娘じゃないんだから、いちいちブーたれるなって」

「岡江主任！　表に出ましょうよ。売られた喧嘩は買いますので」

「ごめん、ごめん！　おれが悪かったよ。謝《あやま》ります」

「詫《わ》び方に誠意が感じられませんね。土下坐してもらいたいわ」

志帆は言い募《つの》った。

すると、ベッドの死体を覗き込んでいた神崎龍平《りゅうへい》が志帆を睨《ね》めつけた。三十七、八歳で、岡江主任の茶坊主のような同僚刑事だ。

「神崎さん、その目はなんなの？　言いたいことがあるんだったら、はっきり言えばいいでしょ！」

「強行犯係の紅一点で美人だからって、主任に口答えするのはよくないな」

「わたしのどこがよくないんです？　岡江主任は職場で毎日のようにセクハラといえる軽口をたたいて、わたしを侮辱《ぶじょく》してるのよ」

「部下をからかうのは、それだけ目をかけてるってことさ」

「冗談じゃないわ」

「主任のほうが職階が上なんだから、そのあたりは……」

「職階が上の者には何を言われても、へらへらしてなきゃいけないわけ？　そんなのは情けないでしょうが！　おたく、それでも男なのっ」

「なんだと⁉　もう一遍《いっぺん》、言ってみろ！」

「相手が女だと、ずいぶん威勢がいいのね。表に出る？」

志帆は言い返した。神崎が岡江に救いを求めるような目を向けた。

「まあ、まあ。遺体《ホトケ》の前で、内輪揉《うちわも》めはどうかね」

本庁初動班の脇坂《わきさか》警部が仲裁に入った。

岡江主任が部下の神崎に目配せした。二人は、きまり悪げな顔で居間に移った。

「見苦しいところをお見せしました」

志帆も、ばつが悪かった。

「岡江主任に悪気はないんだろうが、セクハラはよくないね。それにしても、きみがキレるとは思わなかったよ」

「仏の顔も何とやらです。日頃の不満が爆発しちゃったんですよ」

「ま、そうなんだろうな。岡江主任も当分は悪ふざけを慎《つつし》むだろう」

「そうでしょうか。それより脇坂警部、本庁鑑識課検視官室からは、どなたが見えるんです？」

「もう間もなく副室長の木島紘一《きじまこういち》警部がやってくると思うが、犯行手口は扼殺だね。被害者の両手の爪の間には、加害者の物と思われる表皮と血痕が付着してる」

「首を両手で絞められたとき、上海クラブのママは犯人の顔面とか腕を引っ掻いたんでしょうね？」

「そうにちがいないよ」

「事件通報者はパトロンの守屋忠という男なんですか？」

「いや、通報者は『秀梅《シウメイ》』の店長の軽部敬明《たかあき》、四十歳なんだ。軽部はいつものように午前零時前に店の売上金を五〇四号室のドアポストに入れようと『森野レジデンス』を訪ねたら、この部屋から三十七、八の大男が現われたらしいんだよ。そいつはドアノブをハンカチで拭ってたように見えたというんだ、断言はできないと前置きしたそうだがね」

「部下の方が軽部という通報者から事情聴取はしたんですね？」

「ああ。その怪しい男は七時過ぎに『秀梅』にひとりで飲みに来たらしいんだが、しきりにママの呉紅 蓮《ウーホンリエン》に会いたがってたというんだ。一見《いちげん》の客だから、まさかママの自宅マンションを知ってるとは思わなかったと軽部は驚いてたそうだよ」

「その大男はホステスから上手にママの住まいを聞き出して、このマンションを訪れたんでしょうか？」

「多分、そうなんだろうな。そいつが五〇四号室から出てきたことは、軽部の証言で間違いないんだ。大男はママとはちょっとした知り合いなんだと言って、被害者がぐっすりと眠ってると言ったらしい。店長はなんか怪しいと思って、部屋の中に入ったそうなんだ。それで、ベッドの上の全裸死体を発見したので……」

「一一〇番通報したんですね？」

「そう」

脇坂が大きくうなずいた。

「不審な大男はピッキング道具を使って、この部屋に押し入ったんですかね？」

「鍵穴はまったく破損してないんだ。被害者《マルガイ》が何らかの理由で、正体不明の男を部屋に招き入れたと考えてもいいだろう。面識ぐらいある奴だったのかもしれないな」

「脇坂警部、それは少しおかしくないですか。店長の証言だと、『秀梅』に飲みに現われた大柄な男はママの自宅は知らない様子だったという話でしたよね？」

「ああ、そうだったな。そいつはホステスか誰かからママの自宅マンションを教えてもらって、この部屋に来たんだろう。それで、被害者の知り合いの代理の者とでも称して、まんまと部屋に入り込んだんだろうな」

「男の目的はなんだったのでしょう？」

「レイプが目的だったんだろうな、金品は奪《と》られてないようだからね」

「寝具やシーツはあまり乱れていないようだから、被害者は恐怖心に負けて、おとなしく体を開いたのでしょうか？」

「そうなんだろうな。犯人は刃物か何かで脅して、被害者を怯《おび》えさせたんだろうね。司法解剖で、犯人の体液が明らかになるだろう。この寝室からも、加害者の頭髪や陰毛が採取されると思うよ。そうなれば、有力な手がかりを得られる」

「そうですね」

会話が中断したとき、脇坂警部の部下が寝室に駆け込んできた。若宮《わかみや》という名で、三十一、二歳だ。

「主任、被害者《マルガイ》は一昨日《おととい》の深夜、パトロンの守屋とここで大声で怒鳴り合ってたらしいんですよ。五〇三号室と五〇五号室、それから真下の四〇四号室の入居者たちが同じ証言をしていますから、そのことは事実なんだと思います」

「で、喧嘩の原因は?」

「被害者の紅蓮《ホンリエン》は三十数万のフレンチブルドッグを買ってと守屋にせがんだようです。しかし、ペットに金を出したくないから、保健所かどこかで捨てられた犬を貰ってこいと言われたとか。で、派手な口喧嘩になったみたいですね」

「そう。パトロンはケチなんだろうな」

「守屋は六代も前から町田に住んでる土地っ子で、工務店、ガソリンスタンド、飲食店、中古車販売会社と手広く事業を手がけてるようですが、割に金銭にはシビアらしいんですよ」

「そうか。被害者とパトロンの関係はどうだったのかな？」

「半年ぐらい前から、ちょくちょく口喧嘩をしてたようですね。パトロンは当然、この部屋の合鍵を持ってるはずです。案外、守屋が口論の末に愛人を扼殺しちゃったのかもしれませんね。正体不明の大柄な男が訪ねてくる前に」

「その可能性もゼロじゃないな。ご苦労さん！」

脇坂が部下を稿《ねぎら》った。若宮が寝室から出ていった。

志帆は二人の遣《や》り取《と》りを聞きながら、悪い予感を覚えていた。軽部店長が見かけたという大男は、有働なのではないか。

有働は『秀梅《シウメイ》』のママから、彼女の実兄の居所を聞き出そうとして、軽く首を絞めたのかもしれない。そして何か手違いがあって、扼殺することになってしまった。そうだとしたら、彼は人殺し刑事として、波多野や自分に追われる身になるわけだ。

なんと皮肉な運命なのか。

有働はアウトロー刑事だが、人を殺《あや》めたりはしないだろう。誰かが、野放図に生きている有働を殺人犯に仕立てたくて罠を仕掛けたのか。

志帆は溜息《ためいき》をついた。

ちょうどそのとき、木島検視官が飄《ひょうひょう》々と寝室に入ってきた。五十三、四歳の検視官は細身で、身ごなしが軽い。

「検視官、こんな深夜に申し訳ありません」

脇坂が深く頭を下げた。志帆は木島に会釈《えしゃく》した。

「きみが申し訳なく思うことはないよ。検視は、わたしの仕事だからね」

木島が脇坂に言って、ベッドに歩み寄った。

死者に合掌し、使い古した黒革の鞄《かばん》から外科医のゴム手袋を取り出した。ゴム手袋を嵌めながら、どちらにともなく言った。

「こりゃ、百パーセント、扼殺だな」

「やっぱり、そうでしたか」

脇坂が応じた。

木島検視官が遺体のあちこちに触れはじめた。硬直具合を検《しら》べているのだろう。

検視官は医者ではない。捜査畑を十年以上踏んだ元刑事である。階級は警部か警視だ。

検視官たちは別名、刑事調査官と呼ばれている。全国にたったの四百人弱しかいない。

検視官は法医学の専門教育を受けているが、被害者の遺体は解剖できない。傷口、出血量、直腸体温の測定、硬直の度合などのチェックしか任されていなかった。

それだけでも、おおよその死亡推定日時は割り出せる。捜査員にとっては、ありがたい助っ人だ。

「性器から染み出た精液は、まだ新しいね。情事の直後に殺害されたんだろう。死亡推定時刻は午後九時半から十一時の間だと思うよ。念のため、直腸体温を測《はか》ってみよう」

木島が黒革の鞄から、長い体温計を摑み出した。

志帆は一礼して、寝室を出た。悪い予感は、まだ消えていなかった。志帆は居間を斜めに横切って、浴室に足を向けた。

浴室では、鑑識係の山根《やまね》が頭髪や陰毛を採取中だった。

「犯人の物と思われるヘアは？」

「男の短い頭髪が二本、見つかったよ。加害者の毛かもしれない」

「そうなんでしょうね」

志帆は一瞬、めまいを覚えた。有働は短髪だ。この浴室でシャワーを浴びてから、紅《ホン》蓮《リエン》と体を重ねたのか。

志帆はすぐには動けなかった。

第二章　偽装工作

1

警察車輛は見当たらない。

有働は、ひとまず安堵《あんど》した。紛失《ふんしつ》した警察手帳は、紅蓮《ホンリエン》を殺害した犯人が持ち去ったのだろう。有働は下北沢の自宅マンションの近くの暗がりに立っていた。日付が変わり、間もなく午前一時になる。

町田駅前で乗り込んだタクシーを捨てたのは、百メートルほど離れた場所だった。そこから警戒しながら、自分の塒《ねぐら》に近づいたのだ。

有働は急ぎ足で『下北沢スカイコーポ』に向かい、またもや足を止めた。警戒心を解くあたりを見回す。やはり、刑事らしき人影は目に留《と》まらなかった。

有働はマンションのアプローチを進み、エントランスロビーに足を踏み入れた。無人だった。エレベーターで六階に上がる。有働の部屋は六〇一号室だ。エレベーターホールにも歩廊《ほろう》にも人の姿はなかった。

有働は上着のポケットからキーホルダーを抓《つま》み出し、六〇一号室の前に立った。鍵穴にキーを差し込むと、内錠はすでに外れていた。誰かが無断で室内に忍び込み、どこかに隠れているのか。にわかに緊張感が膨らむ。

有働は身構えながら、ドアを静かに引いた。

玄関ホールは暗かった。かすかに整髪料の香りがする。有働は整髪料は使っていない。何者かが六〇一号室に侵入したことは確かだ。

有働は片腕を伸ばし、玄関ホールの電灯を点けた。

三和土《たたき》を真っ先に見る。見かけない履物《はきもの》はなかった。侵入者は自分の靴を持って、奥で息を潜《ひそ》めているのか。

有働は警戒心を緩《ゆる》めなかった。

そっと入室し、靴を脱ぐ。有働はダイニングキッチンの照明を灯《とも》した。ダイニングテーブルの上に何かが置かれていた。

よく見ると、ビニール袋の中身はピンクの錠剤だった。

タイで密造されている覚醒剤の錠剤〝ヤーバー〟だ。五百錠はありそうだった。見覚えがあった。一年ほど前に関東睦和会義仁組から押収した麻薬かもしれない。

ビニール袋には、ラベルが貼付《ちょうふ》されている。

有働は文字を読んだ。やはり、新宿署生活安全課が義仁組から押収した薬物だった。

「ふざけやがって！」

有働は〝ヤーバー〟の詰まったビニール袋を卓上から払い落とした。

その直後、上着の内ポケットで私物のスマートフォンが鳴った。有働はスマートフォンを取り出した。ディスプレイに目を落とす。公衆電話と表示されている。

有働はスマートフォンを耳に当てたが、わざと言葉は発しなかった。

「〝ヤーバー〟をたくさん隠し持ってるんだな」

発信者の男が、開口一番に言った。ボイス・チェンジャーで声を変えている。年恰好《としかっこう》は察しがつかない。

「てめえがおれの部屋に侵入して、〝ヤーバー〟を置いてったんだな。新宿署の人間かっ」

「わたしは民間人だよ」

「そういう言い方をするのは、たいがい公務員だ。それから押収品の麻薬《ヤク》をこっそりと持ち出せるのは、警察官《サツカン》だけだっ」

「ああ、そうだな。わたしは新宿署の刑事を抱き込んで、タイで密造された錠剤型覚醒剤を押収品保管所から持ち出させたんだよ。金に弱いお巡りは何人もいるからな。協力者は簡単に見つかったよ」

「誰なんでえ、てめえは？」

「その質問には答えられない。おたくはきのう、仙台に出かけて、柿尾を痛めつけたね。下部団体《エダ》の組長が虚仮《こけ》にされたわけだから、関東睦和会はこのまま黙っちゃいないだろうな」

「てめえは関東睦和会の理事なのか？　柿尾の野郎は小便漏《も》らして、迫真の演技をしやがったのかっ。どうなんだ？」

有働は声を張った。

「柿尾は、おたくの命《タマ》なんて奪《と》ろうとなんか考えたこともないだろう。ただ、関東睦和会にも面子《メンツ》があるから、きっちり決着《オトシマエ》はつけるだろうと思ったわけさ」

「呉許光《ウーシェクアン》を雇ったのは、てめえなんだな？」

「否定はせんよ。呉は失敗踏《ドジ》んだが、そのことは想定外でもなかったんだよ。闇討ちにしくじることも想定して、ちゃんと次の手を打ってあったんだ」

「てめえが呉《ウー》を匿《かくま》ってやがるんだなっ」

「わたしは、そんなにお人好しじゃない」

「呉を誰かに始末させたのか?」

「そのうち、呉がどうなったかはわかるだろう。それより、呉の妹の抱き心地はどうだったね。紅蓮《ホンリエン》はクライマックスに達したとき、来了《ライラ》と悦《よろこ》びの声を洩らしたのかな。中国人は東洋人なのに、日本人みたいに〝いく〟とは言わない。欧米人のように、カミングと反対の表現を使う。わたしは、そのことが不思議に思えるんだよ。おたくはどうかね?」

「余裕ぶっこいてるつもりか! てめえを必ず見つけ出して、けりをつけてやる。てめえが紅蓮をうまく利用して、このおれを麻酔注射で眠らせ、その隙《すき》に彼女を扼殺しやがったんだなっ。おれの犯行に見せかけるため、わざわざ紅蓮にこっちの面《つら》や腕を引っ掻《か》かせるとは抜け目がねえな」

「紅蓮の首を絞めたのは、おたくじゃないか。状況証拠から、警察はおたくを間違いなく疑うだろう」

「汚《きた》え野郎だ。おれの警察手帳《チョウメン》は、てめえが持ち去ったんだなっ」

「ああ、預かってる。紅蓮《ホンリエン》の部屋に警察手帳を置きっ放しにしたら、おたくはすぐに重要参考人になってしまうだろう。それでは、こちらが困るんだよ」

謎の男が言った。

「どういうことなんだ？」

「実は、おたくにやってもらいたいことがあるんだよ。わたしのリクエストに応《こた》えてくれたら、警察手帳をおたくに返して呉紅蓮殺しの犯人として自首してもいい」

「おれに何をやれってんだ？」

「おたくと警察学校の同期で、二年前からフリージャーナリストとして活躍してる伴内《ばんない》繁樹《しげき》を事故死に見せかけて葬《ほうむ》ってもらいたい」

「てめえは伴内に何か危《ヤバ》いことを知られてしまったんだな？　そうなんだろうが！」

「好きなように考えてくれ。とにかく、五日以内に伴内繁樹を殺《や》ってほしいんだ。こちらの命令を無視したら、おたくは呉紅蓮をレイプして殺害した犯人として起訴されることになるだろう。捜査当局がおたくの身柄を押さえないようだったら、伴内と一緒に殺し屋《プロ》に片づけてもらう」

「そんな脅迫に屈《くっ》すると思ってんのかっ。おれを甘く見てると、後で泣くことになるぜ」

有働は吼《ほ》えた。

「ずいぶん強気だね。おたくは職場でやりたい放題なんだってな。上層部の弱みを握ってるんだろうが、殺人の嫌疑《けんぎ》は偉いさんたちも簡単には揉み消せないんじゃないか。警察内部のことはよく知らないが、そう考えてるとしたら、おたくこそ甘いな」

「おれは呉紅 蓮《ウーホンリエン》を殺《や》ってないし、〝ヤーバー〟もくすねてない。てめえがおれを陥《おとしい》れようと画策《かくさく》しても、そうは問屋が卸さねえぞ。いまは科学捜査の時代なんだ。幼稚な偽装工作なんか通用しない。じきにバレるさ」

「そうだろうか。世の中には、いろいろ裏があるんだよ。力のある人間なら、白いものを黒くもできる。逆に黒いものを白くもできるんだ。それが人間の社会だよ。刑務所に行きたくなかったら、よく考えることだな」

電話が切られた。

有働はスマートフォンを懐に戻し、椅子に腰かけた。なぜ脅迫者は、伴内を永遠に眠らせたがっているのか。

煙草を喫《す》いながら、記憶の糸を手繰《たぐ》ってみる。一服し終えたとき、思い当たった。

十一カ月前の事件が脳裏に蘇《よみがえ》った。当時、有働は本庁の組織犯罪対策部にいた。

事件は傷害過失致死だった。首都圏で三番目に勢力を誇る広域暴力団俠勇会《きょうゆう》宇神《うがみ》組の組員である城 島賢次《じょうじまけんじ》、二十九歳が高輪《たかなわ》署管内の路上で、派遣《はけん》労働者の松浪等《まつなみひとし》、二十六歳を肩が触れたという理由で強く突き飛ばして転倒させた。松浪は運悪く路肩《ろかた》に頭部を打ちつけ、脳挫傷《のうざしょう》で搬送先の救急病院で死亡した。

有働は事件の数カ月前から、城島を拳銃密売の容疑で内偵中だった。城島は組員だったが、特に凶暴性はなかった。

深夜に路上で擦れ違った松浪の肩がぶつかったとしても、せいぜい凄《すご》むことぐらいしかしないだろう。堅気の松浪をだしぬけに突き倒したとは考えにくい。

有働は所轄の高輪署から、被害者の松浪等の捜査資料を提供してもらった。松浪は子供のころから人見知りが激しく、極端に内気な性格だった。対人恐怖症気味でもあった。そんな松浪が前方から歩いてくる組員の城島に気づいたら、道端に寄って目も伏せたにちがいない。肩がぶつかるほど近寄ることはないだろう。話がどうも不自然だ。

有働は素朴な疑問を感じ、松浪のことを調べてみた。松浪は二十歳ごろからストーカー行為を繰り返し、都内の所轄署に六回も検挙されていた。一度、書類送検もされている。

有働は事件が起こった日、品川区二葉《ふたば》にある松浪の自宅アパートに行ってみた。松浪の部屋の壁には、無数の穴があった。画鋲《がびょう》を剝《は》がした痕だった。

アパートの家主は同じ敷地内に住んでいた。六十代半《なか》ばの大家の話によると、松浪の部屋の壁一面に三十歳前後の美人の写真が貼《は》ってあったそうだ。どれも盗み撮《ど》りした写真のようだったという。

写真は、すでに剝がされていた。どうやら刑事に成りすました三十六、七歳の男が持ち帰ったらしい。その人物は警察手帳の表紙をちらりと見せただけで、名乗ろうとはしなかったという話だ。

有働は、松浪がよく通っていたラーメン屋の店主に会った。その結果、死んだストーカーが一方的に思慕《しぼ》を寄せていた女性がわかった。

高輪署管内に住む三十一歳の人妻で、立石香苗《たていしかなえ》という名だった。驚いたことに、香苗の夫の立石勝《まさる》は民間人ではなかった。まだ三十六歳ながら、四谷中央署の副署長だった。

もちろん、一般警察官《ノンキャリア》ではない。東大法学部出身の立石は国家公務員総合職試験（旧Ⅰ種）合格者で、職階は警視正だった。警察官僚《キャリア》の超エリートである。

キャリアの美しい妻は事件当夜、ストーカーの松浪等に夜道で不意に抱きつかれたのではないか。香苗は松浪から逃《のが》れようとして、必死でもがいた。勢い余ってストーカーを突き倒してしまった。松浪は打ち所が悪く、脳挫傷で命を落とすことになったのではないだろうか。

有働は、そう推測してみた。

そうなら、夫と思われる人物が事件の翌日に松浪の自宅アパートから香苗の写真を慌《あわ》てて回収したという話と辻褄《つじつま》が合う。キャリアたちは押しなべて本人はもとより、家族の行動にも過敏だ。ちょっとした私生活の乱れが出世に響くからだ。

立石香苗には非はなかったのだろう。一方的に松浪に好《す》かれ、つきまとわれていただけに過ぎない。しかし、ストーカーを振り切るために松浪を転倒させて脳挫傷を負わせ、死なせてしまったとなれば、れっきとした傷害過失致死だ。

妻が犯罪者になったら、キャリアの立石の前途《ぜんと》は閉ざされる。香苗の過失を揉み消したくなるのは人情だろう。立石警視正は夫人の犯罪を隠蔽《いんぺい》することを思いつき、城島を身替り犯にしたのではないか。

有働は推測を重ね、立石の前任の所轄署を調べてみた。立石は、宇神組の組事務所のある地元署の生活安全課長を二年前まで務めていた。城島と間接的な接点があることが明らかになった。

有働は城島が身替り犯であると確信を深め、事件当夜の立石香苗のアリバイを高輪署で調べた。松浪が死んだ夜、香苗は自宅で夫の来客三人をもてなし、一歩も外出しなかったと供述している。

来訪の三人は、夫の立石のキャリア仲間たちだった。その三人は、立石の妻が事件当夜は戸建ての官舎にずっといたと証言している。

身替り犯と思われる城島は高輪署に出頭した夜、留置場内で怪死した。自費で仕出し屋から出前させた和風弁当を食べている途中で喉《のど》を掻き毟《むし》って、悶《もん》死《し》してしまったのである。おかずに青酸化合物が混入されていたことが判明したが、警察は毒物がいつどこで盛られたかは突きとめられなかった。

有働は釈然《しゃくぜん》としなかった。非番の日を使って、個人的に調べ回ってみた。城島が毒殺された疑いは濃厚だったが、それを裏付ける物証は得られなかった。

有働は捜査一課に異動になって四カ月あまり過ぎたころ、すっきりとしない事件のことを警察学校で同期だった伴内に喋《しゃべ》った。事件物のノンフィクション作品を多く手がけている伴内は強い関心を示した。

もともと伴内は新聞記者志望だった。六社ほど新聞社の採用試験を受けたのだが、どこも通らなかった。それで、やむなく彼は警視庁採用の警察官になった変わり種《だね》だ。

伴内は一年間の交番勤務の後、池袋署、神田署、赤坂署の刑事課と渡り歩き、三年前に依願退職した。新聞記者にはなれなくても、フリーライターにはなれる。

伴内は一か八かの勝負に出る気になって、著名なノンフィクション・ライターの助手になった。取材の方法や原稿のまとめ方を学び、およそ一年後に一本立ちしたわけだ。

元刑事という前歴がプラスに作用し、週刊誌で物語仕立ての事件簿をレギュラーで執筆し、月刊誌に単発のノンフィクション作品を発表している。署名記事の原稿料だけでは生計が立たないとかで、別名義で青年コミック誌の警察物の原案も手がけていた。

有働と同じく独身だ。自宅マンションは世田谷区用賀《ようが》にある。伴内は夜型だった。まだ仕事にいそしんでいる時刻だろう。

有働は部屋を出て、近くの茶沢《ちゃざわ》通りまで歩いた。

茶沢通りで五、六分待つと、空車のタクシーが通りかかった。そのタクシーで、伴内の自宅に向かった。十五分そこそこで、目的のマンションに着いた。

伴内の部屋は三〇三号室だ。有働はエレベーターで三階に上がり、部屋のインターフォンを控え目に鳴らした。

ややあって、スピーカーから伴内の声で応答があった。

有働は名乗って、部屋に入れてもらった。間取りは2DKだ。ダイニングキッチンの右手の居室が仕事部屋で、左の部屋は寝室になっていた。

「急ぎの仕事があるんだろうが、どうしても伴内に確かめておきたいことがあったんだよ」

有働はダイニングキッチンの端で言った。

「そうか。ま、坐れよ。いま、コーヒーを淹れる。インスタントだがな」

「何もいらない」

「なら、話を聞くか」

二人はコンパクトなダイニングテーブルを挟んで向かい合った。

伴内がセブンスターをくわえた。

「おまえ、例の高輪の事件《ヤマ》を洗い直してるんだろ？」

「ああ、先月からな。もっと早く調べたかったんだが、頼まれてる仕事を優先させてるうちに日が経っちゃったんだよ」

「そうか。で、どこまでわかったんだ？」

有働は早口で訊いた。

「宇神組の城島賢次は十中八九、身替り犯だな。城島の愛人《レコ》だったキャバ嬢の証言なんだが、出頭する前に故人は懐に珍しく札束を入れて大盤振る舞いをしてくれたって言うんだよ。それからな、城島は数年麦飯《バクシャリ》を喰ってくりゃ、組の幹部にしてもらえそうなんだとも言ってたらしいんだ」

「組長あたりに言い含められて、身替り出頭したにちがいねえな」

「ああ、おそらくね。ということは、ストーカーの松浪等を突き飛ばして死なせたのは城島じゃないってわけだ。有働の筋読みは間違ってなかったんだよ。確証を得たわけじゃないが、松浪に脳挫傷を負わせたのは立石香苗臭いね」

「そう考えてもいいんだろう。夫の立石勝は妻が松浪を死なせたことを知って、暴力団・組長に泣きつき、身替り犯を用意してもらった。そういうことなんだろうな」

「おれも、そう思うね。やくざの組長なら、警察官僚に貸しを作っておいて損はないと算盤《そろばん》を弾くだろうからさ」

「だろうな。立石香苗のアリバイを立証した三人は、夫のキャリア仲間だ。三人の警察官僚が事件当夜、香苗は港区内の官舎にずっといたと口を揃えてるんだから、所轄署はそれ以上は何も言えなくなる」

「ああ。城島が仕出し屋に出前してもらった〝自弁食〟を毒入り弁当と擦り替えたのは立石勝と睨《にら》んであちこち探りを入れてみたんだが、その裏付《ウラ》けはまだ取れてないんだ」

伴内が短くなった煙草の火を消した。

「いまになって急にこんなことを言うのは何なんだが、伴内、高輪の事件《ヤマ》から手を引いてくれや」

「〝不死身刑事《デカ》〟と呼ばれてきたおまえが、いったいどうしたんだ？　キャリアたちの神経をさんざん逆撫《さかな》でしてきた有働が、いまさら頭でっかちのエリートどもにビビるわけはないよな?」

「はっきり言おう。伴内、おまえを消したがってる野郎がいるんだ。おれも一昨日《おととい》の夜、呉許光《ウーシェクアン》って上海マフィアに撃ち殺されそうになった。それから、呉の妹殺しの犯人に仕立てられそうになってる」

有働は、これまでの経過をつぶさに喋った。

「ボイス・チェンジャーを使って有働に脅迫電話をかけたのは、おそらく立石勝だろう。立石警視正の母方の伯父《おじ》は警察庁次長を務めた後、政界に転身して、いまは民自党の国会議員になってるんだ。妻の香苗の実父は法務省のキャリア官僚なんだよ。たとえ傷害過失致死でもストーカー殺しの加害者が立石香苗だったと世間に知れたら、致命的な汚点になる。だから、立石は夫婦の保身と縁者のことを考えて、おまえとおれを抹殺する気になったんだろう」

「それなら、なんで腕のいい殺し屋をおれに差し向けなかった? わざわざ呉の妹殺しの濡衣を着せるなんて回りくどいことをしなくても、ひと思いにおれを……」

「敵は有働を好きなだけいたぶってから、亡《な》き者にしたいんだろうな。おまえはキャリアたちのプライドをさんざん踏みにじってきたから、できるだけ嬲《なぶ》りたいんじゃないか。同期のおれを殺《や》れって命令されたら、さすがに有働も悩むだろう?」

「悩まないよ。おれは八つ裂きにされたって、伴内を殺《や》ったりしない。正体不明の脅迫者は五日以内におれがおまえを始末しなかったら、二人とも葬ると言いやがったんだ」

「そうなのか」

「おれは現職だが、もう伴内には捜査権も逮捕権もない。刺客に襲われたって、ただ逃げるほかねえよな？」

「元刑事なんだ。むざむざとは殺されないよ」

「けど、危険は危険だ。だから、高輪の一件はおれに任せて、しばらくウィークリーマンションかマンスリーマンションに避難してくれ」

「尻尾《しっぽ》を巻くような真似はしたくないな」

「伴内、おれは同期のおまえを喪《うしな》いたくねえんだよ。おまえとは同《おな》い年だし、ウマも合う。クセえ言い方になるが、親友《マブダチ》と思ってるんだ。頼むから、おれの言う通りにしてくれ。仮の宿の料金は、こっちが払うからさ」

「金のことは心配するなって。それで有働が安心できるなら、十日か二週間ぐらい雲隠れするよ」

「いろいろ面倒だろうが、そうしてくれないか」

「わかった。せっかく二カ月ぶりに会ったんだから、軽く飲《や》ろう」

「仕事、間に合うのか？」

「ああ、大丈夫だよ。いま、酒の用意をする。当ては鮭缶と柿の種で我慢してくれ」

伴内が勢いよく立ち上がった。

有働は上着のポケットから、煙草と使い捨てライターを一緒に摑み出した。

2

捜査員は疎《まば》らだった。

町田署生活安全課のフロアだ。志帆は保安係のブースに向かった。有働と会った翌日の午前十時過ぎである。

保安係のブースには、係長の萩原昌信《はぎわらまさのぶ》警部補しか見当たらない。萩原は垂れ目で、柔和な顔をしている。四十五歳だが、三十代の後半にしか見えなかった。

「萩原係長、ちょっとよろしいですか」

志帆は目礼し、保安係長の机の前に立った。

「やあ！　きょうも美しいね。町田署《こ こ》で保科巡査長と出会えるとわかってたら、結婚なんかするんじゃなかったな」

「奥さんに叱られますよ、そんなことを言っていると」

「もう叱られやしないよ。結婚して十五年も経つと、完全に倦怠期《けんたい》だからね。妻は夫には、ほとんど無関心なんだ」

「あら、あら」

「与太話《よた》はともかく、刑事課も忙しくなるな。今年は管内で二月、六月、十月と三件も殺人《コロシ》が発生してる。明日か明後日《あさって》には、町田署《うち》に捜査本部《チョウバ》が立つんだろう？」

「ええ、多分。きのうの事件《ヤマ》に関する捜査情報を少しいただきたいんですけど、協力していただけますか？」

「全面的に協力するよ、殺人捜査は刑事課強行犯係の領域《テリトリー》なんだから」

「感謝します。早速なのですが、『秀梅《シウメイ》』の経営者はママの呉紅蓮《ウーホンリエン》ではなく、彼女のパトロンの守屋忠なんですね？」

「そう。殺された上海美人は、雇われママだったんだ。紅蓮は五年前まで歌舞伎町の上海クラブの売れっ子ホステスだったんだよ。守屋は友人に連れられて紅蓮のいる店に行ったらしいんだが、一目惚《ぼ》れしたようだな。その翌日から週に三回、一年以上も通いつづけて、やっと守屋は紅蓮を愛人にすることができたんだ」

「それで、パトロンは紅蓮を『秀梅』のママにしたんですね。それから、『森野レジデンス』に彼女を住まわせるようになったわけですか」

「そうなんだよ。守屋の自宅は市内の小野路《おのじ》にあるんだが、七、八カ月前までは月のうち二十日ぐらいは紅蓮《ホンリエン》のとこで暮らしてたんだ」

「そんなに多く愛人宅に入り浸っていたんですか。奥さんがかわいそう」

「奥さん公認の愛人だったんだよ、紅蓮は。守屋夫人は重い心臓疾患《しっかん》があって、夫婦生活ができない体らしいんだ」

「そうなんですか」

「だから、夫に女遊びを奥さんが勧《すす》めたって話だったな。妻としては辛かったと思うが、そうせざるを得なかったんだろうね。三十三、四で行為中に過呼吸《かこきゅう》に陥るようになったそうだから。守屋も、まだ三十代の後半だった。まったくのセックスレスじゃ、耐えがたくなるだろうしな」

「そうでしょうね」

「守屋は紅蓮の体に飽《あ》きてしまったのか、半年ほど前からは月に数度しか愛人の部屋に行かなくなってしまったらしい。そのころから、言い争うことが多くなったようだね」

「さきおとといの深夜、守屋は『森野レジデンス』の五〇四号室で紅蓮と派手な口喧嘩をしたみたいなんですよ」

「それじゃ、昨夜《ゆうべ》、紅蓮を殺害したのはパトロンの守屋忠なのかな？」

萩原が問いかけてきた。

「本庁機捜《きそう》の調べによると、守屋にはアリバイがあるというんですよ。自分が経営してる中古車販売会社の社員六人を自宅に招いて、午後八時過ぎから午前零時近くまで酒盛りをしてたようなんです」

「裏付《ウラ》けは取れたの？」

「六人の社員、守屋の奥さんと娘さんの計八人が同じ証言をしたそうですから、アリバイはほぼ完璧《かんぺき》なんでしょうね。ただ、証言者が従業員と妻子ですんで、悪く考えれば……」

「守屋が八人に口裏を合わせてもらったかもしれないとも考えられるわけだ？」

「ええ、まあ」

「『秀梅《シウメイ》』は毎月ずっと赤字らしいんだよ。守屋は五人のホステスや店長の給料、店の家賃、光熱費、カラオケの著作権二次使用料なんかで月々何百万も持ち出しだったたんだってさ。それに愛人の手当やマンションの支払いもあるから、親しい連中には『秀梅』を畳みたいとぼやいてたそうだよ。しかし、紅蓮は店を閉めることには強硬に反対してたそうだ」

うだ」

「で、ママは苦し紛《まぎ》れに五人のホステスに売春させるようになったんだろう。ホステスたちは解雇されたくなかったんで、店の客とそれぞれ店外デートをするようになったよ

「売春防止法で摘発する証拠固めは終わってたんですね？」

志帆は確かめた。

「そうなんだよ。来週の半《なか》ばには手入れをするつもりでいたんだが、ママの紅蓮《ホンリエン》がきのうの夜に殺害されてしまったんで、とりあえず家宅捜索《ガサイレ》は延期することになるだろう。昨夜《ゆうべ》の事件の通報者は、店長の軽部なんだってね？」

「ええ、そうです。軽部は六年前まで大学時代の友人とネット広告会社を共同経営してたらしいですね？」

「そうなんだ。しかし、事業がうまくいかなくなって、軽部は妻と別れ、自己破産手続きを取ったんだよ。それで飲食店でアルバイト社員をやってから、新聞広告で『秀梅《シウメイ》』の店長募集に応じて採用されたんだ。軽部も売春の片棒を担《かつ》いでたことはわかってるんだ。店長は、店が借り受けた金森《かなもり》のマンスリーマンションに住んでるんだが、保安係《うち》の若い奴らに見張らせてる」

「そうなんですか」

「五人のホステスも、同じマンスリーマンションで暮らしてるそうですね？」

「そうなんだよ。２ＤＫの部屋に五人で共同生活してるんだ。店長の軽部は１ＤＫの部屋に独《ひと》りで住んでる。店長とホステスに逃げられたら、空振りに終わっちゃうんで張り込ませてるんだよ」

「そうなんですか」

「遺体《ホトケ》はもう三鷹《みたか》の杏林《きょうりん》大の法医学教室に運ばれたんだろう？」

萩原が訊いた。志帆はうなずいた。

多摩地区で殺人事件が発生した場合、慈恵《じけい》会医大か杏林大学で司法解剖される。一晩だけ町田署の死体安置所に保管された呉《ウー》紅蓮の亡骸《なきがら》は今朝《けさ》の九時前に杏林大学に搬送された。正午前後には、解剖所見が出るだろう。

「大変だろうが、頑張って早く犯人を検挙《アゲ》てくれよ。紅蓮は店のホステスに売春をさせてたわけだが、異国で不幸な死に方をしたんだ。加害者が捕《つか》まらなかったら、あまりにもかわいそうじゃないか」

「そうですね。ベストを尽《つ》くします」

「いつでも協力するよ」

萩原係長が笑顔で言った。

志帆は謝意を表し、生活安全課を出た。階段を降りて、三階の刑事課に戻る。強行犯係のブースに歩《ほ》を進めると、安西係長が待ち受けていた。

「さっきから、きみを探してたんだ。堺《さかい》と一緒に軽部店長から再聞き込みをしてくれないか。現場で集めた犯人のものと思われる頭髪と体毛が不審な大男のヘアかどうかわからないんで、顔や体の特徴を詳しく聞き出してほしいんだよ」

「わかりました。行ってきます」

志帆は刑事課を飛び出し、エレベーターで階下に降下した。交通課の横を抜けて、外の駐車場に急ぐ。

三つ年上の堺一弘《かずひろ》刑事は、灰色のプリウスの運転席に坐っていた。刑事課の捜査車輛だ。

「遅くなって、ごめんなさい」

志帆は堺に謝って、助手席に乗り込んだ。

「腹の具合でも悪いのか？」

「いいえ、そうじゃないんです。生安課の萩原係長から『秀梅《シウメイ》』のことを教えてもらってたんですよ」

「そうだったのか。殺されたママは、ホステスたちに売春させてたんだってな？　田丸《たまる》課長と安西係長はパトロンの守屋か、店長が見かけたという大柄な男のどちらかが紅《ホン》蓮《リェン》を扼殺したんだろうと言ってたが、案外、加害者はホステスなのかもしれないぜ」

「えっ、ホステスですか⁉」

「ママは、ホステスの店外デート代のうちショートの分は三万円から一万円ずつ抜いてただけらしいが、泊まりの分は六万円の半分を取ってたらしいんだ。体を汚してるのは五人のホステスなのに、泊まりの料金の半額を抜くのはあこぎすぎるよな？」

「そうですね」

「強欲《ごうよく》なママに腹を立ててたホステスの誰かが知り合いの男を使って、レイプ殺人をやらせたんじゃないかな。インターフォンを鳴らして、紅蓮にドアを開けさせたのはその彼女で……」

「そのホステスは部屋には入らないで、すぐに立ち去った？」

「ああ、そうだったんだろうな。保科、どう思う？」

「その可能性はゼロじゃないとは思いますけど」

「おれの筋読みは見当外れなのかな。うん、そうなのかもしれないね。とにかく、金森のマンスリーマンションに行ってみよう」

堺が言って、プリウスを発進させた。署の前の鎌倉街道を短く進み、旭町交差点を左に折れる。

覆面パトカーは町田街道を直進し、小田急線の跨線橋《こせんきょう》を渡った。そのまま道なりに走り、金森郵便局の先の脇道に入る。

目的のマンスリーマンションは、金森図書館の斜め裏にあった。六階建てだ。

堺がプリウスをマンスリーマンションの植え込みの横に寄せた。志帆たちは相前後して車を降り、マンスリーマンションのエントランスロビーに入った。

軽部店長の部屋は二階の中ほどにあった。

応対に現われた軽部は来訪者が町田署の強行犯係刑事とわかると、にわかに緊張した面持《おも》ちになった。志帆たちはそれぞれ名乗り、ＦＢＩ型の顔写真付きの警察手帳を呈示《ていじ》した。

「どうぞお入りください」

軽部が言った。志帆と堺は玄関の三和土《たたき》に入った。

狭い。どちらも体を少し傾けなければならなかった。

「別の捜査員がもう事情聴取させてもらったわけですけど、昨夜《ゆうべ》七時過ぎにふらりと店に飲みにきた大柄な男性のことを詳しく教えてほしいんですよ」

志帆は軽部に言った。

「レスラーみたいな体型で、三十七、八だと思います。髪型はクルーカット風で、色は浅黒かったな。普通の勤め人じゃないでしょうね。どことなく崩れた感じでしたんで」

「その彼が『秀梅《シウメイ》』に来たとき、お客さんはいたのかしら？」

「いいえ、ひとりもいませんでした。その方は五人のホステスをテーブルに呼んでくれて、カクテルとフルーツの盛り合わせなんかを振る舞ってくれたんですよ。遊び馴《な》れてる感じで、気前がよかったですね」

「ホステスさんたち全員にチップをあげたのかな？」

「チップは弾んでくれませんでしたが、二万五千円近い勘定を気持ちよく払ってくれました。その上、その方は……」

軽部が言いさして、急に口ごもった。相棒の堺警部が話に割り込んだ。

「大柄な男は、お気に入りのホステスと店外デートをしてくれたんだろ？　ストレートに言うと、売春の誘いに乗ってくれたわけだ？」

「刑事さん、待ってください。『秀梅』は、ホステスに売春なんかさせていません」

「わかってるんだ。殺されたママが、ホステスたちに客を取らせてたことはね。町田署《うち》の生安課が先月から内偵してたんだよ。ホステスとショートや泊まりで遊んだ客たちの話を聞いてるんだから、もう観念したほうがいいって」

「まいったな。わたしはママに指示された通りに店の女の子たちから店外デート代の一部を預かってただけで、一度も売春しろとは誰にも言ってません。成り行きで、橋渡しというか、口利きめいたことはしましたがね」

「死んだママと同罪だな」

「わたしはママから一円も貰ってなかったんですよ。もちろん、店の女の子たちからもピンハネはしていませんでした。ママと同罪扱いされたんじゃ、たまらないな」

「罪の大きさは別にして、大柄な客はホステスさんのひとりを連れ出したのね？」

志帆は目顔で堺を制し、軽部に訊《き》いた。

「それは……」

「答えて！」

「は、はい。明菜こと唐美春《タンメイチュン》というホステスを連れて店を出たんですけど、その娘《こ》は三、四十分で戻ってきました」

「ホテルには行かなかったわけ？」

「美春は、そう言っていました。大柄な男性は彼女に三万円の遊び代を渡して、ママの自宅マンションがどこにあるのか教えてくれないかと言ったらしいんですよ」

「それで、美春という娘《こ》は紅蓮《ホンリエン》の住まいを教えたの？」

「ええ、そういう話でした。大柄な男は『森野レジデンス』のある方向に歩み去ったそうです。多分、すぐにママの部屋に入ったんでしょうね。ちょっとした知り合いなんだと言っていました」

「ママはレイプされた後、男に両手で首を絞められたようなんだ」

　堺が志帆よりも先に口を開いた。

「本庁の機捜の人たちも、そう言っていました。ママは最近、パトロンの守屋さんとあまりしっくりいってないみたいだったんですよ。そんなことで、大柄な彼にしつこく言い寄られてるうちに抱かれてもいいと投げ遣《や》りになったのかもしれませんね」

「そうだとしたら、殺されずに済んだんじゃないの？」

「あっ、そうか。もしかしたら、大男はママの弱みをちらつかせてレイプしたのかもしれませんね。そして、金も要求したんじゃないんだろうか」

「被害者宅の金品は、まったく奪《と》られてないんだ。犯行目的は金じゃなかったんだろう」

「そうか、そうなりますね。でも、ママを殺したのは、あの大柄な男だと思いますよ。きのうの午前零時少し前に店の売上金をママの部屋のドアポストに入れに行ったとき、彼はノブをハンカチで拭《ぬぐ》ってたように見えましたから。疚《やま》しさがなければ、そんなことはしないでしょ?」

「そうだな。その大柄な男は二時間以上、被害者の部屋にいたんだろう。紅蓮《ホンリエン》を抱いた後、大男は彼女にパトロンと別れて自分の情婦《おんな》になれとでも言ったのかな。しかし、ママはそれを拒《こば》んだ。それで大柄な男は逆上し、全裸の紅蓮を扼殺してしまった。そんなふうにも考えられるな。保科、どう思う?」

「そう筋を読むこともできるでしょうけど、こうも考えられるんではありませんか。大柄な男は情事の後、シャワーを浴びてた。その隙《すき》に誰かが部屋に入ってきて、ママの首を両手で絞めて絶命させた」

志帆は自分の推測を語った。

「その筋読み通りだとしたら、パトロンの守屋が怪しいな。守屋は『秀梅《シウメイ》』が赤字つづきなんで、早く店を畳みたがってた。しかし、紅蓮が同意しないので、仕方なく店の営業をつづけてた。そんなとき、愛人の浮気現場をたまたま見てしまったんじゃないのかな。守屋は逆上して、紅蓮を扼殺した。殺害してから、大それたことをしてしまったと狼狽《ろうばい》し、急いで愛人の部屋から逃げた」

「堺さん、ほかに考えられることは?」

「覆面《メン》パトの中で言ったように、ホステスのうちの誰かがママのピンハネの仕方があこぎなんで、殺害する気になった。さっきの話とは少し内容が違ってくるがね。知り合いの男とは一緒ではなく、犯人のホステスは独《ひと》りでママの部屋を訪ねて大柄な彼が浴室にいる間に犯行に及んだんだろう」

「ホステスの五人は、ママを殺そうなんて考えたりしませんよ」

店長の軽部がどちらにともなく言った。志帆は軽部に顔を向けた。

「そう言い切れる理由《わけ》を教えて」

「ママの実兄の呉許光《ウーシェクアン》は歌舞伎町の上海マフィアの一員なんですよ。ホステスの五人はそのことを知ってるから、ママにうまく利用されてると思ってても、逆《さか》らったら、何かきつい仕返しをされるはずだと考えていたにちがいありません」

「ママの兄貴は、上海マフィアのメンバーなの。それなら、ママを殺そうと思うホステスはいなそうね。それはそれとして、美春《メイチュン》という娘《こ》からも事情聴取させてほしいんだけど、電話で二階に降りてくるよう言ってもらえます？」

「いいですよ」

軽部がスラックスのポケットからスマートフォンを取り出し、短縮番号をタップした。

美春が軽部の部屋のドアをノックしたのは数分後だった。化粧っ気はなかったが、顔立ちは悪くなかった。

志帆は廊下に出て、美春《メイチュン》に大男と交わした会話を思い出してもらった。

「大柄なお客さん、ママにどうしても訊きたいことがあるみたいだったね。誰かの行方を追ってるような感じだったよ。それが当たってるかどうか、わからない。でも、わたし、そう思ったね」

「その大男はあなたと別れて、すぐママの自宅マンションに向かったのね？」

「そう。お客さん、やくざっぽかったけど、とっても優しかった。何もしないで、わたしにちゃんとデート代払ってくれた。あっ、いまの言葉は忘れて。あなたたち、警察の人だったね。わたしたち、捕まっちゃうの？」

美春が不安顔で訊いた。

「わたしたちは生活安全課の者じゃないのよ。だから、あなたたち五人を逮捕しに来たわけじゃないの」

「なら、安心ね」

「でもないの。そのうち別の刑事が来ると思うわ」

「それ、困る。わたし、中国に強制送還されたくないよ」

「自業自得じゃない？」

志帆は言って、堺を目で促《うなが》した。二人はマンスリーマンションを出た。

これまでの流れから、軽部が紅蓮《ホンリエン》の部屋の前で見かけた大柄の男は有働と思われる。昨夕、志帆は旭町のファミリーレストランで有働に上海クラブに関する情報を提供した。有働が『秀梅《シウメイ》』で一、二時間過ごし、店から連れ出した美春から呉《ウー》紅蓮の自宅マンションを聞き出して、すぐに訪ねたことは間違いないだろう。有働が紅蓮を成り行きで抱いたかどうかは、この際、どうでもいい。肝心なのは、有働が紅蓮を殺害したかどうかだ。

彼が殺人者に成り果てたとは思いたくない。しかし、状況からはシロだと断言しにくかった。

「保科、暗い顔をしてるな。急にどうしたんだ？」

路上で、堺が声をかけてきた。

「なんでもありません。根岸《ねぎし》町の守屋モータースに行って、昨夜、社長宅で飲んでたという六人の従業員に会ってみましょうよ」

「中古車販売会社の社員たちが守屋のアリバイを偽証してないか確かめたいわけだな？」

「ええ、そうです」

「よし、行こう」

「はい」

二人はプリウスに乗り込んだ。

堺が覆面パトカーを走らせはじめた。町田街道に出ると、八王子方面に向かった。目的の中古車販売会社は、桜美林《おうびりん》大学の少し手前にあった。新町田街道沿いに面していた。国産のセダン、RV車、ワンボックスカーなどが七、八十台並んでいる。右端には事務所があり、その奥に修理工場の屋根が見えた。

志帆たちはプリウスを降り、事務所に入った。

客はいなかった。四十歳前後の所長に五人の部下を呼び寄せてもらった。所長を含めて販売員は四人で、二人は自動車修理工だった。

志帆たちは六人を別々に呼び、前夜の守屋宅での酒宴の様子を聴取した。ほろ酔いになった守屋はカラオケのマイクを握って二曲をメドレーで歌い、六人の従業員たちにそれぞれ十八番《おはこ》を一曲ずつ歌わせたという。六人の証言は、ぴったりと一致していた。

守屋の服装、酒量、坐った場所などにも喰い違いはなかった。六人の従業員たちが守屋社長のアリバイについて、嘘の証言をした気配はうかがえなかった。

「守屋社長は、いま、どの会社にいるんです？　いくつも会社を持ってるから、順番に回ってるんでしょうね」

　堺が所長に問いかけた。

「午後一時半ごろまで、たいてい小野路の自宅にいますよ。いつも午後二時過ぎに各事務所に顔を出してるんです」

「そうですか。そういうことなら、守屋さんはまだ自宅にいるだろうな」

「いると思いますよ。社長のアリバイを疑ってるようだけど、奥さんとお嬢さんもわたしたちと同じ証言をするはずです」

「家族の証言は、あまり効果がないんですよ」

「そうなんですか。とにかく、行かれたら、どうです？」

　所長がうんざりとした顔で言った。

　堺が苦笑し、目配せした。志帆は黙ってうなずき、先に事務所を出た。二人はプリウスに乗り込み、守屋の自宅に向かった。

　忠生《ただお》三丁目から野津田《のづた》町を抜け、新袋橋《しんふくろばし》交差点を左折する。綾部原《あやべはら》トンネルを潜《くぐ》って、小野路交差点を左に曲がった。そのまま直進する。

　やがて、小野路町に達した。同町は多摩市と背中合わせで、旧家が多いことで知られている。新興住宅街とは趣《おもむき》が異《こと》なり、昭和時代の色を濃く残している。それぞれの宅地面積が広く、庭木も多い。

江戸末期から農業を代々営《いとな》んできた守屋宅も、六百坪ほどの宅地に大きな母屋と離れが建っていた。車寄せは、ちょっとした広場だった。

堺はプリウスを玄関前に乗りつけた。

志帆たちは呼び鈴《りん》を鳴らし、来意を告げた。少し待つと、玄関先に守屋の妻が現われた。細身で、顔色が悪い。心臓に重い疾患があるせいだろう。

志帆たちは、広い玄関ホール脇の応接間に通された。

二十五畳ほどの広さで、成金趣味が露《あらわ》だった。土地成金なのだろう。家具や調度品はいかにも値が張りそうな物ばかりだったが、どれも派手派手しい。品がなかった。

二人は深々とした総革張りの応接ソファに並んで腰かけた。

待つほどもなく、当主の守屋が現われた。全身、有名ブランド物の衣服で着飾っている。成金丸出しだ。

「まだ、わたしを疑ってるようだな。税金の無駄遣《づか》いだな。先夜、紅蓮《ホンリエン》と派手に言い争ったことで疑惑を持たれてるようだが、あの女を殺してなんかいないよ」

守屋がうっとうしげに言って、志帆の前のソファに坐った。

志帆は立ち上がり、自己紹介した。堺が慌《あわ》てて腰を浮かせ、大声で名乗った。

「町田署にこんな綺麗《きれい》な女性警察官がいたのか。刑事にしておくのは、もったいないな。

あんた、わたしの新しい彼女にならないか。月に百万の手当を出そう」

守屋が下卑《げび》た笑いを浮かべた。

「月に五億円のお手当をいただけるんでしたら、生き方を変える気になるかもしれませんね。どうでしょう？」

「こいつは一本取られたな。二人とも掛けなさいよ」

「そうさせてもらいます」

志帆はソファに腰を戻した。堺が坐るなり、守屋に話しかけた。

「こちらに伺《うかが》う前に、根岸の守屋モータースにお邪魔したんですよ」

「そうだってね。所長から電話があったよ。わたしのアリバイを崩そうと思ったんだろうが、それは無理だ。昨夜《ゆうべ》は守屋モータースの従業員たちをここに呼んで、妻や娘たちと宴会をやってたんだからね。お開きになるまで一歩も家から出てない。わたしの言葉が信用できないなら、妻と娘を呼ぼうか？」

「いいえ、結構です」

「上海クラブは去年の秋から赤字つづきだし、紅蓮にも少しばかり飽きはじめてたことは確かだよ。しかしね、一時はのめり込んだ女だ。殺すわけがないじゃないか」

「そうでしょうね。紅蓮さんが守屋さんに隠れて、ほかの男性とつき合ってたなんてことは考えられませんか？」

「紅蓮《ホンリエン》は打算だけで生きてきた女だ。愛人の身で摘《つま》み喰いなんかしたら、パトロンに棄《す》てられることはわかってたはずだよ。だから、わたしに内緒で部屋に男を引っ張り込むなんて考えられないね」

「犯人に心当たりは？」

「紅蓮の兄貴が歌舞伎町の上海マフィアのメンバーなんだよ。許光《シェクアン》という名なんだが、その兄貴が対立グループと何かで揉めたんで、妹がとばっちりを受けたんだろう。それしか考えられないね」

「その兄さんが妹の部屋に匿《かくま》われてたなんてことは？」

「ないはずだよ、そういうことは。紅蓮は兄のことを嫌ってたんだ、身勝手な性格だと言ってね」

「そうですか」

「わたしのアリバイを信じる気になったら、引き取ってくれないか。昼飯を喰ったら、自分が経営してる会社の様子を見に行かなきゃならないんだ」

守屋が言って、わざとらしく左手首のピアジェに目をやった。スイス製の宝飾腕時計だ。成り上がり者や暴力団の大幹部たちに好まれている。

すぐに志帆たちは辞去した。プリウスに乗り込むと、堺が呟《つぶや》いた。

「守屋はシロだろう」

「わたしの心証もシロですね。いったん署に戻りましょうか」

志帆は言った。

堺がうなずき、覆面パトカーを走らせはじめた。小野路町の市道を通り、鎌倉街道に出る。十五、六分で町田署に着いた。

三階の刑事課に入ると、出入口のそばで刑事課長の田丸靖男《やすお》と安西係長が立ち話をしていた。

「少し前に杏林大学から解剖所見がファクスで送信されてきたよ。やっぱり、死因は扼殺による窒息だった」

安西が志帆の顔を見ながら、早口で告げた。

「そうですか。犯人の体液は何型だったんです？」

「O型だった。浴室に落ちてた短い頭髪もO型だったんだ。それからね、被害者の爪の間に挟まってた表皮と短い頭髪のDNAが一致したんだよ。浴室に頭髪を落とした男が加害者であることは間違いないね」

「そうでしょうか」

志帆は声に力が入らなかった。有働の血液型は確かO型だった。彼が呉紅蓮《ウーホンリエン》を殺してしまったのか。

志帆は暗い気持ちで、安西係長のネクタイを意味もなく見つめた。

3

地下鉄電車が減速しはじめた。

間もなく桜田門駅に到着する。有楽町線だ。

ベンチに坐った有働は目を開けた。

そのとき、側頭部に他人の鋭い視線を感じた。さりげなく車内を眺《なが》める。同じ車輛に本庁警務部人事一課監察の尾形肇《おがたはじめ》警部補が乗り込んでいた。三十三歳で、細身だった。

監察の人間は、警察官や職員の犯罪や生活の乱れをチェックしている。アウトロー刑事の有働は、これまでに数え切れないほど監察にマークされてきた。

しかし、捜査一課に移ってからは一度も尾行されていない。おそらく尾形は、下北沢の自宅マンションの近くで張り込んでいたのだろう。なぜ、久方ぶりにマークされることになったのか。

電車が停止した。

有働は立ち上がって、近くの乗降口からホームに降りた。改札口に向かいながら、車内を覗く。

尾形は吊り革を軽く握って、立ったままだった。ホームに降りようとしないのは、有働に尾行を覚《さと》られたと感じたからだろう。

ドアが閉まった。

地下鉄電車は尾形を乗せたまま、ゆっくりと動きだした。前夜、『秀梅《シウメイ》』の軽部店長が事件を通報して、本庁の機動捜査隊か町田署の捜査員に自分の人相着衣について細かく喋ったのか。そして、捜査当局は身許を割り出したのだろうか。

有働は歩きながら、一瞬、そう思った。そうなら、町田署の刑事課が任意同行を求めてくるはずだ。きのうの晩、紅蓮の部屋にいたことはまだ知られていないのだろう。

監察の者が久しぶりに内偵に乗り出したのは、正体不明の脅迫者が密告電話をしたからではないのか。どうやら敵は、有働が何か悪事を働いているとでも吹き込んだようだ。

有働は目をしょぼつかせながら、改札を通り抜けた。

伴内の自宅マンションで結局、朝まで飲み明かすことになってしまった。有働はタクシーで自宅に戻り、正午近くまで眠りを貪《むさぼ》った。それからシャワーを浴び、近くのキッチンで食事を摂《と》り、登庁したのである。あと数分で、午後一時半だ。

有働は地上に出ると、本部庁舎の通用口から舎内に入った。警視庁本部庁舎は地上十八階、地下四階の巨大な建物だ。

捜査一課は六階にある。課員は総勢およそ三百五十人の大所帯だ。強行犯捜査殺人捜査係、特殊犯捜査係などがあり、強行犯捜査殺人犯捜査係は三つのセクションに分けられ、有働は第二強行犯捜査殺人犯捜査第三係に属していた。

エレベーターで六階に上がり、強行犯捜査係の大部屋に入る。班ごとにブロックに分かれているが、見通しは利《き》く。

特殊犯捜査室は別室だ。といっても、同じフロアにある。捜査一課長室は特殊犯捜査班の部屋に隣接している。

「重役出勤だな」

波多野係長が有働を茶化した。係長は、班のリーダーだ。そんなことで、係長は部下たちにハンチョウと呼ばれていた。

「警察学校で同期だった奴と朝まで飲んじまったんだ」

「おまえは一応、主任なんだぞ。夜遊びや酒を控えろとは言わないが、たまにはおれよりも早く登庁しろ」

「耳が痛いな。明日は夜明け前に登庁して、みんなのデスクを雑巾《ぞうきん》掛けしてやろうか」

「やる気もないくせに、殊勝《しゅしょう》なことを言うんじゃないよ」

「お見通しだったか」

有働は笑いでごまかし、自席に着いた。

部下に任せた送致書類に目を通す。特に不備な箇所《かしょ》はなかった。

「おまえ、昨夜《ゆうべ》、町田で発生した中国人女性殺害事件のことは知ってるな？」

波多野が話しかけてきた。有働は内心の狼狽《ろうばい》を隠して、努めて平静に応じた。

「テレビのニュースによると、被害者《マルガイ》は上海クラブの美人ママだったな」

「ああ、そうだ。呉紅蓮《ウーホンリエン》という名で、自宅マンションの寝室で扼殺されてた。全裸だったというから、情事中に殺《や》られたんだろう」

「だろうね。ベッドパートナーが行為中にプレイで被害者の首を少しきつく絞めちゃったんじゃないのかな」

「そうじゃないようだ。被害者の爪の間には、加害者の表皮が付着してたらしいからな。戯《たわむ》れに男が被害者の首を絞めたんじゃないんだろう。殺された美人ママは苦しくなって、犯人の顔か手の甲を爪で引っ掻《か》いたと思われる」

「そうなんだろうか」

「おや、左の頬に引っ掻き傷があるな。有働、どうしたんだ？」

波多野が問いかけてきた。

「おれんとこのマンションの庭に住みついてる野良猫がいるんだ。抱き上げたら、その猫、いきなり面《つら》に爪を立てやがったんだよ。十回以上は餌《えさ》をあげたのに、恩知らずの野良猫だよね」

「まさか有働が上海美人を殺《や》ったんじゃないだろうな？」

「係長《ハンチョウ》、怒るぜ」

「冗談だよ。殺された呉紅蓮《ウーホンリエン》の実兄の呉許光《シエクアン》がきのうの夕方、茨城の霞《かすみ》ヶ浦《うら》で水死体で発見されてるんだ」

「えっ、そうなのか。それは知らなかったな」

「呉許光は両手と両足首を針金できつく縛られてから、湖に投げ込まれたようだ。釣り人が湖面に浮かんでる水死体を発見して、一一〇番通報したんだよ。死因はまだ発表されてないが、水死だろうな」

「所轄は土浦《つちうら》署？」

「ああ、そうだ。呉許光という名に聞き覚えはないか？　おまえが組対《そたい》にいたころ、新宿署と合同で歌舞伎町の上海マフィア狩りをしたことがあったろう？」

「思い出したよ。呉許光は手入れのとき、逃亡した奴だ」

有働は、もっともらしく応じた。

「一斉摘発で、上海グループの主だった幹部たちは逮捕されたんだったな？」

「そうなんだ。けど、呉はまんまと逃げ《フ》て《ケ》新宿から消えた」

「上海グループは、福建グループとは犬猿の仲だったんだろう？」

「と思うよ」

「新宿の福建マフィアが、上海マフィアを一気にぶっ潰《つぶ》そうとしたんじゃないだろうか」

「で、逃亡中の呉を取っ捕まえて、生きたまま霞ヶ浦に投げ込んだんだろうね」

「呉は準幹部だったんだろう？」

「ああ、そうだったんだ」

「それなら、呉が上海出身の遊び人たちを集めて、上海グループを再結成してたとも考えられるじゃないか。福建マフィアはそのことを察知して、呉を始末した。そうなんじゃないだろうか」

「そうなのかもしれないな。係長《ハンチョウ》の筋読み通りだとしたら、呉の妹はついでに殺されちまったんだろう」

「小田切《おだぎり》課長や宇佐美《うさみ》理事官からまだ呼び出しはないが、町田署に捜査本部が設置されたら、多分、おれの班が出張《でば》ることになるだろう。二月と六月に助っ人を務《つと》めてるからな」

「係長《ハンチョウ》、なんか嬉しそうだね。お気に入りの保科志帆と会えるからな」

「おれは公私混同はしない。彼女の成長を見届けたいという気持ちはあるよ。だからといって、町田署で一緒に捜査に携わりたいとは思っていない」

「公私混同したっていいんじゃないの？　惚れてる女のそばにいたいって気持ちを隠すことはないと思うがな」

「確かに保科巡査長は気になる存在だよ。しかし、恋愛感情を懐《いだ》いてるのかどうか、自分でもよくわからないんだ。もちろん、嫌いじゃない。翔太君のこともかわいいと思ってる」

「係長《ハンチョウ》はそんなふうに言うが、おれの目にはシングルマザー刑事《デカ》をひとりの女として意識してるように見えるな。保科のほうも係長《ハンチョウ》に気がありそうだね」

「しかし、おれは四年前に彼女の夫の保科主輔を殉職させてしまったんだ」

「そのことには、もう拘《こだわ》ることはないよ。別に係長《ハンチョウ》は故意に保科の旦那を事故死させたわけじゃないんだから」

「そうなんだが、保科君を死なせてしまった事実は消せない。消せないんだよ」

波多野が呻《うめ》くように言った。

「あれこれ思い悩むことはないんじゃないのかな。保科に惚れちゃった。だから、くっつきたい。そんなふうに物事はシンプルに考えたほうが生きやすいと思うな」

「そうなんだが、こっちはもう若くない。二十代や三十代みたいに、単純には突っ走れないんだ」

「分別《ふんべつ》も時には必要だろうね。けど、こと恋愛に関しては別に面倒なことを考える必要はない。もたついてると、ほかの野郎に保科を引っさらわれちゃうよ」

「有働、本気で彼女のことを好きになったようだな。図星だろう？」

「保科のことは嫌いじゃないよ。でも、おれは気が多いというか、女好きだからね。恋愛感情を十年も十五年もキープしつづける自信はないんだ」

「そんな先のことは、誰にもわからないよ。しかし、本気で彼女をかけがえのない女性と思ってるんだったら、交際を申し込んでみろ」

「係長《ハンチヨウ》、痩《や》せ我慢はよくないって。おれよりも係長《ハンチヨウ》のほうこそ、ずっと保科に惹《ひ》かれてるはずだ」

「おまえには、おれの心の中が視《み》えるのか？」

「視えるわけじゃないけど、なんとなくわかるんだよ」

「利《き》いた風な口をきくな。有働、おれに遠慮することはない」

「けどね……」

有働は後の言葉がつづかなかった。

話が中断したとき、波多野のデスクの上で警察電話が鳴った。理事官か、管理官からの呼び出しか。

捜査一課長の参謀が二人の理事官である。理事官たちの下には、現在、十三人の管理官がいる。管理官は、それぞれ直属の捜査各班を束《たば》ねているわけだ。理事官も管理官も、階級は警視だ。

課長に次ぐナンバー2、3の理事官はキャリアか、刑事畑を長年踏んだ者が任に就《つ》く。

捜査一課長がすべての事件の捜査に関わることは物理的に不可能だ。課長の手が行き届かない事件は、理事官が捜査を指揮する。午前中に書類決裁を済ませ、午後は事件現場に足を踏み入れたり、所轄署に設けられた捜査本部に顔を出している。

十三人の管理官は捜査一課が設置した捜査本部に出動し、捜査全般の指揮を執《と》ることが多い。いずれも凶悪犯罪の捜査を数多く手がけてきたベテランばかりだ。

波多野が受話器を取って、もっぱら聞き役に回った。電話をかけてきたのは、理事官でも管理官でもなさそうだ。

有働は上司の反応をうかがった。次第に波多野の表情が翳《かげ》りはじめた。

町田署の刑事課か、本庁機動捜査隊が自分のことを割り出したのか。有働は落ち着かない気持ちになった。『秀梅《シウメイ》』の美人ママを殺害したわけではなかったが、できることなら紅蓮《ホンリエン》の色仕掛けに引っかかったことは上司や同僚には知られたくなかった。男の見栄だった。

やがて、波多野が受話器をフックに戻した。まっすぐに有働を正視してくる。何かを探るような目つきだった。

「電話、誰からだったのかな？」

有働は先に口を開いた。

「人事一課監察の首席監察官からだ。きのうの夜、監察に一本の密告電話があったらしい。その内容は、おまえが何らかの方法で新宿署の押収品保管所にあった〝ヤーバー〟を署員の誰かにこっそりと持ち出させたという内容だったそうだ。有働、身に覚えは？」

「まったくないよ。誰かが、このおれを陥れようとしてるんだろう」

「おまえがそう言うんだったら、そうなんだろう。何か心当たりは？」

波多野が問いかけた。

有働は首を大きく振った。尾形警部補に尾《つ》けられていたのは、その密告電話のせいだろう。謎の脅迫者が密告したにちがいない。有働を心理的に追い込み、早く伴内繁樹を始末させたいのだろう。

有働はそう推測した。

数秒後、上着の内ポケットで私物のスマートフォンが鳴った。

スマートフォンを摑み出し、ディスプレイに目を落とす。公衆電話と表示されている。

発信者は、例の脅迫者にちがいない。

「知り合いのクラブホステスからだ。何か困ったことが起きたみたいだな」

有働は波多野に言って、椅子から立ち上がった。小走りに廊下に出て、通話開始ボタンをタップする。

「呉許光《ウーシェクアン》の水死体が霞ヶ浦から上がったことは、もう知ってるな?」

前回と同じように、電話の主はボイス・チェンジャーを使っていた。声が不明瞭《ふめいりょう》で、ひどく聞き取りにくい。

「いつ呉を霞ヶ浦に投げ落としたんだ?」

「おたくを始末できなかった夜に生け捕《いど》りにして、茨城まで運んだんだよ。針金で自由を奪ったら、奴は生きたまま湖に投げ込まれるとわかったんだろう。子供のように泣き叫んで、何度も命乞《ご》いしたよ」

「ひでえことをしやがる。呉はてめえのために、おれの命《タマ》を奪《と》ろうとしたんだろうが！」

「そうなんだが、役に立たなかった。奴は上海マフィアの一員だったんだ。いつ開き直って、わたしを脅迫するかもしれないからな。だから、危険な芽は早目に摘《つ》み取ってしまったわけさ」

「そういう心配はあっただろうな。だからって、殺《や》ることはなかったじゃねえかっ。呉を半殺しにでもしとけば、妙な気は起こさなかっただろう」

「わたしはね、用心深い人間なんだよ。それだから、呉の妹の紅蓮《ホンリエン》にも死んでもらったんだ。兄貴から、殺しのビジネスのことを聞いてたかもしれないんでね」

「臆病者め！　紅蓮は、身勝手な兄貴を嫌ってたらしいんだ。呉許光から、てめえの話なんか聞いてなかったろうに」

「そうだとしたら、彼女は運が悪かったね。それはそうと、本庁人事一課の監察の人間の影に気づいたかな？」

「やっぱり、昨夜《ゆうべ》、監察に密告電話をかけたのはてめえだったんだなっ」

「その通りだよ。当分、尾行と張り込みに悩まされるかもしれないね。おたくが早く伴内繁樹を葬らなかったら、今度は町田署に電話をして、『秀梅《シウメイ》』のママを扼殺したのは現職刑事の有働力哉だって密告することになるよ。そうなったら、犯罪者を追う身が逆になるな」

「てめえはどうせ呉《ウー》兄妹を殺《や》ったと自首する気なんて、これっぽっちもねえんだろうが！」

「見くびらないでもらいたいね。わたしは、きちんと約束は守るよ。紳士なんでね」

「ふざけんじゃねえ！」

「伴内を四日以内に亡き者にしなかったら、おたくも死ぬことになるぞ。そのことを忘れるな」

通話は唐突に打ち切られた。

有働は舌打ちして、スマートフォンを懐に戻した。新宿署の生活安全課には、旧知の刑事がいる。名越隼人《なごしはやと》という名で、三十二歳だった。どちらかというと、熱血漢タイプだ。

下北沢の自宅に放置してある〝ヤーバー〟をビニールごと名越に渡して、こっそり鑑識係に回してもらえば、ラベルやタブレットケースに付着している指掌紋《しょうもん》から押収品を無断で持ち出した署員がわかるかもしれない。

有働は刑事部屋に引き返し、波多野の席に足を向けた。立ち止まるなり、彼は上司に願い出た。

「悪いんだが、早退させてほしいんだ」

「電話をしてきた女性に何かあったんだな？」

「不正出血が止まらないらしいんだ。子宮筋腫が破裂したかもしれないって、ものすごく不安がってるんだよ。おれ、彼女に付き添ってレディースクリニックに行ってやろうと思ってるんだ」

「わかった。すぐ行ってやれ」

波多野は少しも疑っていない様子だ。有働は後ろ暗さを覚えながら、大部屋を出た。

エレベーターで一階に降り、通用口から外に出る。周《まわ》りを見回してみたが、尾形警部補の姿は見当たらなかった。

地下鉄桜田門駅の近くで空車のタクシーを拾い、自宅マンションに戻る。自室に入ると、両手に布手袋を嵌《は》めて、ビニール袋に詰まった錠剤型覚醒剤を黒いスポーツバッグに収めた。

それから、新宿署の名越刑事に電話する。

「どうもしばらくです。有働さん、上海マフィア狩りの節はお世話になりました」

「こっちこそ。実は、おたくに協力してもらいたいことがあるんだ」

「どんなことでしょう？」

名越が訊いた。

有働は前夜、何者かが自宅に侵入し、新宿署が押収した麻薬を置いていったことを詳しく伝えた。

「署の人間が誰かに抱き込まれ、〝ヤーバー〟を無断で持ち出して、外部の者に渡したんでしょうね」

「ああ、おそらくな。ラベルやタブレットケースにそいつの指紋《モン》が付着してるかもしれないから、こっそり鑑識に回して検《しら》べてもらってほしいんだ。鑑識に協力してくれそうな奴はいる？」

「ええ、いますよ」

「それなら、一時間後に新宿署の並びにある『オアシス』ってカフェで落ち合おう。そこで、スポーツバッグごと〝ヤーバー〟をそっちに渡すよ」

「わかりました。それじゃ、後ほど！」

名越が電話を切った。

有働は十数分経ってから、部屋を出た。黒いスポーツバッグを提《さ》げて、近くの茶沢《ちゃざわ》通りまで歩く。空車を拾えたのは数分後だった。

『オアシス』には、約束の十六分前に着いた。有働はコーヒーを飲みながら、名越を待った。

コーヒーカップが空になったころ、名越巡査部長が店に駆け込んできた。向かい合うと、彼は昆布茶《こぶちゃ》を注文した。

「ずいぶん渋い物をオーダーするんだな？」

「きょうは缶コーヒーを五本も飲んじゃったんですよ。それより、とんだ目に遭《あ》いましたね。例の品物《ブツ》を盗《ギ》ったのは生安課の者かもしれません。最近、急に金回りがよくなった同僚がいるんですよ」

「そいつの名は？」

「薬丸正臣《やくまるまさおみ》って巡査長で、二十八歳です。遊び好きで、組員たちによく酒や飯を奢《おご》られてるんですよ。係長がだいぶ叱ったみたいなんですが、なかなか遊び癖は直らないようですね。あの感じだと、ソープや性風俗の店でも只《ただ》で遊ばせてもらってるんだろうな」

「そういう奴なら、少しまとまった小遣いをもらったら、平気で押収した銃器や薬物を盗み出しそうだな。その気になれば、どの署の押収品保管所のロックも解除できるからな」

「そうですね」

「危険な思いをさせるんだから、それなりの礼はするよ」

有働は小声で言った。

「そういう気持ちがあって、協力する気になったわけじゃないんです。有働さんが濡衣を着せられそうだと聞いたんで、何か協力できればと思ったわけですよ」

「わかった。今回は、そっちの厚意に甘えることにしよう」

「ええ、そうしてください」

名越が清々《すがすが》しく笑った。そのとき、ウェイトレスが昆布茶を運んできた。霰《あられ》が数片付いていた。

「二、三十分、ここで待っててくださいね」

名越は昆布茶を半分ほど飲むと、スポーツバッグを持って店を出ていった。

有働は二杯目のブレンドコーヒーを頼み、ゆったりと紫煙をくゆらせた。名越が店に戻ってきたのは、二十数分後だった。

その顔つきは暗かった。指掌紋は、すべて拭われていたのだろう。

「びっくりしないでください。ラベルやタブレットケースに付着してたのは、有働さんの指紋と掌紋だけでした」

椅子に坐ると、名越が告げた。

「なんだって⁉　おれは、ラベルにもタブレットケースにも一度も直《じか》に触《ふ》れてないんだぜ。どうしておれの指掌紋がくっついてんだ？　くそっ、シリコン製の偽指紋シールを使いやがったんだな」

「ええ、そうみたいなんです。数年前から中国人や韓国人が他人の指紋シールを使って、何百人も不法入国してますからね。警察庁の指紋データベースには前科者だけではなく、警察官、自衛官、海上保安官、民間航空会社のパイロットなんかの分も登録されてます」

「そうだな。おれを陥れようとした奴は、警察関係者なんだろう」

「ええ、そう考えてもいいでしょうね。自分、薬丸の動きを探ってみますよ」

「おれ自身がそいつのことを調べてみる。悪いが、署に戻ったら、薬丸って奴の面《つら》を携帯のカメラで撮《と》って、送ってくれないか」

「わかりました」

「おれは職場で言いたい放題だから、周りは敵だらけなんだろうな」

有働は自嘲し、ブラックコーヒーを口に含んだ。いつになく苦く感じられた。

4

捜査一課長室のドアを開ける。

波多野は一礼し、課長室に足を踏み入れた。午後四時過ぎだった。

部下の有働が早退してから、二時間以上が経過している。波多野は少し前に内線電話で課長室に呼ばれたのだ。

課長室は二十畳ほどの広さだった。壁寄りに執務机が据《す》えられ、応接セットが置かれている。課長の小田切渉《わたる》警視は机に向かって、捜査資料に目を通していた。五十六歳で、ノンキャリアの出世頭だった。

小田切課長は捜査畑が長く、現場の刑事たちの苦労をよく知っていた。気さくな人柄だった。

総革張りの黒いソファには、宇佐美暁《あきら》理事官と馬場《ばば》直之《なおゆき》管理官が坐っている。並ぶ形だった。理事官が四十五歳で、管理官は五十歳だ。

「やあ、ご苦労さん。ま、掛けてくれ」

小田切課長が机から離れ、宇佐美の前に腰を沈めた。

波多野は、課長のかたわらに坐った。馬場管理官と向かい合う恰好《かっこう》になった。

「もう察しはついてるだろうが、明日の午前中に町田署に捜査本部を設けることになった。それで、きみの班に出張《でば》ってもらいたいんだ」

小田切課長が言った。

「了解しました」

「兵隊は全員、揃ってるね？」

「有働がきょうは早退しましたが、明日は町田署に出向けると思います」

「彼、また二日酔いかな？」

「いいえ。知り合いが急病に見舞われたんで、病院に付き添いたいとのことでした」

「そうか。彼、柄は悪いが、気のいい男だからな。わたしは嫌いじゃないよ」

「こちらも有働のことは高く評価していますし、頼りにもしてるんです」

波多野は嬉しくなった。有働を毛嫌いしている幹部は少なくないが、小田切課長は食《は》み出し刑事をそれなりに評価してくれた。わがことのように喜ばしい。

「初動捜査で被害者の呉紅蓮《ウーホンリエン》の自宅マンションから出てきたという三十七、八の大柄な男が怪しいとわかったんだが、その不審者の身許はまだ割り出せていない」

宇佐美が波多野に話しかけてきた。

「その男のほかに捜査線上に浮かんだ人物はいるのでしょうか？」

「被害者のパトロンの守屋忠という男がさきおとといの深夜、紅蓮《ホンリエン》と現場の部屋で激しく言い争いをしてたらしいんだ。それで所轄署は守屋が愛人を殺害したんだろうと筋を読んだようなんだが、アリバイは完璧だったそうなんだよ」

「現在のところ、三十七、八歳の大柄な男が最も臭いんですね？」

「そうなんだ。後で、この初動捜査資料によく目を通しておいてくれ」

「わかりました」

波多野は、差し出された茶色い書類袋を受け取った。宇佐美は隣の馬場に目配せした。

馬場が波多野に語りかけてきた。

「六月の事件《ヤマ》と同じように、わたしが捜査本部に出張ることになった。町田署の野中《のなか》署長と一緒に捜査全般の指揮を執《と》るが、現場は先方さんの田丸刑事課長、安西強行犯係長、きみの三人で仕切ってくれ」

「わかりました」

「きのうの夕方、被害者の実兄の呉許光《ウーシェクアン》の溺死体が霞ヶ浦から収容されたことは知ってるね？」

「はい」

「今回の事件《ヤマ》の背景には、どうやらチャイニーズマフィア同士の抗争が絡んでるようだな」

「そうなのかもしれませんね。呉兄妹が相前後して殺害されたわけですので」

「一年前の上海マフィア狩りがあってから、長いこと劣勢だった新宿の福建マフィアが力をつけてきた。上海グループの残党たちをひとり残らず始末して、池袋と同じように縄張り《シマ》を独占するつもりなんじゃなかろうか。上海マフィアは銃器や麻薬の供給ルートを持ってたんで、すんなり日本の暴力団と結びついて新宿でのさばるようになった」

「ええ、そうでしたね」

「しかし、その種の裏のビジネスはリスクを伴う。福建マフィアたちは密航ビジネスを主なシノギにしてきたわけだが、高級車や美術品のかっぱらい、中国人研修生の派遣《はけん》ビジネスと幅広く裏仕事をこなしてる。国際結婚の斡旋《あっせん》や闇の内臓移植コーディネートまで手がけてるようだから、日本のやくざも彼らを見直すようになった。荒っぽい上海マフィアと組んだほうが手っ取り早く荒稼ぎできるが、大きなリスクを背負わなければならない」

「そうですね」

「福建マフィアと組んだ場合は荒稼ぎはできないが、各種の裏商売で手堅く儲けられる。

暴力団もそのほうが得だと考え、福建マフィアを裏ビジネスのパートナーにする気になったのかもしれないぞ」

「そうなんでしょうか」

「ひょっとしたら、どこかの組が上海グループの残党狩りを手伝ってるのかもしれないな。そのあたりの情報を組対《そたい》部から引っ張ってくるか」

「それは、きみがやってやれないか」

宇佐美理事官が馬場に言った。

「わかりました」

「よろしく頼む」

「はい」

馬場は快諾《かいだく》し、口を結んだ。

「波多野班は二月、六月、そして今月と年に三回も町田署に出張ることになるんだな」

宇佐美が波多野に顔を向けてきた。

「ええ、そうなりますね」

「これまで年に三度も同じ署に出向いたことはないよな？」

「はい。過去に同じ所轄署に二度出張ったことはありますが、さすがに三度はありませんでした」

「波多野君、これは縁結びの神さまの粋な計《はか》らいかもしれんぞ」

「はあ？」

「町田署の保科志帆巡査長は、きみを慕ってるらしいじゃないか。波多野君も美しいシングルマザー刑事のことは憎からず想《おも》ってるんだろう？」

「わたしは彼女の夫を四年前に職務中に死なせていますので、保科巡査長が一人前の刑事になるまで見守ってやりたいんですよ」

「それだけじゃないんだろう？　波多野君、どうなんだね」

「理事官、そのくらいにしてやれよ。波多野係長、困ってるじゃないか」

小田切課長が宇佐美を黙らせた。宇佐美は頭に手をやって、何か言い訳をした。

「明日の午前九時過ぎには部下たちと町田署に入るつもりです。初動捜査資料を読み込みたいんで、これで失礼します」

波多野は書類袋を摑んで、ソファから立ち上がった。三人の上司に目礼し、課長室を出る。

波多野は刑事部屋に戻ると、自席で初動捜査資料を読みはじめた。本庁機捜からの報告書には、解剖所見の写しと十数葉《よう》の鑑識写真も添付されていた。

ベッドで仰向《あおむ》けになった呉紅蓮《ウーホンリエン》の瞼は完全には閉じられていない。口も半開きだった。扼殺痕は赤痣《あかあざ》のようだ。眉根《まゆね》は幾分《いくぶん》、寄せられている。被害者は息苦しさを覚えたまま、絶命したのだろう。

犯行の動機はなんであれ、殺人は許されることではない。波多野は加害者に憤《いきどお》りを覚えながら、初動捜査の報告書と解剖所見の文字を目で追いつづけた。

事件通報者が『森野レジデンス』の五〇四号室から不審な大男を見かけたのは、前夜午前零時少し前と記述されている。三十七、八歳の男はドアのノブをハンカチで拭っているように見えたらしい。髪型はクルーカット風で、色は浅黒かったという。

外見は、部下の有働とよく似ている。むろん、偶然の一致だろう。

被害者の爪の間に挟まっていた表皮と浴室に落ちていた短い頭髪のDNA型は、一致したと記されている。紅蓮の膣内から検出された精液はO型だった。有働の血液型も同じだ。これも単なる偶然にすぎないと思いたい。

司法解剖の結果、被害者の死亡推定日時は昨夜九時半から同十一時の間とされた。被害者宅から金品は何も盗み出されていない。

殺人者は上海美人と体を重ねてから、素手《すで》で扼殺し、現場から立ち去ったと思われる。登庁して間もなく早退《はやび》けした有働の顔面には、引っ搔き傷があった。

本人は、野良猫に傷つけられたと語っていた。それは事実だったのか。偶然が三つも重なったことで、波多野は少し落ち着きを失った。

有働と呉紅蓮には接点がなかったはずだ。少なくとも、彼から『秀梅《シウメイ》』のママと面識があるという話は聞いたことがない。

新宿、渋谷、池袋、上野には中国人ホステスばかりを揃えたクラブがたくさんある。有働が新宿駅から三十数分も電車に揺られて、わざわざ町田の上海クラブに飲みに行ったとは思えない。

波多野はそこまで考え、あることに思い当たった。

有働は関心を寄せている保科志帆を町田署に訪ね、熱い想いを打ち明けたのかもしれない。だが、志帆には想いを受け入れてもらえなかった。有働はショックを受け、どこかで酒を呷りたくなった。

そして前夜の七時過ぎに原町田六丁目にある『秀梅』で飲み、ホステスの美春《メイチュン》を店から連れ出した。しかし、彼は美春とはホテルに行っていない。美春からママの紅蓮の自宅マンションを聞き出し、『森野レジデンス』に直行したとも考えられる。

有働が紅蓮の部屋に強引に押し入った痕跡はうかがえない。被害者は納得して、来訪者を自宅に招き入れたようだ。

果たして有働は、呉紅蓮《ウーホンリエン》の自宅を訪ねたのだろうか。波多野は、それを電話で確かめる気になった。

上着の内ポケットから刑事用携帯電話《ポリスモード》を摑み出したとき、着信ランプが灯《とも》った。発信者は保科志帆だった。

「ご無沙汰《ぶさた》しています。六月の事件の捜査では、大変お世話になりました。実はわたし、いま近くまで来ているんですよ。日比谷公園の噴水池のそばから電話しています」

「何か相談があるんだね？」

「ええ。有働さんのことなんです。実はきのうの夕方、有働さんが町田に来たんですよ」

「えっ」

「署の近くにあるファミレスでお目にかかりました」

「つき合ってくれと言われたのかな？」

「いいえ、そうではありません。『秀梅《シウメイ》』のことやママについて、いろいろ聞かれたの」

「そこで待っててくれないか。急いで日比谷公園に行く」

波多野は通話を切り上げ、刑事部屋を走り出た。エレベーターで一階まで下《くだ》り、桜田通りを横切る。波多野は合同庁舎の脇を駆け抜け、日比谷公園に走り入った。

遊歩道を小走りに走り、噴水池に達する。志帆は噴水池の脇のベンチに腰かけていた。波多野の姿に気づくと、彼女は立ち上がった。

波多野は志帆に走り寄った。

向かい合うと、志帆が先に口を開いた。

「きのうの夜、有働さんが『森野レジデンス』に行ったことが確認されました。マンションの斜め前の民家の防犯カメラに有働さんの姿が映っていたんです。午後九時前に『森野レジデンス』に入って、数時間後に外に出てくる姿が鮮明に……」

「有働が呉紅蓮を殺害したんだろうか」

「それは、まだわかりません。ただ、被害者と性交渉を持ったと思われます。ママの体内にはO型の精液が滞留《たいりゅう》していました。確か有働さんの血液型はO型でしたよね？」

「それは間違いない」

「被害者は店の五人のホステスに売春を強いていたんです。それで先月から、町田署《うち》の生安課が『秀梅』を内偵中でした。わたし、そのことを有働さんに教えました。一昨日の深夜、有働さんは歌舞伎町の裏通りでママの実兄の呉許 光《シェクアン》に撃ち殺されそうになったらしいんです」

「そんなことがあったのか」

波多野は驚いた。登庁したとき、有働は何も明かそうとしなかった。上司に余計な心配をかけまいという気持ちがあったのだろうが、いささか寂しかった。水臭いではないか。

「有働さんは呉許光《ウーシェクアン》の雇い主を吐かせたくて、紅蓮《ホンリエン》の実兄の潜伏先を知りたかったんでしょう。これはわたしの推測なんですけど、有働さんは『秀梅《シウメイ》』のママがホステスたちに売春させてることを知ってると脅して、彼女の兄の居所を吐かせようとしたんではないでしょうか」

「そうなのかもしれないな」

「売春防止法違反で検挙《アゲ》られることを恐れた紅蓮は女の武器を使って、罰《ばつ》を逃れようとしたんじゃないかしら？　女性が目の前で素っ裸になったら、たいていの男性は欲情を催《もよお》しちゃいますよね。有働さんが色仕掛けに嵌まってしまったことは感心できませんけど、わかる気がします。でも、有働さんは女性の首を絞めることなんかできないと思います。相手が凶暴な男なら、殺《あや》めてしまうかもしれませんけどね」

「こっちも、有働には女性は殺せないと思ってるよ。あいつは誰かに殺人犯に仕立てられたんだろう」

「きのうの夕方、霞ヶ浦で呉許光の水死体が発見されてますよね」

「そうだな。本庁《うち》の馬場管理官は、上海グループと敵対関係にある新宿の福建グループが呉兄妹を殺害したのかもしれないと言ってたが、そうなんだろうか。単なる勘なんだが、呉に有働を始末してくれと頼んだ人間が兄妹を第三者に殺《や》らせたんじゃないかと考えてるんだが、きみはどう思う？」

「殺しの依頼人が呉の口を封じたくなるのはわかりますが、何も妹の紅蓮まで抹殺する必要はないわけでしょ？」

「有働狙撃の件を呉が妹に喋っているかもしれないと疑心暗鬼《ぎしんあんき》に陥って、紅蓮まで葬る気になったんではないだろうか。あるいは、その人物は呉兄妹に何か別の弱みを握られてたとも考えられるな」

「後者なのかもしれませんね。有働さんに直《じか》に前夜のことを電話で訊いてみようとも思ったんですけど、殺人犯と疑っているみたいなので、コールできなかったんです。それで波多野さんに相談する気になったんです」

志帆が言った。

「そうだったのか」

「どうしたら、いいんでしょう？」

「有働に電話してみるよ」

波多野は懐からポリスモードを取り出し、部下の刑事用携帯電話の短縮番号に触れた。

ややあって、有働が電話口に出た。

「おまえは嘘をついて、早退けしたな。一昨日《おととい》の夜、そっちの命を狙った呉許光《ウーシェクアン》の雇い主を突きとめたくて、新宿から消えた刺客の行方を追ってた。そうだな？」

「えっ⁉」

「きのう、おまえが町田に行って、保科巡査長から上海クラブ『秀梅《シウメイ》』のことを教えてもらったこともわかってるんだ。おまえは呉紅蓮《ホンリエン》から兄貴の許光の居所を教えてほしくて、『森野レジデンス』の五〇四号室を訪ねた。そうなんじゃないのか？」

「そこまで知ってるのか、係長《ハンチョウ》は」

「町田署は、おまえが前夜九時前に紅蓮の部屋を訪ねて、数時間後に『森野レジデンス』を出た事実を掴んでる。マンションの斜め前の民家の防犯カメラに有働の姿がはっきりと映ってたらしい」

「そうなのか。係長《ハンチョウ》が言った通りだよ。おれは紅蓮が店のホステスたちに売春を強要してる事実をちらつかせて、呉許光の潜伏先を吐かせようとしたんだ。そしたら、紅蓮は素っ裸になって、おれの股ぐらをまさぐった」

「おまえは誘惑に負けて、美人ママを抱いてしまったんだな？」

「そうなんだ。けど、あの女を殺しちゃいない。行為の後に兄貴の居所を吐かせようとしたら、紅蓮は寝室のウォークイン・クローゼットに走り入って、ポケットピストルを持ち出したんだ。おれは銃口を突きつけられ、俯《うつぶ》せにさせられた。その直後、背中に麻酔注射をうたれたんだよ」

「麻酔注射だって？」

波多野は訊き返した。

「そう。正確な時間はわからないが、二時間半前後に意識を取り戻すと、横に扼殺された紅蓮の死体が転がってたんだよ。おれに殺人の濡衣を着せた真犯人《ホンボシ》が紅蓮の両腕を持って、彼女の爪でこっちの顔面や腕を引っ掻いて、小細工したにちがいない。おれは犯人じゃないっ」

「有働、本庁に戻ってこい。おれが機捜の脇坂主任に口添えしてやるから、一昨日の深夜からの経過を正直に話すんだ」

「すんなりとおれの言葉は信じてもらえないだろう。まだ断定はできないが、おれを陥れようとした奴は警察関係者臭いんだ」

「ま、まさか⁉」

「その疑いが濃いね。いったん身柄《ガラ》を押さえられたら、おれは間違いなく起訴されて東京拘置所に移送される。それで結局は、刑務所《ムショ》にぶち込まれるだろう」

「おまえは自分で真犯人を突きとめる気でいるんだな？」

「そうするほかないよ」

「明日の午前中に町田署に捜査本部《チョウバ》が立って、おれの班が出張ることになったんだ。こそこそ逃げ回ってたら、おまえは重要参考人と目《もく》されるだろう」

「重参に見られても、無実で捕まりたくないんだよ。自分の手で、必ず真犯人を取っ捕まえてやる」

「有働、頭を冷やせ！　単独でそんなことはできない」

「やるしかないんだ。係長《ハンチョウ》、紅蓮《ホンリエン》の寝室の床に麻酔溶液の染《し》みがあるかどうか鑑識の奴に検《しら》べさせてくれないか。染みがありゃ、おれが麻酔で眠らされたことぐらいは信じてもらえるだろうからね」

「それは必ずチェックさせる。とにかく、どこかで会おう。もっと詳しい話を聞かせてほしいんだ。おれの横には、保科巡査長がいるんだよ」

「えっ、彼女が……」

「ああ。おまえが紅蓮の事件に関わってるんじゃないかと心配して、わざわざ桜田門に来たんだ。電話、彼女に替わろうか？」

「いいよ。係長《ハンチョウ》、志帆、いや、保科におれはシロだって伝えてくれないか。絶対に紅蓮は殺《や》ってないってね」

「ああ、伝えるよ。おれも保科巡査長も、おまえは潔白だと信じてる」

「そう」

「だから、とにかく一度どこかで落ち合おうじゃないか」

「係長《ハンチョウ》や保科に迷惑かけたくないんだ。おれに降りかかってきた厄介事《やっかいごと》だから、てめえで片をつけるよ」

「有働、子供っぽい考えは棄《す》てろ。個人的な捜査をしたい気持ちはわかるが、姿をくらましたら、さらに立場が悪くなるだけだ」

「わかってるよ」

　有働が言った。

「いま、どこにいるんだ？　こっちから、おまえに会いに行くよ。無理に有働を本庁に連れ帰ったりはしない。それを約束するから、細かい話を聞かせてくれ」

「それは……」

「有働、これはお願いじゃない。上司の命令だ。どこにいるのか、居所を教えろ！　おい、聞いてるのかっ」

波多野は声を高めた。

有働は無言のまま電話を切った。波多野は、すぐリダイアルした。

だが、有働のポリスモードの電源はすでに切られていた。

「電源を切られてしまったんですね？」

志帆が問いかけてきた。

波多野は黙って顎《あご》を引き、天を仰《あお》いだ。

第三章　殺人容疑

1

張り込みは徒労に終わるのか。

有働は物陰に身を潜《ひそ》め、新宿署の通用口に視線を向けていた。午後七時過ぎだった。

名越刑事から送信されてきた薬丸正臣の写真は何度も眺めた。その面立《おもだ》ちは頭に刻みつけてある。薬丸は、まだ退署していないはずだ。

もう少し粘《ねば》ってみるべきだろう。急に金回りがよくなったという薬丸は、なんとなく怪しい。裏社会の人間と癒着《ゆちゃく》しているという話だから、〝ヤーバー〟を署内から盗み出したのは薬丸という可能性もある。

有働はロングピースをくわえた。

煙草に火を点けたとき、脳裏に波多野と志帆の顔が交互に浮かんだ。刑事用携帯電話《ポリスモード》の電源は切ったままだった。二人は代わる代わるにコールし、そのつど溜息をついているのではないか。

有働は、信頼している上司と志帆に心配をかけてしまったことを心苦しく思っていた。波多野の命令に従わなかったことでも、申し訳なさを感じている。

しかし、上司とどこかで会ったら、何らかの迷惑をかけることになるだろう。それだけは、どうしても避けたかった。

紅蓮《ホンリエン》の自宅からアメリカ製の小型拳銃と注射器が発見されたとはマスコミで報じられていない。紅蓮を殺害した犯人が両方とも持ち去ったと思われる。

被害者宅の寝室の床か寝具に麻酔溶液の染みがあれば、濡衣を着せられたことの反証材料になるだろう。鑑識係員が染みを見つけてくれることを祈りたい気持ちだ。

だが、それだけで無実であることを立証するのは難しいだろう。やはり、自分の手で呉《ウー》兄妹を殺した真犯人を突きとめるほかなさそうだ。

有働は短くなった煙草を足許に落とし、火を靴の底で踏み消した。そのすぐ後、今度は伴内繁樹の顔が脳裏に閃《ひらめ》いた。

もう彼はマンスリーマンションを借りただろうか。有働は懐からスマートフォンを取り出し、電源を入れた。

私物のスマートフォンで伴内に電話をかける。スリーコールで、通話可能になった。

「きのう、いや、今朝《けさ》は仕事の邪魔をしたな。勘弁してくれ」

「気にすんなって。ノルマは、ちゃんと果たしたよ」

「そうか。伴内、マンスリーマンションに移った？」

「ああ。三宿《みしゅく》に手頃なマンスリーマンションがあったんだ。家具付きで、インターネットも利用できるんだよ。もちろん、冷蔵庫も使える。世田谷公園に隣接してるんで、息抜きの散策もできるんだ」

「そう。伴内、何か変わったことはなかったか？」

「ちょっと気になることがあったんだ。午後三時過ぎに渋谷のスペイン坂の近くのカフェで出版社の担当編集者と打ち合わせをした帰りに、二人組の男に尾行されたんだよ」

「どんな奴らだった？」

「二人とも日本人じゃなかったな。おれは尾行を撒《ま》こうと思って、わざと急に走りだしたんだ。そしたら、二人組は中国語で何か言い交わして、猛然と追ってきた。男たちが喋ってたのが北京《ペキン》語か上海語かはわからないが、中国語だったことは間違いないだろう」

「なんで伴内が怪しい中国人に尾《つ》けられたんだ。何か思い当たるか？」

有働は問いかけた。

「取材でもプライベートでも、中国人と接触したことはないんだよな」

「そうか。なら、おれのせいで伴内は巻き添えを喰いそうになったんだろう」

「そうなのかな」

「ストーカーが脳挫傷を負って死んだ事件が裏にあるような気がしてたんだが、そうじゃないのかもしれないな。いや、待てよ。俠勇会《きょうゆう》宇神組が二人の中国人を雇って、おれの動きを探らせてたとも考えられる。高輪署の留置場で毒入り和食弁当を喰って死んだ組員の城島賢次が身替り犯《トリカゴ》だということを暴《あば》かれたら、まずいと思って……」

「その線も考えられるな」

「伴内、不審な人影に気づいたら、とにかく逃げてくれ。間違っても、尾行者の正体を突きとめようとするなよ」

「ああ、わかった。何かあったら、有働のスマホを鳴らすことにしよう」

「こっちから、おまえに電話するよ。事情があって、しばらくスマホの電源を入れられないんだ」

「そういうことなら、時々、有働のほうから電話をかけてくれ」

伴内が通話を切り上げた。

有働は通話終了ボタンをタップした。ほとんど同時に、着信音が響いた。発信者は上司の波多野だった。有働は電話口に出なかった。

波多野のメッセージが録音された。伝言は短かった。コールバックしてもらいたいという一言だった。有働は胸底《きょうてい》で詫びながら、電源を切ろうとした。そのとき、志帆から電話があった。メッセージが吹き込まれた。

「有働さん、お願いだから、電話に出て！」

「…………」

「わたしは、あなたは潔白だと信じています。個人的に真犯人を捜すなんて、無謀《むぼう》すぎますよ。命は一つしかないんです。スペアはないんですよ」

「…………」

有働は声を出したい衝動を懸命に抑《おさ》えた。伝言時間が切れた。志帆がいったん電話を切り、ふたたびメッセージを入れはじめた。

「有働さんに万が一のことがあったら、波多野さんが悲しむわ。もちろん、わたしも同じです」

「…………」

有働は、また声を出したくなった。しかし、口は開かなかった。

「いま、町田署《うち》の鑑識係が被害者宅の寝室に麻酔溶液の染みがあるかどうかチェックしているはずです。仮に染みが見つからなかったとしても、有働さんの殺人容疑はきっと晴れますよ」

「…………」

「だから、波多野さんとどこかで会ってください。お願いします。姿をくらましたら、不利になるだけだと思います。有働さん、わたしの声を聴いてくれてるんでしょ？　だったら、何か言って！」

志帆が訴えた。少し声が湿っていた。

有働は胸を衝《つ》かれた。心臓の被膜《ひまく》がひりひりとした。有働は心の中で志帆に謝って、急いでポリスモードの電源を切った。

それから十分ほど過ぎたとき、新宿署の表玄関から薬丸正臣が現われた。連れはいなかった。薬丸はイタリアの有名ブランドのスーツを着込んでいた。ワイシャツやネクタイも国産品ではなさそうだ。靴も安物ではなかった。

警察官の俸給は、それほどよくない。大企業の社員ほど収入は多くなかった。独身とはいえ、二十代の刑事が衣服に金をかけられる余裕はないだろう。

薬丸の親が資産家ではないとしたら、何か不正な方法で悪銭《あくせん》を得ているのかもしれない。怪しい保安係の若い刑事は青梅《おうめ》街道に沿って歩き、新宿大ガードを潜り抜けた。

有働は一定の距離を保《たも》ちながら、薬丸を尾行しつづけた。

薬丸は新宿プリンスホテルの横を抜け、歌舞伎町一番街に足を踏み入れた。路上に立った飲食店や風俗店の客引きたちが次々に薬丸に卑屈《ひくつ》な笑顔を向けた。

薬丸は客引きたちに尊大な態度で接し、脇道に入った。性風俗店、ポルノショップ、個室ビデオ店などが軒《のき》を連《つら》ねていた。

薬丸は風営法に引っかかりそうな怪しげな店に次々に入り、五、六分で外に出てくる。店長たちを説諭《せつゆ》しているとしたら、あまりに時間が短すぎる。

薬丸は、いかがわしい店から数万円ずつ〝お目こぼし料〟をせしめているのではないか。一店から三万円ずつ貰ったとしても、十軒回れば三十万円になる。ちょっとした遊興費にはなるわけだ。

生活安全課の保安係や風紀係の刑事たちは、暴力団関係者や性風俗店のオーナーに鼻薬を嗅《か》がされやすい。金品だけではなく、風俗嬢や高級娼婦を供されることもある。

常に自分を律していないと、たちまち取り込まれてしまう。職務は誘惑だらけだ。いったん汚れた金品を受け取ると、そのことが弱みになる。その結果、闇社会との腐れ縁をなかなか断ち切れなくなってしまう。

そんなことで、懲戒免職になった生活安全課の課員は毎年必ず何人かは出てくる。そうした元刑事は、まともな民間会社に再就職することは困難だ。自暴自棄になって、やくざになった元警官はひとりや二人ではない。

薬丸は十数店の性風俗店やぼったくりバーを覗くと、歌舞伎町一番街に戻った。第二東亜会館の横を抜け、花道通りを左に曲がる。薬丸は西武新宿駅方向に進み、駅の斜め前にある台湾料理の店に入った。

二十年ほど前まで、歌舞伎町一帯には数百人の台湾マフィアがいた。その多くは台湾で凶悪な犯罪に走り、指名手配された黒社会の構成員だった。

捨て身で生きている台湾マフィアは、上海、香港《ホンコン》、福建省から流れてきた荒くれ者たちを暴力で抑え込んだ。歌舞伎町に巣喰っている外国人マフィアの中で最も勢力を誇っていた台湾マフィアも日本の景気が悪化すると、挙《こぞ》って故国に引き揚げた。

新勢力として伸《の》してきたのが上海マフィアたちだ。しかし、一年前の一斉摘発で弱体化した。代わりに擡頭《たいとう》したのが福建《フジェン》マフィアである。

一年あまり前に上海マフィア狩りをしたとき、薬丸は新宿署の生活安全課にいなかった。別の所轄署に勤務していた。有働とは面識がなかった。薬丸と顔を合わせても問題はない。

　有働は七、八分経ってから、台湾料理店に入った。

　薬丸は奥のテーブルで、四十年配の男と向かい合っていた。後ろ向きだった。その手前の席は空いている。

　有働は薬丸と背中合わせに坐り、ビールと海鮮焼そばを注文した。コップの水を飲み、薬丸たちの遣《や》り取りに耳を傾ける。

「薬丸さん、まだ歌舞伎町に上海の流氓《リウマン》残ってるよ。わたし、あなたに奴らの賭場を教えたね。でも、まだ新宿署、手入れしてない。それ、約束が違うね」

「銭《チェン》さん、もう上海グループは雑魚《ざこ》どもしかいないよ。どいつもチンピラじゃないか。一年前の手入れで、幹部たちは逮捕《パク》られたからな」

「それ、わかってるよ。でも、小者たちも侮《あなど》れない。上海の奴らは関東睦和会義仁組と繋がってるね」

「どうして銭さんは、それほど上海の連中を憎むんだ？　同じ中国人じゃないか。同胞だろうが」

「奴らは、わたしたち福建省の人間をずっと田舎者扱いしてきた。わたしのボスの崔富貴《ツィフークィ》が十五年前に上海グループの劉一方《リウィーファン》に休戦を申し入れた。でも、劉はせせら笑っただけ。それだけじゃないね。劉《リウ》は、わたしのボスを手下に殺させた。崔《ツイ》の奥さんも五人の男に輪姦されて、生きたまま手脚《てあし》を青龍刀で切断されたね」

「銭《チェン》さん、そういう話はやめてよ。いま、おれは小龍包を喰ってるんだ。吐きそうになるじゃないか」

「あなたが悪いね」

銭が言った。ビールを飲む気配が伝わってきた。

会話が中断したとき、有働のテーブルにビールと海鮮焼そばが届けられた。先にビールで喉を潤《うるお》してから、海鮮焼そばを食べはじめる。

「教えられた百人町の賭場は、そのうち必ず摘発するよ」

「それ、いつ？　いつ手入れをしてくれる？」

「来月中には上海グループのチンピラどもを全員、検挙《アゲ》てやる」

「薬丸さん、また約束破ったら、わたし、怒るよ。あなた、風俗の店や暴力バーから小遣いをせびってる。それから、わたしからも毎月、三十万の口止め料を取ってる。盗品売り捌《さば》いてるから、わたし、仕方なく払ってるね」

「銭さん、声がでかいな。ここに生安課の者は出入りしてないが、署の誰かが入ってくるかもしれないじゃないか。危《ヤバ》いんだよ」

「わたし、つい興奮しちゃったね。それ、悪かった」

「今後は気をつけてよ。それはそうと、今月分を持ってきてくれた?」

「持ってきたよ。いま、いつものようにテーブルの下で渡す。でも、今度こそ約束守ってほしいね」

「わかってるよ」

「また嘘ついたら、薬丸さんは新宿署にいられなくなるね。そのこと、わかってるでしよ?」

「おれを脅迫してるのか⁉　こっちだって、あんたら福建グループの悪事をいろいろ知ってるんだ。署に密告なんかしたら、刺し違えることになるぞ。銭さんよ、その覚悟はできてんの?」

薬丸が開き直った。

「わたし、謝るよ。あなたとは、ずっと仲良しでいたいね。薬丸さんと喧嘩したら、わたしたち福建グループは誰も新宿にいられなくなる。そうなったら、上海の奴らが息を吹き返す。それ、悔《くや》しいね。癪《しゃく》よ。あなたには、とっても感謝してる」

「本当にそう思ってるんだったら、銭さん、もう少し色をつけてほしいな」

「それ、どういう意味?」

「おれ、三十五、六になったら、何か副業を持ちたいと思ってるんだよ。できれば、ダイニングバーのオーナーになりたいんだ。それが無理だったら、ガールズバーでもいいな。どっちにしても、開業資金が二、三千万は必要なんだよ。本格的なダイニングバーをやるなら、六、七千万の資金はいるな。おれの夢を叶えるために協力してよ」

「そんな大金、わたし、用意できない。とても無理ね」

「一度に用意してくれなくてもいいんだ。来月分から、おれの顧問料を六十万にしてくれないか」

「いまの倍欲しいのか⁉ あなた、欲張りね。四十万円なら、わたし、なんとか用意する。六十万はきつすぎるよ」

「そうか。銭《チェン》さんが出し惜《お》しみするなら、それでもいいさ。けど、あんたはもう故買ビジネスで今後は甘い汁を吸えなくなるよ。いや、それだけじゃ済まないな。中国に強制送還させられるだろう」

「薬丸さん、それ、困るよ。福建省に送り還《かえ》されたら、わたし、死刑にされるね」

「死んだら、酒も飲めなくなるし、いい女とも寝られなくなるよな。銭さん、どうするよ？」

「あなた、やくざよりも悪党ね。わかったよ。来月から六十万ずつ渡す。これは、今月分ね」

　銭が封筒に入った現金をテーブルの下で、薬丸に手渡したようだ。

　薬丸が小声で礼を述べた。

　有働は立ち上がって、薬丸の後ろ襟《えり》を引っ摑みたくなった。自分も違法カジノや賭場で荒稼ぎしているが、犯罪者たちから遊興費を巻き揚げたことはない。みみっちい恐喝は見苦しい。小悪党のやることだ。

「銭さん、ここの支払いは頼むね。そろそろクラブ活動に励みたくなったんだ。近くに新しい高級クラブがオープンしたんだよ。銀座や赤坂からホステスを引き抜いたって話だから、いい女が揃ってるんだろう」

「いい身分ね。わたしは来月から大変よ」

「泥棒市をもっと多く開くんだね」

　薬丸が椅子から立ち上がって、先に店を出ていった。

　有働は急いで勘定を払い、台湾料理店を出た。薬丸は大久保方向に進みはじめていた。

　有働は薬丸に駆け寄って、荒っぽく肩を組んだ。薬丸が立ち止まった。

「あんた、誰なんだ⁉」

「本庁の者だ。小悪党め！」

「え？」

「新宿署生安課の薬丸正臣巡査長が歌舞伎町の性風俗店や暴力バーから小遣いを貰って、福建マフィアの故買ビジネスにも目をつぶってやってることを署長か本庁監察のトップに教えてやるか」

「そ、それは勘弁してください」

「だったら、黙って歩け！」

有働は東京都健康プラザハイジアの巨大な建物の手前の裏通りに薬丸を連れ込み、五、六十メートル歩かせた。

職安通りの少し手前に大久保公園がある。以前は男娼たちの溜まり場になっていたが、長細い園内には人影は見当たらない。大久保病院の周辺には、若い〝立ちんぼ〟たちが飛び飛びに連《つら》なっている
「いくら出せば、見逃がしてくれるんですか？」

「いいから、公園の中ほどまで歩くんだ」

「せしめた車代は派手に遣《つか》っちゃったんで、二百万ぐらいしか吐き出せないんですよ。それで、何も知らなかったことにしてもらえませんかね？」

薬丸が歩きながら、怯《おび》えた声で裏取引を持ちかけてきた。どうやら有働の巨体と凄み

に気圧《けお》されたようだ。体が小刻みに震えている。

有働は太い樹木の前で薬丸を立ち止まらせた。すぐに右腕で薬丸の頭を抱え込み、樫《かし》の幹《みき》に頭頂部を打ちつける。薬丸が呻《うめ》いて、膝から崩れた。

有働は薬丸の髪の毛を引っ掴んで、もう一方の手指《しゅし》で頬を強く挟みつけた。指先に力を込めると、薬丸の顎の関節が外れた。

薬丸が動物じみた唸《うな》り声をあげながら、地べたを転がりはじめた。口からは、だらしなく唾液《だえき》を垂らしている。

有働は薬丸を蹴りまくりはじめた。

首から上は狙わなかった。ほかは場所を選ばずに蹴りつけた。加減もしなかった。

薬丸はボールのように体を丸め、喉の奥で呻きつづけた。やがて、口から血を流しはじめた。

蹴られた弾みに舌を嚙んでしまったのか。それとも、唇が切れたのだろうか。出血量は、あまり多くない。内臓が破れたわけではなさそうだ。

有働は屈《かが》み込んで、薬丸の顎の関節を元の位置に戻した。薬丸が太い息を吐き、体を左右に振った。痛みに耐えられなくなったのだろう。

「おまえ、署の押収品を誰かに頼まれて盗《ギ》ったことがあるんじゃねえか」

「え？」

「平気で恐喝《カツアゲ》をやってるんだから、ＭＤＭＡや〝ヤーバー〟をくすねて、組関係者に流したことがあるんだろ？　どうなんだっ」

「お、押収品なんか盗み出したことは一度もありませんよ」

「しぶといな。両肩の関節を外してやる」

「や、やめてください。自分、本当に押収品をかっぱらったことはありません。嘘じゃないんです」

「本当かな？」

有働は薬丸の腹に片方の足を掛け、もう一方の足を浮かせた。軸足に体重《ウェイト》が乗った。

薬丸が長く唸った。有働は薬丸の体から飛び降りた。

「本当に本当です」

薬丸は泣いていた。

「次は、おまえをトランポリンにするか」

「じ、自分、押収品は盗《ギ》ってないのに……」

「らしいな。とんだ回り道をさせられたよ」

有働はうそぶき、公園の出入口に向かった。

2

函《ケージ》の扉が左右に割れた。

目的の階だった。町田署である。波多野はエレベーターホールに降り、奥の会議室に向かった。

午前十時五分前だった。十時から捜査会議が開かれることになっていた。

きのうの深夜、保科志帆から電話があった。呉紅蓮《ウーホンリエン》の自宅の寝室の床には、全身麻酔薬のチオペンタール・ナトリウムの染みがあったという報告だった。

有働の話は、苦し紛《まぎ》れの嘘ではなかったようだ。彼がポケットピストルで威嚇《いかく》され、紅蓮に麻酔注射をうたれたのだろう。有働が昏睡中に紅蓮は扼殺されてしまった。

犯人は紅蓮の首を両手で絞めてから、彼女の両腕に自分の手を添えて、有働の顔面や腕を傷つけたのだろう。

あるいは奪った小型拳銃で紅蓮を威嚇し、彼女に有働の顔や両腕に爪を立てさせたのかもしれない。それから加害者は、紅蓮を扼殺したのだろう。その際、有働の両手の手指を紅蓮の首に直《じか》に触《ふ》れさせたにちがいない。

被害者の首筋には、有働の皮脂が付着していた。意識を失っている有働自身が両手の指に力を込めることは物理的に不可能だ。

部下が無実であることは、ほぼ間違いない。しかし、状況証拠は明らかに不利だった。

波多野は重い気持ちのまま、会議室に足を踏み入れた。

右手のホワイトボードの前には、町田署刑事課強行犯係の安西係長がいた。ホワイトボードには被害者の氏名や職業が書かれ、十葉《よう》前後の鑑識写真が貼られている。

窓側に波多野班のメンバーが縦列に並んでいた。十一人だった。

廊下側には、町田署の捜査員が坐っている。刑事課員は志帆を含めて七人だ。残りの三人は生活安全課から駆り出された若手だった。

「波多野警部、またお世話になります」

安西が声をかけてきた。

「微力ながら、お手伝いさせてもらいます」

「どうかよろしくお願いします。あなたの部下の有働さんが今回の事件に関わってると知って、びっくりしましたよ。彼は意図的にメンバーから外されたんですね？」

「ええ、まあ。事件当夜、有働が呉紅蓮《ウーホンリエン》の自宅マンションに行ったことは確かです。本人も、それは認めています」

「そうなんですか」

「しかし、彼は無実ですよ」

「保科巡査長から、被害者宅の寝室の床に麻酔薬のチオペンタール・ナトリウムの溶液の染みがあったという報告は受けてます。わたしは個人的には、有働警部補は罠に嵌まってしまったんではないかと推測してるんですがね」

「そうなんだと思います」

　波多野は言った。

「これも推測なんですが、被害者は真犯人とつるんで有働さんを殺害するつもりだったんじゃないんですかね？」

「こっちも、そう読んでるんですよ。しかし、真犯人は紅蓮をうまく利用しただけで、実は密かに別のシナリオを用意してたんでしょう」

「紅蓮は、犯人に裏切られてしまったわけですね？」

「ええ、おそらくね。アメリカ製小型拳銃と全身麻酔液は真犯人《ホンボシ》が予め《あらかじ》用意して、事前に紅蓮に渡してあったんでしょう」

「そうなんでしょうね。真犯人は何者なんでしょう？」

「それは、まだ透《す》けてきません。紅蓮の実兄の許光《シェクアン》の水死体も霞ヶ浦に浮いてますから、真犯人は呉《ウー》兄妹と面識があったんだろうな」

「犯人にとって、呉兄妹は邪魔な存在だった。それから有働さんに対しては、何らかの敵意を持ってた。それだから、真犯人は有働警部補を紅蓮殺しの犯人に仕立てたんでしょうね？」

「そう考えてもいいだろうな。ところで、町田署のみんなが安西さんと同じような見方をしてるわけじゃないんでしょ？」

「ええ、それはね。被害者宅の浴室に落ちてた頭髪と紅蓮《ホンリエン》の爪の間に挟まってた表皮のDNAが一致してますし、『森野レジデンス』の斜め前のお宅から借り受けた防犯カメラの映像に有働さんの姿がくっきりと映っていましたので……」

「有働をクロと見てる人たちがいるんだな」

「大半がクロだと思ってるんではないでしょうが、有働さんを怪しんでる者たちがいることはいます」

「確かに状況証拠では、有働はクロっぽいからな」

「波多野警部、有働さんは現在どこにいるんですか？」

「えっ⁉」

「部下の報告によると、昨夜《ゆうべ》、下北沢の自宅マンションには戻っていないらしいんですよ」

安西が言いづらそうに告げた。

「もう有働に部下を張りつかせてたのか。ということは、田丸刑事課長は有働をクロと読んでるわけか」

「クロとは思ってないんでしょうが、グレイっぽいとは考えてるようですよ。おそらく署長の野中も有働警部補のことは灰色と感じてるんでしょう」

「有働はシロですよ」

波多野は安西に言って、窓側の最前席に坐った。目の前の長いテーブルには誰も向かっていない。本庁捜査一課の馬場管理官と町田署の田丸刑事課長は、まだ署長室にいるのだろう。

数分後、署長、刑事課長、本庁の管理官の三人が姿を見せた。

揃って表情が暗い。現職刑事が被疑者として捜査線上に浮かんだからだろう。警察官の不祥事は毎月のように新聞やテレビで報じられている。警察に対してアレルギーを示す市民は少なくない。すでに警察社会は国民の信用を失い、威信も保《たも》てなくなっている。幹部たちが憂慮《ゆうりょ》するのは無理ない。

野中署長たち三人が長い机に向かった。捜査員たちとは対面する形だった。

「係長、進めてくれないか」

田丸課長が安西を促《うなが》した。

安西が捜査会議を開始すると前置きして、中国人女性殺害事件の概要《がいよう》と初動捜査の経過を語った。

「被害者のパトロンの守屋忠のアリバイは完璧だったんだね？」

野中が安西係長に確かめた。

「はい。守屋はシロですね」

「そうか。『秀梅《シウメイ》』の軽部店長と被害者の間にトラブルは？」

「ありませんでした」

「生安課から上がってきた報告によると、殺された呉紅蓮《ウーホンリエン》は店のホステス五人に売春を強要し、あこぎにピンハネをしてたそうじゃないか。ママを恨んでたホステスが知り合いの男に頼んで、犯行に及ばせた可能性は？」

「聞き込みを重ねたんですが、そういうホステスはひとりもいませんでした。というのはですね、被害者の実兄は歌舞伎町を根城にしてた上海マフィアだったんですよ」

「霞ヶ浦で水死体で発見された呉許光《シェクアン》という男だな？」

「はい、そうです」

「被害者は大変な美人だった。『秀梅』の客の中に、パトロンのいるママに横恋慕《よこれんぼ》した男がいたんじゃないのか？」

「ママ目当てで店に通う常連客は何人かいました。そのうちの二人が熱心に言い寄ってたという報告が上がってきたんですが、紅蓮はまるで相手にしなかったそうです。ママは計算高い女性で、相当な経済力がないと見向きもしなかったみたいなんですよ」

「金が欲しくて日本に来たわけだから、勤め人や稼ぎの少ない自営業者なんか鼻も引っ掛けなかったんだろうな。わかりやすい女じゃないか」

「ええ、そうですね」

「特に疑わしい奴がいないとなると、本庁の有働警部補の不審な行動が気になってくるね。な、安西君？」

「有働さんは罠に嵌まってしまったのかもしれません」

安西係長が控え目に異論を唱《とな》えた。

「その根拠は？」

「被害者宅の寝室の床に全身麻酔薬チオペンタール・ナトリウムの溶液の染みがあったんですよ」

「そのことは田丸課長から報告を受けた」

「そうでしょうね。有働警部補は昨夕、電話で波多野警部に犯行を否認し、紅蓮《ホンリエン》に麻酔注射で眠らされたと語ったそうです。意識を取り戻すと、被害者の死体がかたわらに横たわってたらしいんですよ」

「その話は、少し前に本庁の馬場管理官からうかがった。しかし、現場にはアメリカ製のポケットピストルと注射器はなかったんだよ」

「紅蓮を殺害し、有働さんを殺人犯に仕立てようと細工した真犯人がそれらを持ち去ったんではありませんか?」

「そうなのかな?」

署長が首を傾《かし》げ、隣に坐った馬場を顧《かえり》みた。

「身びいきと思われるでしょうが、わたしは有働が嘘を言って罪を逃れようとしてるとは思えないんです。あの男、柄は悪いが、一本筋《すじ》が通っています。俠気《おとこぎ》もあります。それから女好きでもありますんで、たとえ何があっても、美人ママを殺したりはしないでしょう」

「管理官がお身内を庇いたい気持ちはよくわかりますが、状況証拠は無視できません。有働警部補は事件当夜の九時少し前に『森野レジデンス』の五〇四号室を訪れ、数時間後に辞去してるんですよ」

田丸刑事課長が馬場を見ながら、硬い顔つきで言った。

「そうだね」

「『秀梅《シウメイ》』の軽部店長の証言だと、有働さんはハンカチで部屋のドアノブを拭ってたように見えたということでした。紅蓮を殺《や》ったことが露見することを恐れて、彼は自分の指紋や掌紋を消したんではありませんか？」

「そうなんだろうか」

「わたしは、そうなんだと思います。他人の部屋のドアノブをわざわざハンカチで拭いてから辞去するなんてことはありません、通常はね。有働さんは犯行がバレるのを心配したにちがいない」

「田丸さんの推理は少し飛躍してるな」

波多野は口を挟んだ。

「飛躍ですって？」

「ええ、そうです。有働は紅蓮が全裸になって色目を使ったんで、つい誘惑に負けてしまった。そのことを誰にも知られたくなかったから、帰り際に自分の指掌紋を拭う気になったんでしょう。初動捜査資料に目を通しましたが、現場に被害者がレイプされたという痕跡はなかった。要するに、合意のセックスだった」

「百歩譲《ゆず》って、そうだったとしましょう。しかし、被害者の爪の間から検出された表皮は有働さんのものと思われます。それについては、どう説明されるんです？」

田丸が挑《いど》むような口調で言った。

「おそらく真犯人が紅蓮《ホンリエン》の腕に手を添えて、意識を失ってる有働の顔面と両腕を爪で引っ掻いたんでしょう」

「被害者は、されるままになってたんですか⁉　そんなことはあり得ないな」

「刃物か拳銃をちらつかされてたら、抵抗できないでしょう？　ひょっとしたら、加害者は紅蓮を殺害後、彼女の腕に手を添えて偽装工作したのかもしれない。おそらく、そうだったんだろうな」

「波多野さんの話には別に根拠があるわけじゃない。単なる臆測《おくそく》ですよね。臆測でないにしても、推測の域を出ていないな」

「そう言われれば、その通りなんでしょう。それでは逆に質問させてもらいますね。田丸さんが有働を怪しむ決定的な根拠は何なんですか？　有働には、呉《ウー》紅蓮を殺さなければならない動機がありますか？　警察官なら、誰も殺人が割に合わない犯行《ヤマ》だってことは知ってるはずです。そんなリスクを忘れさせるほど彼は殺意を募《つの》らせてたんだろうか。どう考えても、そういう動機には思い当たりません」

「しかし、状況証拠では……」

「田丸課長、もうよしなさい。有働警部補が怪しいことは怪しいが、まだ確証はないんだから」

野中署長がやんわりと叱った。田丸は不満顔だったが、口を閉ざした。

「被害者の実兄も何者かに殺害されてる。呉許光《シェクアン》の事件に有働が関与した形跡はない。兄妹が相次いで殺されたのは、ただの偶然ではないだろう。呉兄妹に恨みを持つ人間が二人を殺したと考えるべきでしょ？」

馬場が野中に相槌《あいづち》を求めた。署長は曖昧《あいまい》にうなずいた。

「兄妹の交友関係を徹底的に洗ってくれないか」

馬場管理官が波多野に声をかけてきた。

「はい」

「前回と同じく野中署長に捜査副本部長の任に就《つ》いていただいて、わたしは捜査主任を務めさせてもらうことになった。田丸刑事課長には捜査副主任をお願いして、安西強行犯係長には予備班の班長をやっていただく。六月の捜査本部事件では波多野に予備班長を務めてもらったが、今回は捜査班のリーダーをやってくれ。捜査一課《いち》の有働が事件に関わっているわけだから、きみは現場に積極的に出て早期解決をめざしてくれないか」

「わかりました」

「班分けは安西係長と相談して、二人で決めてもらってもいい」

「了解！」

波多野は短く応じた。

それで、第一回捜査会議は終わった。野中、田丸、馬場の三人が連れだって会議室から出ていった。どの警察署の捜査本部も、庶務班、捜査班、予備班、凶器班、鑑識班などで構成されている。

庶務班は、要するに裏方である。捜査本部の設営が主な仕事だ。所轄署の会議室か武道場の一隅《いちぐう》に机、事務備品、ホワイトボードなどを運び込み、専用の警察電話を用意する。全捜査員の食事の手配をして、泊まり込み用の夜具も調達しなければならない。寝具はレンタルだ。

電球の交換や空調機器の点検もする。さらに捜査費などの支給も守備範囲だ。本庁の新人刑事や所轄署の生活安全課の若手課員が担当することが多い。

花形の捜査班は通常、地取り、敷鑑《しきかん》、遺留品の三班に分けられる。各班とも二人一組で聞き込みに回り、尾行や張り込みに励む。本庁と所轄署の刑事がコンビで動く。ベテランとルーキーの組み合わせが大半だ。

予備班の語感は地味だが、最も重要な任務を担《にな》う。班長は、捜査本部の実質的な指揮官である。その参謀が捜査班の班長だ。予備班の班長は捜査本部に陣取り、情報の交通整理をして、各班に指示を与える。

被疑者を真っ先に取り調べるのも、予備班の老練捜査員たちだ。予備班長の下には、警部補クラスの部下が一、二名つく。

凶器班は文字通り、凶器の発見に精を出す。むろん、入手経路も調べ上げなければならない。時には、ドブ浚《さら》いさえする。樹木の枝を払い落としたり、伸び放題の雑草も刈り込まなければならないこともある。池や川に潜ることも珍しくない。

波多野は町田署の安西係長とバランスを考慮しながら、班分けをした。安西が各班のメンバーの名を大声で告げる。不満の声を洩らす者はいなかった。

波多野は、保科志帆とペアを組むことになった。気心の知れた者を相棒に選んだのは一日も早く真犯人を割り出し、有働の嫌疑を晴らしたかったからだ。

本庁と町田署の捜査員たちが入り混《ま》じりながら、隣の捜査本部に移りはじめた。志帆が歩み寄ってきた。

「また、いろいろ教えてくださいね」

「もう特に教えることはないよ。きみは一人前の刑事になった」

「いいえ、まだ半人前です。波多野さんみたいになるには、あと十年、いいえ、二十年はかかると思います」

「謙虚だな。それはそうと、きのうの夜から有働のポリスモードと私物のスマホをコールしつづけてるんだが、どちらも電源は切られっ放しなんだ」

「わたしのほうは二度ほど電話が繋がりましたが、有働さんは終始、無言でした。そして、不意に電源は切られてしまいました」

「そうか。有働は本気で自分を陥れた真犯人を突きとめる気でいるんだろう。しかし、野中署長と田丸刑事課長は、有働をクロと見てるようだ」

「ええ、そうなんだと思います。新たな容疑者が捜査線上に浮かんでこなかったら、あの二人は別件で有働さんの身柄を確保する気でいるんじゃないかしら？」

「ああ、多分ね。有働は好き勝手に生きてるから、法に触れることを年中やってる。別件でしょっ引く材料《ネタ》はいくらでもある」

「身柄をいったん押さえられたら……」

「重要参考人扱いされて、勾留期限ぎりぎりまで留置されることになるだろう。有働の行方が不明のままだったら、指名手配されると思ってたほうがいいな」

「それまでに何とか真犯人を割り出したいですね」

「ああ。呉《ウー》兄妹の交友関係をとことん洗えば、何か手がかりを得られるかもしれない」

「ええ、そうですね。捜査を進めながらも、有働さんのポリスモードと私物のスマホをコールしつづけてみましょうよ。有働さんから事件前後のことを詳しく聞かせてもらえば、真犯人にたどり着けるかもしれませんので」

「そうだな。しかし、有働は発信者がわれわれだとわかったら、絶対に電話口には出ないだろう」

波多野は長嘆息《ちょうたんそく》した。

「なんとかコンタクトを取りたいですね。有働さんのお母さんは、まだ健在なんでしょ？」

「ああ、深川の実家で元気に暮らしてるよ」

「男性は、たいてい母親思いですよね？」

「そうだな」

「有働さんのお母さんに連絡して、波多野さんに何がなんでも電話するよう伝言してもらいませんか。きっと有働さんは電話を使わなければならないときは、スマホの電源を入れてるはずです」

志帆が言った。

「だろうね」

「そんなときにタイミングよくお母さんが有働さんに電話をかけたら、反射的に通話ボタンをタップすると思うんですよ」

「ああ、そうだろうな。しかし、こっちに有働が電話してくるかどうか。あいつは誰も巻き込まずに真犯人に迫る気なんだろう」

「そうなんでしょうね」

「それでも、試してみる価値はあるかもしれないな。捜査本部で、今後の段取りをつけよう」

波多野は先に会議室を出た。すぐに志帆が従《つ》いてきた。

二人は隣室に移った。

3

光の鱗《うろこ》が眩《まばゆ》い。

霞ケ浦の湖面は真昼の陽光を吸って、美しくきらめいている。ただ、湖水はだいぶ濁《にご》っていた。墨色に近い。

有働は湖尻《こじり》の岸辺に立っていた。

目的地の近くだ。午後一時過ぎだった。ほぼ正面に、霞ヶ浦大橋が見える。その向こうの湖面はおぼろに霞んでいた。

新宿署の薬丸刑事を痛めつけた翌日である。有働は前夜、神田の小さなビジネスホテルに投宿した。もちろん、偽名でチェックインした。

チェックアウトしたのは今朝十時数分前だった。有働は近くのレストランで腹ごしらえをし、レンタカーを借りた。灰色のプリウスを駆って、茨城県土浦市にやってきたのだ。

呉許光《ウーシェクアン》の溺死体が浮かんでいたのは、湖岸から百数十メートル離れた湖面だという。そのことは、近くに住む人たちの証言で確認済みだった。

住民のひとりは親切にも、事件を詳しく伝える地元紙の切り抜きを見せてくれた。水死体を発見した釣り人は、隣接地区の大山《おおやま》の住民だった。

六十三歳の元バス運転手だ。笠間幸男《かさまゆきお》という名である。後で笠間宅を訪ねるつもりだ。

左側に釣り糸を垂れている七十年配の男がいた。有働はレンタカーから離れ、釣り人に近づいた。たたずみ、話しかける。

「釣果《ちょうか》はどうです？」

「ブラックバスが三尾《び》掛かっただけで、虹鱒《にじます》はまだ……」

「そう。先日、湖から中国人の水死体が上がりましたよね？」

「ああ。手足を針金で縛られ、湖上から投げ落とされたんだ。呉《ウー》という名前の男だよ、死んだのは」

「水死体が発見されたとき、おたくはこの近くで釣りをしてたのかな」

「あの日は釣りに来なかったんだ。新聞やテレビニュースなんかによると、湖に投げ込まれたのは前の晩だったらしいね。あんた、殺された男の知り合いなの？」

相手が問いかけてきた。とっさに有働は、フリージャーナリストに成りすました。

「土浦には取材で来たわけ？」

「そうなんですよ。ひょっとしたら、おたくが笠間という事件通報者の近くで釣りをしてたんじゃないかと思ったんだが……」

「あいにくだったね。釣り仲間から聞いた話だが、犯人の男たちは三人だったみたいだよ。どいつも堅気じゃないみたいだったそうだ」

「やくざ風だったんですか」

「そうなんだってさ。そいつら三人組は水郷《すいごう》の船溜《ふなだ》まりで釣り船をかっぱらって、湖心に向かったらしい。バッテリーとディーゼルエンジンを直結させて、船を動かしたようだな。三人組の誰かが操船できたんだろう」

「そうなんでしょうね。水郷というのは、どのあたりなんだろう？」

「ずっと土浦駅寄りだよ。湖岸道路を引き返すと、木原《きはら》って所で国道一二五号線にぶつかるんだ。その国道を土浦市街地に向かって進むんだよ。しばらく走ると、右手に水郷の船溜まりがあるよ」

「ほかに何か聞いていません？」

「いや、聞いてないな。戦前、日本の兵隊たちが中国大陸でひどいことをしたんだからさ、中国人には優しくしないとね。手足を縛ったまま湖に投げ込むなんて、いくらなんでも惨《むご》すぎる」

釣り人が言った。

「そうですね。ただ、殺された男はまともな中国人じゃなかったようだな。新宿で悪さをしてた上海マフィアの一員だったみたいなんですよ」

「そうだったとしても、殺し方が残酷じゃないか」

「確かにね。どうもありがとう」

有働は釣り人に謝意を表し、大股でレンタカーに歩み寄った。プリウスに乗り込み、すぐに発進させる。

数キロ走ると、いつの間にか大山地区に入っていた。

笠間宅は県道から少し奥に入った所にあった。あたりに民家は少なく、畑と雑木林に囲まれていた。

有働はレンタカーを笠間宅の生垣《いけがき》に寄せ、運転席を出た。門扉《もんぴ》の前に立つと、庭先に六十三、四歳に見える男がいた。庭木の手入れをしている様子だ。短く刈り込んだ髪は半白だった。

「失礼ですが、笠間幸男さんでしょうか？」

有働は門扉越しに声をかけた。

「そうだけど」

「警視庁捜査一課の者です」

「嘘でしょ？　刑事には見えないな。本当は、こっち関係なんでしょ？」

笠間が人差し指で自分の頬を斜めに撫《な》でた。

有働は苦く笑って、懐に手を突っ込んだ。そのときになって、警察手帳を紛失していることに思い当たった。思わず自嘲する。

「やっぱり、偽刑事なんだな」

「そう思いたきゃ、そう思ってもかまわないさ。けど、おれは正真正銘の刑事だよ。うつかり警察手帳を忘れてきたんだ」

「怪しいな」

「疑うんだったら、電話で本庁なり土浦署に問い合わせてくれ。こっちの名は有働力哉だ。ヤー公と思われることがよくあるが、一応、現職の刑事なんだ」

「すんなり名乗ったから、偽名じゃなさそうだな。あんたの言葉を信じよう。しかし、警視庁の刑事がなぜ茨城まで聞き込みに来たわけ？　どうせ霞ヶ浦に浮かんでた中国人のことなんでしょ？」

　笠間が訊いた。

「そう。実は被害者の呉許《ウーシェ》光《クアン》に先夜、歌舞伎町の裏通りでおれは撃たれそうになったんだよ」

「そんな事件は、全国紙に載《の》ってなかったな。本当なの？」

「報道関係者には、事件のことは伏せられた。それだから、マスコミには一切《いっさい》報じられなかったんだよ」

「そうなのか」

「まだ半信半疑って感じだな。とにかく、そういうことがあったんだよ。で、こっちは呉の行方を追ってた」

「そう」

「呉《ウー》を釣り船から投げ落とした三人の男は堅気じゃなさそうだったという話を地元の釣り人から聞いたんだが、おたく、前夜にそいつらを見なかった？」

「わたし自身は、犯人たちの姿を見てないんだ。湖面を漂《ただよ》ってる男の死体に気づいたんで、警察に通報しただけなんだよ。土浦署の刑事さんから、犯人たちが水郷の船溜まりで豊栄丸《ほうえいまる》という釣り船を無断で使ったという話は聞いたがね。それから、茨城《こっち》の地方紙によると、犯人たちは釣り船に乗る前に被害者の手足を針金で縛って、口は粘着テープで封じたそうだよ」

「そう」

「水郷に行けば、何か情報を得られるんじゃないの？」

「そうだね。行ってみるよ。どうも！」

有働は片手を掲《かか》げ、レンタカーに戻った。

プリウスを走らせはじめる。しばらく県道を進み、木原から国道一二五号線に入った。レンタカーを数十分走らせると、水郷に通じている脇道に差しかかった。

プリウスを右折させ、湖岸まで道なりに走る。ほどなく目的地に着いた。船溜まりは、思いのほか小さかった。桟橋《さんばし》には数隻の遊漁船《ゆうぎょせん》が舫《もや》われているだけだった。豊栄丸は突《とっ》端《たん》近くに浮かんでいた。

　桟橋で仔犬《こいぬ》と戯《たわむ》れている初老の女性が目に留《と》まった。サンダルを突っかけている。地元の住民だろう。仔犬は雑種のようだ。

「豊栄丸の持ち主の家はどこにあるのかな？」

　有働はレンタカーのパワーウインドーのシールドを下げ、初老の女性に大声で問いかけた。

　相手が前方を指さした。六、七軒先に、豊栄荘の袖看板《そでかんばん》が見えた。豊栄丸のオーナーは釣り宿を営《いとな》んでいるのだろう。

「ありがとう！」

　有働は初老の女性に大声で礼を言って、プリウスを低速で走らせはじめた。豊栄荘の手前で車を停め、釣り宿に入る。

　釣り具ケースの横に円椅子《まるいす》が十脚ほど無造作に置かれている。五十絡みの陽灼《ひや》けした男が円椅子に腰かけ、スポーツ紙を読んでいた。

「警視庁の者だが、おたくが豊栄丸の持ち主？」

「ええ。大室《おおむろ》ですが、また投げ込み事件の聞き込みですか？　土浦署と県警捜査一課の刑事さんたちに何度も事情聴取されたんですよね。いい加減に勘弁してほしいな」

「釣り船から霞ヶ浦に投げ込まれた呉《ウー》という被害者は殺される前に新宿歌舞伎町で発砲事件を起こしてるんだ」

「えっ、そうなんですか。県警の捜査員が被害者は不良中国人だと言ってましたけど、いわゆるチャイニーズマフィアだったんですね？」

「そうなんだ。呉許光《シェクアン》は上海グループの準幹部だったんだよ。およそ一年前に幹部たちは逮捕されたんだが、呉は逃亡して潜伏中だったんだ」

「茨城《こっち》の警察の人は、そこまでは教えてくれなかったな。殺された中国人の近親者はもう他界してしまったんで、遺骨の引き取り手がいないと言ってたけどね。しばらく土浦署に保管しといて、いずれ遺骨は市内の寺で無縁仏になるって話でしたよ」

「そう」

「よくあるようだね、そういうことは」

「みたいだな。呉の実の妹も町田市内の自宅マンションで何者かに殺害された」

「そういえば、テレビのニュースでその事件のことが報じられてたな。妹、かなりの美人でしたよね？」

「ああ」

「兄妹は異国で殺されたんだから、気の毒な話なんだが、同情する気になれないな。犯人たちがうちの豊栄丸を使ったんで、釣り客がぱったりと来なくなっちゃったんですよ。商売上がったりです。料金を同業者よりも千五百円安くしたんだけど、毎日、予約はゼロなんだ。犯人どもと被害者の身内に営業補償してもらいたいぐらいですよ」

「ツイてないね。豊栄丸を勝手に乗り回した犯人たちに心当たりは？」

「水死体が発見された前の夜、船溜まりの近くに練馬ナンバーの黒いアルファードが停まってたんですよ。わたしが車内を覗いたときは誰も乗ってなかったけど、その不審車に犯人たちは乗って東京から土浦に来たんじゃないのかな」

「車のナンバーは？」

「頭の数字が3であることは間違いないんですが、ナンバーは正確には憶《おぼ》えてません。でも、ボディーに義仁興産という社名が入ってたな」

大室が言った。有働は眉《まゆ》ひとつ動かさなかったが、内心は驚いていた。

義仁組の柿尾組長は仙台で小便を垂らしながら、呉許光に有働の命を狙わせたことはないと繰り返した。あれは芝居だったのか。柿尾は呉が有働を撃ち損なったことで、いずれ殺しの依頼人が自分であることは発覚すると考えたのだろうか。それで、組員たちに呉を殺害させたのか。

そうだとしても、なぜ呉の妹まで亡き者にする必要があったのだろうか。紅蓮《ホンリエン》の言葉に嘘がないとしたら、兄妹はほとんど連絡をとっていないと思われる。兄が妹に柿尾組長から有働を殺してほしいと頼まれたと打ち明けたとは考えにくい。

だが、そう断定はできない気もする。柿尾組長が迫真の演技で有働を欺《あざむ》いたのだとしたら、ボイス・チェンジャーで自分の声を変えた謎の脅迫者は組長自身なのかもしれない。

柿尾なら、新宿署生活安全課の刑事を抱き込んで、押収品の〝ヤーバー〟をくすねさせることは可能だろう。闇のルートを使って、アメリカ製の護身銃や全身麻酔薬のチオペンタール・ナトリウムを入手することも不可能ではないはずだ。

しかし、正体不明の脅迫者は有働に伴内繁樹を事故に見せかけて殺せと命じた。これまで伴内が義仁組の何かを探っていたという話は聞いたことがない。

義仁組が伴内を葬りたい理由はなさそうだ。伴内は自分には内緒で、義仁組の犯罪の証拠を握っていたのか。

「協力、ありがとう」

有働は豊栄丸の船主に言って、釣り宿を出た。レンタカーの運転席に坐るなり、上着の内ポケットから私物のスマートフォンを摑み出した。伴内のスマートフォンに電話をする。

スリーコールで電話は繋がった。

「伴内、不審者の影は？」

「怪しい奴は迫ってきてないよ」

「そうか。おまえ、関東睦和会義仁組に目をつけられるようなことをした覚えは？」

「ちょっとあるよ。義仁組の二十代の構成員が家出した小六の女の子をMDMA《エクスタシー》漬けにして、ロリコン野郎どもに体を売らせてたことがあるんだ。それで、おれがその女の子を親許《おやもと》に帰らせて、ヒモ気取りの構成員を目白署に突き出したことがあるんだよ。もう半年以上も前のことだけどな」

「目白署は義仁組に家宅捜索《ガサイレ》をかけたのか？」

「かけたよ。それで、組の少女売春クラブはぶっ潰されたはずだ。家出小学生のヒモ気取りだった構成員は麻薬取締法と銃刀法違反も加わって、現在、府中刑務所で服役中だよ。そいつは青山《あおやま》　翼《つばさ》という名前で、二十五歳だったかな。それがどうしたんだ？」

伴内が訊《き》いた。有働は、土浦で聞き込んだ話をかいつまんで話した。

「船溜まりの近くに義仁組のアルファードらしき車が停まってたのか。そういうことなら、呉許光《ウーシェクアン》を溺死させたのは、義仁組の組員たちなのかもしれないな。てっきりストーカーの死が背後に絡んでると思ってたが……」

「その線が消えたわけじゃねえんだ。義仁組が管理してた少女売春クラブがぶっ潰されたとしても、たいしたダメージじゃない」

「しかし、やくざは何よりも面子《メンツ》に拘《こだわ》るからな。おまえやおれに組の体面を踏みにじられたと感じたら、きっちり決着《オトシマエ》をつける気になるだろう」

「そうか、そうだな。柿尾組長はおれのせいで関東睦和会の理事を解任されたし、組も二次団体から三次に格下げになったと恨《うら》み骨髄《こつずい》に徹《てっ》してたんだろう」

「そうなのかもしれないな。元刑事のおれに少女売春クラブを潰されたことも頭にきてただろうな」

「もう一度、組長の柿尾を締め上げてみるか」

「有働、おれも何か手伝うよ。おまえは紅蓮《ホンリエン》の事件で怪しまれてるんだから、派手に動くと危《ヤバ》い。身柄を押さえられたら、真犯人《ホンボシ》捜《す》しができなくなるぞ」

「だからって、民間人になった伴内に全面的に助けてもらうわけにはいかねえよ。敵は、平気で呉《ウー》兄妹を殺《や》ってるんだ。おれだけじゃなく、伴内の命《タマ》も狙ってる」

「それはわかってるよ。しかし、有働だけに任せておけない気持ちなんだ。おれたちは同期じゃないか。体を張るときは一緒だよ」

「それじゃ、浪花節になっちまう。いくらなんでもクサすぎるな」

「しかし……」

「おれのことなら、心配ないって。うんざりするほど修羅場を潜《くぐ》ってきたんだ。殺されたって、くたばらねえよ。おれのことより、自分のことを考えろや。また連絡すらあ」

「有働、無茶はするなよ」

伴内が叫ぶように言った。有働は短い返事をして、通話終了ボタンをタップした。

それを待っていたように、着信音が鳴った。発信者は母親だった。六十三歳の母は敏《とし》子《こ》という名で、おきゃんな娘がそのまま大人になったような感じだ。

母方の祖父は、日本橋の鳶《とび》の親方だった。十数年前に病死している。母は何かにつけて、粋《いき》か野暮かを判別したがる性質《たち》だった。七代目の江戸っ子の自負を未《いま》だに捨てていない。

有働は子供のころ、うっかり何々してほしいと言ったとたん、母に叱《しか》られた。東京の下町っ子は、何々してもらいたいと言うべきだとくどくどと講釈されたものだ。後者が伝統的な〝東京弁〟らしい。

母は粋を重んじ、野暮を恥じている。そうした傾向は有働にもあった。

「あんた、何をこそこそしてんのさ。性悪女《しょうわるおんな》にでも引っかかったんだろうけど、男のくせに逃げ回ってるんじゃないよ。みっともない！」

母が巻き舌でまくしたてた。

「逃げ回ってなんかいない」

「嘘つきは泥棒の始まりだよ。じゃ、なんでスマホの電源を切ってるんだい？　発信ボタンを押しすぎて、指先が痺《しび》れてきちゃったじゃないか。逃げるなんて卑怯《ひきょう》だし、第一に野暮ったいよ。いったいどこの女を孕《はら》ませちゃったのさ」

「おふくろ、何を早とちりしてるんだ」

「えっ、そうじゃないの⁉」

「ああ。ちょっと事情があって、スマホの電源を切ってんだよ。それより、なんの用なんだ？」

「一時間ぐらい前に波多野警部から家に電話があってね、あんたと大至急、連絡を取りたいんだってさ」

「そう。わかったよ」

「あんたと一緒に波多野さんが家に遊びに来たのは、四月の末だったかな。粋な男だね、波多野警部は。あたしが十歳若かったら、絶対に再婚しちゃうよ」

「いい年齢《とし》して、何を言ってやがるんだ。あの世で、死んだ親父が呆《あき》れ返ってるぜ」

「そんな野暮な男じゃないよ、あんたの父親は。粋人《すいじん》だったんだから、『敏子、また女の命を燃やせてよかったな』と言ってくれるに決まってる」

「確かに波多野の旦那は粋な男だよな。けど、おれの上司だぜ。憧《あこが》れてもいいけど、淫《いん》乱女《らんおんな》みてえなことは言わねえでくれ」

「力哉は、まだ修行が足りないね。女がわかっていない。女は息を引き取るまで、色気が残ってるもんなんだよ」

「わかった、わかった。おふくろと下手な漫才やってるほど閑《ひま》じゃない。電話、切るぞ」

「すぐ波多野さんに電話するんだよ。わかったね？」

「わかった、わかった」

有働は通話を切り上げた。スマートフォンを懐に戻す。

波多野が身を案じてくれるのはありがたいが、電話をかける気はなかった。有働は一瞬、レンタカーを土浦署に走らせる気になった。捜査本部の置かれた所轄署を訪ねれば、さらに手がかりを得られるだろう。

しかし、捜査情報を提供してもらうには正体を明かさなければならない。茨城県警は当然、有働の身分を確認するはずだ。

となれば、町田署の捜査本部の者にこちらの動きを知られてしまう。その結果、別件容疑で身柄を確保されるかもしれない。まっすぐ東京に舞い戻るべきだろう。

有働はイグニッションキーを捻《ひね》った。

4

昼間の酒場はどこか侘《わび》しかった。

空虚感が漂い、うら悲しくもあった。上海クラブ『秀梅《シウメイ》』だ。午後二時を数分過ぎていた。

波多野は、志帆と並んでソファに腰かけていた。

二人の前には、軽部店長と五人のホステスが横一列に坐っている。紅蓮《ホンリエン》の交友関係を改めて探り出したくて、店の従業員たちに集まってもらったのだ。

殺された上海美人の遺品の多くは、警察が捜査資料として預かっている。午前中、波多野は相棒と手分けし、被害者のスマートフォンに登録されていた百数十人の男女に電話をした。約六割は日本人で、残りの四割は中国人男女だった。

波多野たちは、それぞれ相手に紅蓮との関係や交友期間などを教えてもらった。片言《かたこと》の日本語しか喋れない中国人もいた。

二人は英単語を挟みながら、聞き込みにいそしんだ。だが、気になる人物はひとりもいなかった。

なぜか被害者のスマートフォンには、実兄の呉許光《ウーシェクアン》の電話番号は登録されていなかった。兄妹の仲は、噂通りにあまりよくなかったのか。少なくとも、紅蓮は兄を敬遠していたと思われる。生前、彼女はしばしば許光に金を無心されていたのではないか。

「この店はどうなるんです？　おたくが経営を引き継がれるのかな？」

波多野は、店長の軽部に問いかけた。

「わたしはそうしてもいいと思って、店のオーナーに打診してみたんですよ。ですが、守屋氏は去年の秋から赤字経営なんで……」

「店を畳みたいと言った？」

「ええ、そうなんですよ。わたしを含めて六人の従業員は解雇されることになりました。一律に五十万円の退職金を払ってくれると言っていましたが、まさに使い捨てです。冷たいもんですよ」

「景気がよくないから仕方ないんだろうが、確かに情《じょう》はないな」

「ええ。わたしは派遣の仕事で何とか喰い繋《つな》いでいこうと思ってるんですが、美春《メイチュン》たち五人を雇ってくれる上海クラブは町田はもちろん、厚木や横浜にもないと思います。

クラブホステスになれなかったら、この娘《こ》たちは娼婦になるほかないでしょう。それが不憫《ふびん》でね」

軽部が言って、ホステスたちの横顔をうかがった。五人とも下を向いていた。一様《いちよう》に表情が暗い。

「上海に戻って、地道に働くことはできないのかな？」

「この娘《こ》たちは高学歴じゃないし、何かスキルがあるわけでもありません。上海には外国企業がたくさんあるそうですが、そういう会社に就職できるのは党や軍の幹部の子弟ばかりで、一流大学出なんですって。英米の名門大学に留学した者も多いとか……」

「だろうな」

「庶民の子供たちは、経済成長しつづけてきた中国でも恩恵《おんけい》に浴してないようですよ。個人的には社会主義国家はいつか破綻《はたん》を来《きた》すと思っていますが、中国は経済的な豊かさを性急に求めすぎましたよね。それだから、様々《さまざま》な歪《ひず》みが出てきたんでしょう」

「それは日本も同じじゃないかしら？」

志帆が話に加わった。軽部が志帆を見ながら、無言でうなずいた。

「アメリカ式の市場原理主義を見倣《みなら》った結果、日本の社会はおかしくなってしまった。親が高学歴で高収入を得てれば、その子供たちは安定した企業の正社員になれるし、職業の選択肢も多い。〝親ガチャ〟なんて言い方もされてる」

「ええ、そうですね。あるシンクタンクの調査によると、高卒で東証《とうしょう》プライム上場《じょうじょう》企業に就職できた者は六割にも満たない。義務教育しか受けていない者の大半は小企業や零細企業で働いています」

「そうですね。一流企業で停年まで働いた大卒の生涯賃金は約三億円で、高卒は二億五千万円前後だそうですよ。中卒だと、生涯で二億円しか稼げないらしい」

「それは勤め人の場合でしょ？」

「そうです。学歴がなくても何か事業を興《おこ》して成功を収めた者は十億も二十億も稼いでます。しかし、そういう成功者はほんのひと握りでしょ？」

「ええ、そうですね。起業したくても、開業資金を調達できなければ、独立できません」

「親がリッチなら、学習塾や予備校に通わせてもらって、難関大学にパスし、大企業にも就職できる。しかし、経済的に余裕のない家庭では教育費を捻出《ねんしゅつ》できないんで、年間の授業料が平均約百万円もかかる私立大学には子供を行かせてやれない」

「わたしは女手ひとつで息子を育てているんで、いまから教育費のことで頭を悩ませています」

「税金の無駄遣いを減らし、政治家や公務員の数を半分以下にして、大学まで学費無償で進めるようにすべきですよ。学歴と経済格差が著《いちじる》しくなったんで、多くの若い世代が将来に絶望して、小さくまとまっちゃっています。一部の人間は過激な方法で閉塞感《へいそくかん》を打破しようと思ってますけどね。まっとうに働いてきた高齢者が安心して暮らせなかったり、十年以上も毎年万単位の自殺者が出てる日本の社会は間違いなく病《や》んでますよ」

「その通りなんだが、話が横道に逸《そ》れてしまったね」

波多野は微苦笑した。軽部が、ばつ悪げに笑った。日頃の不満が爆発したのだろう。

「話を脱線させてしまったのは、わたしかもしれません」

志帆が波多野に言って、美春《メイチュン》に顔を向けた。

「これからの身の振り方で頭が一杯だろうけど、捜査に協力してもらいたいの。あなたたちには絶対に迷惑をかけないから、正直に答えてね。ママは美人で色気もあったから、熱心に口説《くど》いてた客がいたんじゃない？　パトロンの守屋さんほどじゃなくても、かなり経済力のある男性が……」

「そういうお客さん、ひとりいる」

「そのお客さんのことを教えて」

「末次義海《すえつぐよしみ》という造園業をやってる四十五歳のお客さん、九月の中旬にママと箱根に泊まりがけで行ったみたい。末次さん、ここでこっそりとわたしに話してくれたよ。それから、仕事仲間に喋ってもいいと言ってた」

「その方の住まいはわかります？」

志帆が軽部に声をかけた。

「金井《かない》六丁目の自宅で造園業をやってるはずです。末次さんがママと箱根に行ったかどうかはわかりませんけど、かなりご執心であったことは確かですね。店でも派手にお金を遣《つか》ってくれてましたよ。ママが閑《ひま》だと愚痴《ぐち》ると、ドンペリのゴールドを二本も三本も抜いてくれるんです。店一番の太客《ふときゃく》でしたね」

「事件直前まで店に通ってたのかしら？」

「最後に見えたのは、九月の半《なか》ば前ぐらいだったと思います」

「温泉旅行に出かけて、ママと喧嘩でもしたのかな」

「そうなのかもしれませんね。末次さん、急に店に来なくなりましたんで」

「そうですか」

「一応、末次さんのアリバイを調べたほうがいいかもしれませんね。彼は短気で、わがままな性格なんですよ。箱根でママと気まずくなったんで、殺す気になったとも。いや、そうじゃなさそうだな。やっぱり、ママの部屋の前で見かけた大柄な男が加害者なんでしょう」

軽部店長が呟いた。

波多野は美春《メイチュン》以外のホステスたちにも、被害者に執着していた客がいたかどうか訊《き》いてみた。四人とも、心当たりはないと答えた。

「貴重な時間を割《さ》いてもらって申し訳なかったね。ご協力に感謝します」

波多野は軽部たち六人に礼を述べ、ソファから立ち上がった。志帆が倣《なら》う。

二人は『秀梅《シウメイ》』を出て、すぐエレベーターで一階に降りた。米田ビルを出て、覆面パトカーの黒いスカイラインに足を向ける。

志帆が先に運転席に乗り込んだ。助手席のドアを開けたとき、波多野の懐で刑事用携帯電話が鳴った。

上着の内ポケットからポリスモードを取り出す。発信者は有働の母親の敏子だった。

波多野は助手席に腰を沈め、静かにドアを閉めた。

「息子から波多野さんに電話がありましたでしょ？」

「いいえ。有働君と電話で話されたんですか？」

「ええ、だいぶ前にね。力哉にあなたに連絡するよう伝えたんですよ。てっきり息子が波多野さんに電話をしてると思ってたんだけど。ばか息子は母親を騙《だま》したのね。とんでもない子だわ」

「こちらからコールしてみますよ、まだ電源を切ってないかもしれませんので」

「相すみませんね。上役の方にお手間を取らせてしまうなんて、駄目な部下だわ。躾《しつけ》が至りませんで、申し訳ありません」

「どうかお気になさらずに」

「粋で、素敵だわ」

「え？」

「波多野さんの対応の仕方が粋で、いなせだと感心したんですよ。ところで、うちの倅《せがれ》は何をしでかしたんです？　官給携帯やスマホの電源を切らざるを得ない状況にあるわけですから、誰かに追われてるんでしょ？　力哉はやの字を厳しく取り調べたみたいだから、そいつに付け回されてるんじゃないの？」

　有働敏子が訊いた。

「お母さん、そうじゃないんですよ。息子さんは他人《ひと》に勘違いされて、ちょっと逆恨《さかうら》みされてるんです。しかし、じきに誤解は消えるでしょう。ですので、どうかご心配なく」

「倅は口が悪いし、子供のころから手も早かったから、他人さまにはあまりよく思われてないんですよ。心根《こころね》は優しいんだけど、粗野だし、顔が怖いですしね。波多野さんにはいろいろご迷惑をかけていると思いますけど、よろしくお願いしますね」

「わかりました。とにかく、息子さんに電話してみます」

波多野はいったん電話を切り、すぐに有働のポリスモードを鳴らした。だが、電源は切られていた。

「有働さんのお母さんから電話があったようですね？」

運転席の志帆が話しかけてきた。

「そうなんだ。おふくろさんは有働と電話で話すことができたらしいんだよ。で、有働にこっちの伝言を言ってくれたそうなんだがね」

「有働さんは、どうしても自分だけで真犯人を取っ捕まえたいんでしょうね」

「そうなんだろう。水臭い奴だ。それはそうと、金井六丁目の末次造園に行ってくれないか」

波多野は言った。

志帆が短い返事をして、スカイラインを穏《おだ》やかに走らせはじめた。ハンドル捌《さば》きは鮮やかだった。

裏通りから町田街道に出て、町田シバヒロ脇の交差点を右折する。鶴川《つるかわ》街道を直進し、菅原《すがわら》神社の分岐点を右折した。左側は鎌倉街道だ。鶴川街道世田谷町田線を道なりに走り、金井一丁目交差点を右に折れる。金井中東信号を左折し、数本目の四つ角を右に曲がった。

いくらも走らないうちに、左手に末次造園があった。広い敷地に植木畑と自宅がある。

植木畑の中に四十代半《なか》ばの男がいた。

青っぽい作業服姿だった。スコップで土を掘り起こしている。年恰好《としかっこう》から察して、末次だろう。

志帆が捜査車輌を植木畑の横に停めた。

波多野は先に車を降り、植木畑に足を踏み入れた。作業服姿の男が顔を上げた。額に汗をにじませている。

「末次さんですね？」

波多野は警察手帳を呈示し、姓だけを名乗った。

「そうですが、別に危《ヤバ》いことなんかしてませんよ」

「ただの事情聴取ですから、そんなに身構えないでください」

「ガキのころから警察は苦手なんだ」

「十代のころ、少しグレてたのかな？」

「ほんのちょっぴりね」

末次が答え、視線を延ばした。志帆が波多野の横に立ち、身分を明かした。

「おたく、本当に町田署の女刑事なの？　一瞬、女優さんかと思っちゃいましたよ」

「社交辞令でも嬉しいわ」

「お世辞じゃありませんよ。息を呑《の》むほど美しいな」

「ありがとう。早速ですけど、末次さんは原町田六丁目の『秀梅《シウメイ》』の常連客ですよね？」

「九月の十日ぐらいまでは、週に二、三度は飲みに行ってたんだ」

「ママの紅蓮《ホンリエン》さんがお目当てで、お店に足繁《あししげ》く通ってらしたんでしょ？」

「うん、まあ。ママはちょっと目がきついけど、飛びきりの美女だったからね。プロポーションも抜群にいい。チャイナドレスのスリットから覗く白い太腿は艶《なま》めかしかったなあ。若い奴らなら、それこそ生唾《なまつば》ごっくんだよね。でも、ママはもう死んじゃったんだよな。まだ信じられない気持ちだ」

「末次さん、あなたは先月の中旬、呉《ウー》紅蓮と一緒に箱根に一泊二日で出かけたようですね？」

波多野は目顔《めがお》で志帆を制し、核心に迫った。

「ど、どうしてわかったんです⁉　そのこと、誰から聞いたんですか？　ママと箱根に行ったことは明菜という源氏名のホステスにしか話してないんだ。本名は美春《メイチエン》だったな。彼女から教えてもらったんですね？」

「職務上、その質問には答えられないんですよ」

「そうだろうな。ま、いいや。ママと泊まりがけで箱根に行ったことは事実ですよ。でも、パトロンの守屋さんと妻には内緒にしといてくださいね」

「ええ、いいですよ」

「箱根では、えらい目に遭《あ》いました。ママは泊まりがけの温泉旅行をあっさりオーケーしてくれたんで、愉《たの》しい夜になると期待してたんですよ。ところが、期待は大きく外れてしまったんです」

「目的地に着く前に、些細《ささい》なことで紅蓮と言い争うことになったのかな」

「そうじゃないんですよ。強羅《ごうら》のホテルに入るまでは、いいムードだったんです。チェックインの際、ママは二部屋取ってくれって譲らなかったんですよ。二階に上げられて、急に階段を外されたような気持ちでした」

「つまり、紅蓮のほうは末次さんと一線を越える気持ちはなかったんですね？」

「ええ、はっきりとそう言ってました。自分はパトロンのいる身だから、浮気はできないと言いつづけたんですよ。小娘じゃないんだから、それはないでしょ？」

「ま、そうでしょうね。その気がないんだったら、泊まりがけの旅行の誘いは断るべきだろうな」

「ですよね。一緒に食事をして酒を飲んだ後、別々に自分の部屋に引き揚げたんです。でも、こちらはずっと人参を目の前にぶら提《さ》げられてきたんです」

「そういうことになるでしょうね」

「ママの裸身を想像したら、目が冴《さ》えて寝つけませんでした。それでね、真夜中にママの部屋のドアをしつこくノックしつづけたんですよ。だいぶ経ってから、ママはようやくドアを開けてくれました」

「それから、どうなったんです？」

「刑事さん、なんか面白がってません？」

　末次が少し顔をしかめた。

「面白がってなんかいませんよ。真面目な気持ちで聞き込みをさせてもらってるつもりですが……」

「そうですか。ま、いいや。わたしね、ママにこう言ってやったんですよ。水商売の女性が客の男に上手に甘えることは腕の見せどころだけど、相手を騙してはいけないとね。

そしたら、ママは黙って素っ裸になりました」

「痛い所を突かれたんで、紅蓮《ホンリエン》は覚悟を決めたんだろうな」

「わたしも、そう思いましたよ。でも、ママは指一本触《ふ》れさせてくれなかった。それどころか、完全ヌードを拝《おが》ませてやったんだから、百万円寄越せって言いだしたんですよ。こちらはもう勃起《ぼっき》しかけてたんで、高いと思いながらもうなずいちゃったんです」

「末次さん、もう少しソフトな表現をしていただけます？」

志帆が笑いながら、注文をつけた。

「あっ、失礼！　つまり、体が反応しちゃってたわけです。さらに数十万円上乗せしてもいいから、なんとかナニさせてくれと頼んだんですよ。そしたら、彼女はセックスは駄目だけど、手を使って射精させてやると言ったんです」

「いまの表現もストレートでしたね。相棒は女性ですので、もう少しオブラートにくるんだ言い方をされたほうがいいでしょう」

波多野は笑いを堪《こら》えながら、澄ました顔で助言した。

「うーん、面倒臭いな。そういう形で結局、欲情を鎮《しず》めてもらったんです。ママには、しっかり八十万円をぶったくられました。なんか腹が立ってね、翌日は彼女とほとんど口をききませんでした。お土産《みやげ》も買ってやりませんでしたよ」

「紅蓮《ホンリエン》は、かなり強《したた》かな女だったんだな」

「悪女ですよ。いや、悪魔だな。そんな不愉快な思いをさせられたんで、その後一度だけ『秀梅《シウメイ》』に行ったきりなんです。そのとき、明菜にママと泊まりがけで箱根に出かけたことを話したんです。ママがパトロンに棄《す》てられたら、いい気味だと思ってたんでね。ちょっと性格が暗いかな」

「虚仮《こけ》にされたわけですから、そういう気持ちになっても仕方ないと思います。末次さん、紅蓮と箱根に行かれたのは九月のいつのことです？」

「九月十六日です。泊まったのは、強羅ロイヤルホテルです。わたしは植松《うえまつ》という偽名を使いました。ママは有吉玲子《ありよしれいこ》という日本名を記入していました」

「参考までに紅蓮が殺された夜は、どこでどうされてました？」

「アリバイ調べってやつですね。あの晩は町田のハンズの近くにある『マタドール』というスパニッシュ・パブで午後八時半ごろから十一時四十分ごろまで、ずっと飲んでいました。マスターや専属のフラメンコダンサーたちがわたしのアリバイを証言してくれるでしょうから、どうぞ調べてください」

　末次が明るく言って、スコップを摑み直した。

　波多野たちは謝意を表し、植木畑を出た。

「一応、裏付《ウラ》けは取りましょうよ。でも、心証はシロでしょうね」

「ああ、シロだろう。なかなか容疑者が浮かんでこないな」

「波多野さん、焦《あせ》っても好転しませんよ。あっ、いけない！　大先輩につい生意気なことを言ってしまいました。ごめんなさい」

「いいさ。そっちの言う通りだよ。有働が殺人容疑を持たれてるんで、沈着さを失ってるんだ。もう少し冷静にならなければな」

「無理もないと思います。有働さんは、あなたの大切な弟分なんですから」

志帆が言った。波多野は口を結んだままだったが、相棒の言葉には労《いたわ》りが込められていると感じていた。

志帆がスカイラインの運転席側に回り込んだ。

ちょうどそのとき、波多野の刑事用携帯電話《ポリスモード》に着信があった。ポリスモードを上着の内ポケットから摑み出し、ディスプレイに目をやる。

馬場管理官からの電話だった。波多野は何か禍々《まがまが》しい予感を覚え、ポリスモードを耳に当てた。

「波多野君、まずいことになった。野中署長と田丸刑事課長に押し切られて、有働の逮捕状を裁判所に請求することになってしまったんだ」

「別件容疑ですね？」

「いや、殺人容疑だよ。紅蓮《ホンリエン》の耳のピアスに有働の右手の指紋が出てたんだが、鑑識の者が報告を怠《おこた》ってたらしいんだ。おそらく担当係官は現職刑事の犯行とは思いたくなくて、わざと報告しなかったんだろうな」

「管理官、ちょっと待ってください。有働は事件当夜、被害者の色仕掛け《ハニートラップ》に嵌《は》まって、性交渉を持ったんでしょう。情事のとき、紅蓮の耳朶《みみたぶ》に触ったんだと思いますよ。多分、そのときに有働の指紋がピアスに付いたんでしょう」

「そうなのかもしれないが、場所が場所じゃないか。被害者《マルガイ》は扼殺されてるんだ。状況証拠から有働が重参と見られても、強く反論できる材料がなかったんだ」

「それはそうでしょうが、有働は女を殺せる男じゃありませんよ」

「わたしだって、有働はシロだと思いたいさ。しかしね、被害者の耳のピアスに有働の指紋《モン》が付着してたんだ。野中署長が令状《オフダ》を取ることを強く阻《はば》むことはできないよ。むろん、有働の逮捕状が下りても、全マスコミには伏せる。小田切課長も刑事部長も、それを望んでるんだ。有働が身柄を押さえられても、そのことが表沙汰になる心配はない。もちろん、有働がクロだったときは隠しようがないが……」

「そうですね」

「波多野君、有働から何か連絡があったら、出頭するよう説得してくれないか。で、彼が犯行を真剣に全面否認したら、身の潔白を立証してやってもらいたいな」

馬場の声が途切《とぎ》れた。

波多野は太い吐息を洩らした。

第四章　逃亡刑事

1

ベンツが停まった。

東中野にある賃貸マンションの地下駐車場だ。

ブリリアントグレイのドイツ車の後部座席には、関東睦和会義仁組の柿尾組長が乗っている。ハンドルを握っているのは三十歳前後の若い男だった。運転手を兼ねた用心棒だろう。

有働はレンタカーごと地下駐車場のスロープを下《くだ》り、ベンツとは離れたスペースに車を駐《と》めた。土浦から東京に戻ったのは、およそ四時間前だ。

有働は歌舞伎町の義仁組の組事務所の近くで辛抱強く張り込み、柿尾組長が外出するチャンスを待ったのである。

どの暴力団でも組長が出かけるときは、たいがい二人の護衛が伴《ともな》う。ドライバー兼ボディガードしかいないのは、行き先が愛人宅だからだろう。

柿尾は、このマンションの一室に愛人を囲っているにちがいない。

有働は確信を深め、そっとプリウスから降りた。姿勢を低くして、エレベーターホールのそばのコンクリート支柱の陰に身を隠す。

ベンツの運転席から三十年配の男が降り、リアドアを恭《うやうや》しく開けた。

組長の柿尾が車から出て、ドライバーに何か指示した。相手が二度うなずき、深く頭を下げた。

柿尾がエレベーター乗り場に歩いてくる。やはり、愛人宅を訪ねるようだ。

ドライバーがベンツの運転席に戻った。車の中で組長を待つよう指示されたのだろう。

柿尾がエレベーターホールに立った。

間もなく函《ケージ》の扉が開いた。有働は爪先《つまさき》に重心をかけて、ホールまで小走りに走った。

柿尾が函《ケージ》の中に入った。

有働は扉が閉まる寸前にエレベーターに躍《おど》り込んだ。

柿尾が驚きの声をあげた。有働はにっと笑って、柿尾の急所を蹴り上げた。柿尾が腰を壁板に打ちつけ、短く呻いた。呻きながら、その場に屈《かが》み込む。

エレベーターが上昇しはじめた。

七階のボタンが灯《とも》っている。マンションは八階建てで、屋上付きだった。

有働は屋上のボタンを押し込み、無言で柿尾の腹に蹴りを入れた。スラックスの裾《すそ》が音をたてた。

柿尾が呻いて、横に転がった。有働は、しゃがみ込んだ。手早く柿尾の体を探る。刃物も拳銃も持っていなかった。

「仙台では、いい芝居をしたな」

「え？」

「ばっくれるんじゃねえ！」

「な、何のことなんだ？」

柿尾が唸《うな》りつつ、聞き取りにくい声で問いかけてきた。有働は返事をしなかった。

函《ケージ》が七階で停止した。マンションの入居者にエレベーターの中を見られると、面倒なことになりそうだ。

有働は巨体で、倒れ込んでいる柿尾の姿を隠した。エレベーターの扉が左右に割れた。

ホールには誰もいなかった。

有働は、ふたたび屋上のボタンを押し込んだ。扉が閉まり、函《ケージ》が動きはじめた。じきに屋上に着いた。有働は柿尾を摑み起こし、ホールに引きずり下ろした。立ち上がらせ、屋上まで歩かせる。

夕闇が濃い。

屋上は無人だった。有働は柿尾を給水塔の陰に連れ込み、いきなり足を払った。

柿尾は棒っ切れのように倒れ、長く唸った。どうやら肘《ひじ》を打ったらしい。

「呉許光《ウーシエクアン》の手足を針金で縛って霞ヶ浦に投げ込んだのは、義仁組の三人だな。水郷の船溜まりで豊栄丸って釣り船をかっぱらわせ、呉を生きたまま湖に投げ込ませた。てめえの命令だったとはな」

「呉が殺《や》られたことはマスコミの報道で知ってるが、おれは事件には無関係だ」

「もう観念しろや。船溜まりの近くに義仁興産のアルファードが停まってたのを地元の人間が見てるんだ」

「そのアルファードは、一週間前に路上駐車中に盗《ギ》られたんだよ」

「うまい言い逃《のが》れを思いつきやがったな」

有働は鼻先で笑った。

「嘘じゃねえって。新宿署にちゃんと盗難届を出してるから、問い合わせてくれ」

「悪知恵が発達してやがる。黒いアルファードが盗難に遭《あ》ったことにしておけば、呉殺《ウー》しでは疑われねえと考えたんだろうが、浅知恵だな。そんな姑息《こそく》な手は通用しねえぜ」

「おれは、呉におたくを始末しろと頼んだことはねえし、奴を若い衆に消せと命じたこともない。誰かがおれが後ろで糸を引いてると思わせたくて、いろいろ細工を施《ほどこ》したんだろうな。そうとしか考えられねえよ」

「七階の何号室にてめえの愛人《レコ》がいるんだ?」

「え?」

「質問の答えになってないっ」

「七〇二号室だよ」

「女の名は?」

「綾乃《あやの》だよ」

「いくつだ?」

「三十一だよ」

「色気のある女なんだろうな?」

「まあね」

「それじゃ、ちょっと味見をさせてもらうか」

「ほ、本気なのか⁉」

「もちろんだ。てめえの前で、綾乃って女を姦《や》ってやる」

「あんた、現職の警官《マッポ》じゃねえかっ」

「それがどうした？　お巡りだって、人の子だ。セクシーな女なら、抱きたくなる」

「そうだろうが、そんなことをしたら……」

「おれがてめえの愛人《レコ》を姦《や》っても、刑事告発なんかできないだろうがよ。ヤー公はどいつも脛《すね》に傷を持ってるからな」

「ちくしょう！」

「立て！　七〇二号室で、白黒ショーを観《み》せてやるよ」

「綾乃には手を出さねえでくれ。女房《バシタ》にゃ悪いが、おれは本気で綾乃に惚れてるんだ。おたくに姦《や》られたら、おそらく綾乃はおれの前から消えるだろう。あの女がいなくなったら、おれは腑抜《ふぬ》けになっちまうと思うよ。それほど惚《ほ》れてるんだ。大事な女なんだよ」

「だったら、余計に姦《や》り甲斐があるな」

「どうすれば、疑いを晴らせるんだっ。おれは本当に誰にも呉を殺《や》らせてねえ。呉の妹も町田で殺されたが、その事件《ヤマ》にもタッチしてない」

「そうだとしたら、誰かが意図的にそっちを悪者にしようと企《たくら》んだことになる。誰か思い当たるか？」

「考えられるのは、福建《フジェン》グループの連中だね。義仁組《うち》は呉《ウー》が所属してた上海マフィアと友好関係にあったからな」

柿尾組長が上体を起こした。

「ほかに考えられるのは？」

「初夏ごろから歌舞伎町に進出してきた神戸連合会系の不動産会社が義仁組の企業舎弟の営業を妨害するようになったんで、敵の会社の事務所に若い者たちに消火液を噴射させたことがあるんだ。そんなことで、小競《こぜ》り合《あ》いがつづいてるんだよ」

「しかし、バックの最大勢力が関東睦和会の三次組織を挑発するとは考えにくいな。関東勢力との紳士協定があるじゃねえか」

「十数年前から末端組織同士が首都圏でも、いがみ合ってきた。義仁組《うち》が三次団体に格下げになったんで、神戸連合会系の企業舎弟《フロント》は挑発行為に出はじめたのかもしれねえな。おれに濡衣を着せようとしたのは、どっちかなんだろう」

「そうじゃない気がするな、おれは」

「なぜ、そう思った？」

「おれは紅蓮《ホンリエン》殺しの犯人に仕立てられそうになってるんだよ」

「どうしてなんだ⁉」

「そいつがよくわからねえんだよ。それはそうと、呉は妹にあまり好かれてなかったようだな。それは、なぜなんだ？」

「呉許光《シェクアン》は十代のころから上海の悪党《ワル》で、さんざん家族を泣かせてきたみたいだな。両親から遊ぶ金を毎日のようにぶったくってたようだし、美人の妹には売春させてたみたいなんだ。親が病気になって入院費の支払いが大変になると、紅蓮《ホンリエン》を日本に呼び寄せて歌舞伎町の上海クラブで働かせてたんだよ」

「その店は、いまもあるのか？」

「もうないよ。四、五年前に店で上海グループの幹部が福建マフィアの一員に射殺されたんだ。で、店は廃業に追い込まれたんだよ」

「そういえば、そんな事件《ヤマ》があったな」

「呉は身勝手な男だったから、妹にも疎《うと》まれてたんだろう。そんなことより、義仁興産の車が一週間前に盗《ギ》られたかどうか確かめてくれ」

「いいだろう」

有働は懐から刑事用携帯電話を取り出した。新宿署生活安全課の名越隼人のポリスモードを鳴らす。電話は、スリーコールで繋がった。

「例の品物《ブツ》を持ち出したのは、薬丸だったんですか？」

「いや、こっちの勘は外れてた」

「それじゃ、いったい誰が〝ヤーバー〟をこっそり持ち出したんでしょう？」

「おそらく内部の誰かが持ち出したんだろうな。例の物、元の場所に戻してくれたか？」

「ええ、有働さんの偽指紋をきれいに拭ってからね」

「ありがとよ。実はそっちに頼みたいことがあって、電話したんだ。交通課で、一週間前に黒いアルファードの盗難届が出されてるかどうか調べてもらいてえんだよ。車の名義は、義仁興産になってるはずだ」

「その会社は、確か義仁組の直営企業ですね。義仁組が有働さんを陥れようとしたんですか？」

「それも見当外れかもしれねえんだ」

「そうなんですか。急いで調べて、折り返し電話します」

名越が電話を切った。有働は通話終了ボタンをタップした。ほとんど同時に、スマートフォンに伴内から電話がかかってきた。

「暴漢に襲われたのか？」

有働は早口で訊《き》いた。

「そうじゃないんだ。妙な電話がかかってきたんだよ。相手はボイス・チェンジャーを使ってたんだが、男の声だったな。ストーカーの松浪の死に興味を持つと、命を落とすことになると忠告をしてきたんだよ。有働に脅迫電話をかけた奴だと直感したんだが……」

「おおかた、そうなんだろう。やっぱり、十一カ月前の事件《ヤマ》の真相を暴《あば》かれることを恐れた人間がおれを殺人犯に仕立てようと画策《かくさく》しやがったんだな」

「ああ、多分。脅迫電話の主は松浪の事件を忘れて有働を始末してくれたら、おれの命は奪わないとも言ったんだ」

「おれが命令に従う気配がないんで、敵は作戦を変更しやがったか」

「そうなんだろうな。それで、ちょっとしたことを思いついたんだ」

伴内が秘密めかして言った。

「どんなことを思いついた？」

「同じ奴がまた脅迫電話をかけてきたら、罠を仕掛けようと思ってるんだ」

「罠だって？」

「ああ。相手にまだ死にたくないから有働を殺す気になったと嘘をついて、拳銃を用意してくれって言うつもりだよ。同期の有働を刃物で刺して血塗《ちまみ》れにするには抵抗があるんで、離れた所から撃ち殺したいという理由をつけてな」

「脅迫者の代理人がハンドガンを届けにきたら、そいつを尾行して首謀者《しゅぼうしゃ》を突きとめようって筋書きだな？」

「その通りだ。悪くない考えだろう？」

「伴内、甘いぞ。そんな罠は、たちまち見抜かれるだろう。敵は悪知恵が発達してるんだ」

「見抜かれちゃうか？」

「ああ、まずな。敵のほうが優位に立ってるんだ。そっちは脅されてる側なんだぜ」

「脅迫者がこっちの希望を叶《かな》えてくれるはずないか」

「当たり前だよ。拳銃を用意してくれなんて言ったら、ふざけるなって怒鳴《どな》り返されるに決まってる。それで、おれを刺殺でも撲殺《ぼくさつ》でもしろと言われるのが落ちさ」

「かもしれないな。それじゃ、正体不明の脅迫者に罠を仕掛けるのはやめよう」

「そうしてくれ。敵は、おまえのスマホのナンバーを突きとめた。もしかしたら、隠れ家のマンスリーマンションも嗅《か》ぎ当てたかもな」

「そうだろうか」

「伴内、二、三日、どこかビジネスホテルにでも泊まってくれ。金は後日、おれが払うよ」

「そこまで用心深くなる必要はないと思うがな。こそこそ逃げ回るのは、なんか腹立たしいじゃないか」

「そうだが、万が一ってこともある。とにかく、おれの言う通りにしてくれ。頼むよ、伴内！」

「有働がそこまで言うんだったら、今夜から何日かビジネスホテルに泊まろう」

「ラブホテルのほうが安全そうだな。つき合ってくれそうな女はいないのか？」

「特定の彼女はいないし、有働と違って、おれは異性とは遊びでつき合えないタイプだから、同宿してくれそうな女友達もいないな」

「もっと気楽に女たちと遊べや。束《つか》の間だが、たいていの女は男の渇《かわ》きを癒《い》やしてくれるし、虚《むな》しさも忘れさせてくれるよ。女たちの柔肌に触《ふ》れてると、優しい気持ちにもなれるな」

「メンタルな触れ合いのない相手と肌を重ねても、白々しくなるだけだと思うがね。そんなことよりも、脅迫電話をかけてきた男は裏社会の人間か警察関係者なんじゃないのかな？」

「何か根拠があるのか？」

有働は問いかけた。

「ボイス・チェンジャーを使ってた男は、高輪署の留置場《トリカゴ》で死んだ俠勇会宇神組の城島賢次のことも忘れろと凄《すご》んだんだよ」

「留置場をブタバコとは言わないで、トリカゴと言ったんだな？」

「そうなんだ。ブタバコという隠語は一般市民にも広く知られてる。しかし、トリカゴという隠語を知ってる堅気はきわめて少ないはずだ」

「ああ、そうだろうな。警察官や暴力団関係者ぐらいしか留置場をトリカゴとは呼ばない」

「だから、脅迫者はどっちかの人間じゃないかと推測したわけさ」

「伴内、冴《さ》えてるじゃないか。おれの自宅に関東睦和会義仁組から押収した例の品物《ブツ》が留守中に置かれてたことを考え併《あわ》せると、伴内の推測は間違ってないんだろう」

「俠勇会宇神組を少し揺さぶってみれば、何かからくりが透けてくるんじゃないか？」

「そうだな。おまえはおとなしくしてろよ。もう現職じゃないだから、下手に動いたら、危《ヤバ》いことになるぞ」

「用心するよ。ここを出てビジネスホテルに移ったら、部屋でノートパソコンを開くことにする」

「何か進展があったら、すぐ教えてくれな」

「そうしてくれ」

電話が切られた。

有働は刑事用携帯電話を所定のポケットに仕舞った。そのとき、柿尾組長がゆっくりと立ち上がった。

「別に聞き耳を立ててたわけじゃねえが、俠勇会って単語が聞こえた。おたくの命《タマ》を狙って、呉《ウー》の妹殺しの犯人に仕立てようとしたのは俠勇会宇神組なのか？」

「そいつは、まだ何とも言えねえな。関東睦和会と俠勇会は昭和時代から東の勢力で三番手、四番手を競《きそ》いつづけてきた。表向きは友好関係を保《たも》ってるが、水面下では競《きそ》い合ってるよな？」

「そうなんだろう。もともとは関東睦和《うち》会のほうが数年早く結成されて、昭和四十年代後半まで首都圏で三位の勢力だったんだよ。俠勇会《むこう》は暴走族《ゾク》上がりの半グレまで構成員に取り込んで、数をやたら増やして……」

「三番目に大きな組織になったわけだ」

「そうなんだよ。けど、仁侠道を弁《わきま》えた渡世人は関東睦《う》和《ち》会の半分もいないね。それはともかく、おれを呉《ウー》の雇い主と見せかけたのは俠勇会なんだと思うよ。そうにちがいねえ」

「呉許光《シェクアン》は俠勇会宇神組にも出入りしてたのかい？」

「それはよくわからねえが、奴は歌舞伎町に組事務所を構えてる俠勇会真下《ました》組の組員たちとも飲み喰いしてたよ。上海マフィアに限らず不良外国人どもは何か自分らにメリットがあれば、仁義なんか無視して、どの組ともつき合うんだ」

「そのことは知ってる」

「呉兄妹を殺《や》って、おたくを殺人犯に仕立てたのは俠勇会の宇神組か真下組だよ。それしか考えられないよ、おれには」

「そうなのかもしれねえな」

有働は否定しなかった。二人の間に沈黙が横たわったとき、新宿署の名越刑事から電話がかかってきた。

「義仁興産名義のアルファードの盗難届は、ちゃんと一週間前に出されてましたよ。まだ盗難車は発見されてないそうですが」

「そうか。忙しい思いをさせたな。そのうち何かで埋め合わせをするよ。サンキュ!!」

有働は電話を切った。すると、柿尾が先に口を開いた。

「間違いなく黒いアルファードの盗難届は出てただろ？」

「ああ」

「これで、もう疑いは晴れたよな？」

「二度も早とちりして悪かった！」

「堪《こら》えるよ。刑事に貸しを作っといて損はないからな。もう綾乃の部屋に行ってもいいだろう？」

「早く行ってやれ」

有働は顎《あご》をしゃくった。

柿尾が急ぎ足で歩み去った。有働はポリスモードを懐に戻し、拳《こぶし》で左手の掌《てのひら》を打った。

2

白菊を手向《たむ》ける。

志帆は呉紅《ホンリエン》蓮の骨壺《こつつぼ》に合掌した。捜査本部の一隅だ。

引き取り手のいない遺骨は事件が解決するまで、捜査本部内に置かれることになった。

田丸刑事課長の提案だった。前例のないことだったが、反対する捜査員はいなかった。

合掌を解《と》くと、すぐそばに上司の岡江刑事が立っていた。

「六月の捜査本部事件では、保科、本庁の有働力哉とバディを組んだんだよな？」

「ええ。それが何か？」

「聞き込み中に殺《や》られなくてラッキーだったじゃないか。有働は、女を殺すことが好きみたいだからな」

「有働さんのこと、呼び捨てなんですね？」

「いいじゃねえか。有働には、殺人容疑の令状《オフダ》が出てるんだ。もう間もなく指名手配もされるだろう」

「有働さんは誰かに嵌《は》められて、呉紅蓮《ウーホンリエン》殺しの犯人に仕立てられたんだと思うわ」

「まだそんなことを言ってるのか。保科、どうかしてるぞ。殺された上海クラブのママの体内からＯ型の精液が検出されて、被害者宅の浴室に落ちてた頭髪と紅蓮の爪の間に挟まってた表皮のＤＮＡは一致したんだ」

「それは知っています」

「それだけじゃない。被害者《マルガイ》の耳ピアスには、有働の右手の親指と人差し指の指紋《モン》がくっきりと付着してた。鑑識の筒井航平《つついこうへい》がそのことを報告しなかったんで、裁判所に有働の逮捕状を請求できなかったがな。しかし、もう間違いない。本件の犯人は有働力哉だよ」

「裁判所は、被害者宅の寝室の床《ゆか》に全身麻酔液のチオペンタール・ナトリウムの染《し》みがあったことを判断材料にしてくれなかったんですね」

「それは仕方ないよ。有働自身がダイレクトに供述したことじゃないからな、その話は。本庁の波多野警部が有働から聞いた話として、町田署《うち》の田丸課長には伝えたそうなんだ」

「波多野さんとわたしは、有働さんは紅蓮を殺害していないと信じています」

「どっちも有働とは親しくしてたから、そう思いたいんだろうな。けど、有働はクロだね。もう物証も揃ってる。保科、冷静になれって」

「わたしは冷静ですよ」

志帆は言い返した。

「いや、そっちは個人感情に流されてるな。前回の事件でペアを組んだ有働力哉と親しくなったんで、彼を庇いたいという心理が働いてるんだろうよ。波多野警部も有働に目をかけてたから、〝人殺し刑事《デカ》〟にはしたくないんじゃないか」

「そうじゃないと思うわ。波多野さんは被害者宅の寝室に麻酔溶液の染みがあったことを知って、有働さんの言い分を信じる気になったにちがいありません。私情だけで、事実を捻じ曲げるような方じゃありませんよ。わたしも同じです。有働さんの話は信じられると判断したんですよ」

「けどな、被害者の耳のピアスに有働の指紋《モン》が鮮やかに付着してたんだ。紅蓮《ホンリエン》の首を両手で絞めるときにくっつけたんだろうな」

「その指紋のことなんですけど、偽造指紋シールが使われた可能性もあるんですよ」

「なんだって⁉」

岡江が、ぎょろ目を剝《む》いた。

「超薄型のシリコン素材の偽造指紋シールを使って、不正に日本に入国した中国人と韓国人がすでに何百人もいるんです。偽造指紋シールは十分そこそこで造れるらしいの」

「そのことは知ってるが……」

「署長と田丸刑事課長はせっかちすぎたと思います。裁判所に逮捕令状を請求する前に、もっと捜査を重ねるべきだったのよ」

「保科、ずいぶん偉くなったな。署長や課長をもろに批判したら、職場で働きにくくなるぞ」

「そうなっても、別にかまいません。こんなに早く有働さんを殺人犯と極《き》めつけて誤認逮捕したら、警察は笑い者にされますよ」

「有働の令状《オフダ》を取ったことは全マスコミに伏せてあるから、仮に誤認逮捕だったとしても、警察の立場は悪くならない。指名手配したことも一般市民には漏《も》れないように手を打つそうだから、もしも有働がシロなら、彼も汚名を免れるわけだ」

「それにしても、早計だわ」

「保科、有働が波多野警部に救いを求めたと知ったら、すぐ教えてくれ。有働に同情して逃亡の手助けなんかしたら、そっちの前途《ぜんと》は閉ざされることになるぞ」

「わかってるわ」

「懲戒免職になって、前科歴がついたら、ひとり息子の将来もなくなる。グレて、ヤー公にでもなるほかなくなるんだぞ。保科、よく考えて行動しろ」

「ご親切にありがとうございます」

志帆は言葉に皮肉を含ませた。

岡江刑事が鼻白んだ表情で離れた。志帆はさりげなく捜査本部を出て、エレベーターホールの端にたたずんだ。刑事用携帯電話を取り出し、有働をコールする。

電話が繋がることを切に願ったが、先方の電源は切られていた。有働のスマートフォンも鳴らしたが、徒労だった。

志帆は落胆した。有働が電話口に出たら、まず彼が殺人容疑で追われる身になったことを教えてやる気でいた。

現職警官としては慎《つつし》まなければならないことは、百も承知だった。

しかし、みすみす有働が捕まるのは忍びなかった。確信を得られたわけではなかったが、どう考えても心証はクロだ。

いったん身柄を確保されたら、有働は起訴されることになるだろう。

そうなれば、身の潔白が明らかになるまで長い歳月がかかるはずだ。冤罪《えんざい》に泣く者がいていいわけはない。あまりに理不尽すぎる。

江戸っ子の有働は気が短い。殺人犯と警察、検察、裁判所に疑われつづけているうちに捨て鉢《ばち》になるのではないか。志帆は、それを最も恐れていた。

有働が投げ遣《や》りになって、ひとたび罪を認めたら、無実を勝ち取ることは難しくなる。その後、真実を訴えても、勝訴するまで十年以上はかかるのではないか。

人が人を裁《さば》く以上、過《あやま》ちが絶対にないとは言い切れない。これまでに冤罪のまま死刑を執行されたり、懲役刑に服した者もいただろう。そうした悲劇は繰り返すべきではない。

場合によっては、指名手配になった有働を匿《かくま》ってやってもいいとさえ思いはじめている。その間に波多野と力を合わせて、紅蓮《ホンリエン》殺しの真犯人を突きとめてやりたい。

志帆は自分がたとえ破滅に向かっても、傍観《ぼうかん》はしていられなかった。

有働と知り合って、まだ日は浅い。彼は間違いなく食《は》み出し刑事だ。違法捜査をしていることやアンモラルな行為を重ねている事実も知っている。

有働には露悪《ろあく》趣味があるが、心根までは腐り切っていない。彼なりの正義感は保っている。そんな有働が女性を扼殺するとは思えなかった。

志帆は捜査本部に引き返しはじめた。

それから間もなく、廊下に波多野警部が姿を見せた。志帆は波多野に走り寄った。

「聞き込みですね？」

「いや、そうじゃない。鑑識の筒井巡査長を会議室に呼んだんだ。紅蓮の耳のピアスに有働の指紋が付着してたことをなぜ捜査班長の安西さんにすぐに言わなかったのか。その理由を知りたいと思ったんだよ」

「理由ですか？」

「そう。筒井係官は現職刑事の有働の指紋が出たんでパニックに陥ったと上司に言い訳したそうだが、果たして警察のイメージダウンを回避したかっただけなのか。ほかに別の事情があったのではないかと推測したんだよ。とにかく、筒井巡査長の話を聞いてみよう」

波多野がそう言い、会議室のドアを開けた。

室内は暗い。もう午後六時過ぎだった。

波多野が電灯のスイッチを入れ、楕円形《だえんけい》のテーブルの向こう側に坐った。窓側だった。

志帆は波多野のかたわらの椅子に腰かけた。

「少し前に有働さんのポリスモードに電話してみたんですけど、やっぱり電源は切られたままでした」

「そうか。こっちも朝から数え切れないほど有働に電話をかけてるんだが、一度も繋がらなかった。有働は単独で真犯人捜しをしてると思われるが、このままでは時間の問題で身柄を確保されることになるだろう」

「でしょうね。なんとか有働さんに殺人容疑で逮捕状が下りたことを教えてやりたいと思って、何度も電話をしたんですけどね」

「こっちも同じ気持ちでコールしつづけたんだ」

「そうでしょうね」

「きみが有働をシロだと思ってくれてることは嬉しいが、後のことはわたしひとりに任せてくれないか。そっちまで被疑者逮捕の妨害をしたとなったら、立場が悪くなる。わたしはバツイチで、別に何も背負ってない。だから、懲戒免職になって書類送検されてもどうってことはないからね」

「そんなことにはなりませんよ、有働さんは無実なのですから」

「いや、そう考えるのは楽観的すぎるな。一応、有働を殺人罪で立件できる証拠はあるんだ。それはそれとして、きみは翔太君を育てなければならない。有働の逃亡に力を貸して職を失ったら、困るじゃないか」

「贅沢《ぜいたく》さえ言わなければ、働き口の一つや二つはあるでしょう。わたし、いざとなったら、肉体労働をする気もあります」

「ちょっと甘いな。きみが書類送検されたら、いまの職を失うだけじゃ済まない。雇ってくれる会社はぐっと少なくなるだろう」

「そうなったら、どんな仕事にも就《つ》きますよ。母子が飢え死にしないぐらいの給料を貰えるんだったらね。子持ちの女は勁《つよ》いんです。逞《たくま》しく生き抜きますよ」

「そこまで有働の奴を信じてくれてるのか。あいつに代わって礼を言うよ。ありがとう」

波多野が体を斜めにして、頭を下げた。

「やめてくださいよ、そんなこと」

「有働も喜ぶだろう」

「話題を変えましょう」

志帆は面映《おもは ゆ》かった。

会話が途切《とぎ》れたとき、ドアの向こうで筒井が名乗った。波多野が短い応答をする。

ドアが開けられ、筒井巡査長が会議室に入ってきた。三十四歳の鑑識係員は波多野の正面の椅子に腰かけた。

「わざわざ来てもらって申し訳ない」

波多野が口を開いた。筒井が黙って首を横に振る。もともと彼は無口だった。

「ちょっと確認させてもらいたいんだが、被害者の耳のピアスにはニンヒドリンとアセトンを溶かした薬液を当然塗《ぬ》ったね？」

「はい、もちろんです」

「それで浮かび上がった指紋が捜査一課《うち》の有働のものだったんだな？」

「そうです。警察庁《サッチョウ》の指紋データベースの登録資料をチェックしたら……」

「有働の指紋と合致した？」

「そうなんですよ。自分、腰を抜かしそうになりました」

「だろうな。まさか殺人犯が本庁の刑事とは思わないだろうからね」

「ええ」

「殺人者が現職刑事であることが表沙汰になったら、警察は市民から信頼されなくなる。きみはそう考え、安西係長に報告を上げることを最初ためらってしまったんだな？」

「それもありますけど、被害者の耳のピアスには有働警部補の皮脂《ひし》がまったく付着してなかったんですよ。殺された女性の皮脂は微量ながら、くっついてましたけどね。それだから、偽の指紋シールが使われた可能性もあると判断したんです」

「そういうことも考えられるんで、すぐには有働さんの指紋の件を安西係長に言わなかったのね？」

志帆は筒井に確かめた。

「そうなんだ。きみも知ってるだろうが、ニンヒドリンとアセトンの混合薬液を噴霧《ふんむ》したり塗ったりすると、人間の汗に含まれてる蛋白質《たんぱくしつ》に化学変色が起こって、指紋や掌紋が浮き上がってくる」

「ええ、それがニンヒドリン検査なんですね？」

「そう。そのとき、人間の皮脂の付着の有無《うむ》もわかるんだよ。しかし、有働警部補の皮脂はピアスに付いていなかった」

「ということは、偽造指紋シールが使われたかもしれない？」

「その可能性はゼロじゃないと思うよ。ただ、有働警部補が被害者宅の浴室でシャワーを浴びて、紅蓮《ホンリエン》と性行為に及んだことは否定できないね。短い頭髪と精液のDNAも一致したし、事件通報者の証言もあるんで、ピアスの指紋のことを報告しないわけにはいかないと考え直したんだよ」

「だから、上司に後《おく》れ馳《ば》せながら、報告を上げたわけですね？」

「そうなんだ」

「本当にそれだけなのかな」

波多野が穏《おだ》やかに筒井に確かめた。しかし、その目は鋭かった。射《い》るような眼差《まなざ》しだった。

なぜか筒井が少しうろたえ、視線を落とした。

「きみは何か隠しごとをしてるんじゃないのかっ」

「そんなことは……」

「ないと言い切れるか？」

「は、はい」

「筒井巡査長、正直に答えてくれ。こっちの心証では、有働はシロなんだ。真犯人《ホンボシ》が有働に殺人の濡衣を着せようと細工をしたんではないかと筋を読んでる」

「そうですか」

「無実の人間を刑務所に送り込んでもいいのか？　きみも警察官なんだ。冤罪を生んではいけないと考えてるはずだよ。どうなんだっ」

波多野がテーブルを拳《こぶし》で叩いた。筒井が身を竦《すく》ませ、一段とうなだれた。

「隠しごとをしてたのね？」

志帆は筒井に声をかけた。

「実は、そうなんだよ」

「話してくれますね？　お願いだから、ちゃんと話して！」

「わかったよ。きのう、正体不明の男から電話がかかってきて、『耳ピアスの指紋の件を上司に報告しないと、きみは本庁の監察にマークされることになるよ』と脅迫されたんだ」

「相手はボイス・チェンジャーで自分の声を変えてたんだね？」

波多野が志帆よりも先に声を発した。

「ええ、その通りです」

「脅し文句から察して、きみに電話をしたのは警察関係者だな」

「えっ⁉」

「有働は警察の偉いさんたちにも、ずけずけと物を言う。彼は、警察内部の不正の証拠も握ってるようなんだ。だから、有働のことを苦々しく思ってる人間が何人もいるんだろう。そんな連中の誰かが有働を殺人犯に仕立てて、警察から永久追放させることを企《くわだ》てたのかもしれない」

「ま、まさか⁉」

筒井は驚いている様子だった。

「捜査本部事件が起こる前、有働は紅蓮《ホンリエン》の実兄の呉許光《ウーシェクアン》に撃ち殺されそうになったんだよ」

「そういえば、『秀梅《シウメイ》』のママの兄が霞ヶ浦で水死体で発見されたんでしたね？」

「だな。有働は呉に射殺されずに済んだんだが、紅蓮殺しの犯人に仕立てられた。しかし、あいつは、呉兄妹に恨まれるようなことはしていない。呉許光は単に有働殺しを請け負っただけなんだろう」

「殺しの依頼人が失敗《ドジ》を踏んだ呉許光を誰かに始末させ、有働さんを紅蓮殺しの犯人に仕立てたようですね？」

「大筋は間違ってないと思うよ。それはそうと、きみから聞いた話を野中署長や本庁《うち》の馬場管理官に喋っても問題ないな？」

「はい。被害者の耳ピアスに有働警部補の皮脂がまったく付着してなかったことを伝えてもらえれば、署長も管理官も真犯人が偽造指紋シールを使ったかもしれないと思ってくれるかもしれません」

「そうなら、有働の疑いはなくなるんだが……」

「そうなってほしいですね。自分も、有働警部補はシロだという心証を得ていますので。それにしても、謎の電話の主が警察関係者らしいんで、とてもショックを受けました。でも、波多野警部がおっしゃったように、その線っぽいですね」

「筋読みは間違ってないだろう。発信者は監察云々《うんぬん》と筒井巡査長に言ったという話だから、脅迫めいた電話をしてきたのは警察関係者と考えてもいいだろう。それも位《くらい》の高い人間と思われるな」

「なんだか気が滅入《めい》りそうだな。身内の中に、そんな恐ろしい敵がいるなんて考えただけで背筋が寒くなってきます」

「そうだな。きみのおかげで、有力な手がかりを得られたよ。感謝する。自分の持ち場に戻ってくれ」

波多野が筒井を犒《ねぎら》った。筒井が立ち上がり、会議室から出ていった。

「わたしも署長室に同行させてください」

志帆は波多野に言った。

「損な役回りになるぞ。貧乏くじを引くことになるが、それでもいいのか？」

「はい。できるだけまっすぐに生きたいと思っていますので、署長に睨《にら》まれることになってもかまいません」

「生き方が不器用だね」

「波多野さんだって、決して器用に生きてらっしゃるようには見えませんけど」

「われわれは似た者同士か」

「そうなのかもしれません」

二人は笑い合って、ほぼ同時に椅子から腰を浮かせた。

志帆たちは会議室を出ると、署長室に直行した。野中署長と本庁の馬場管理官は応接ソファに坐って、何か話し込んでいた。志帆と波多野は応接セットに歩み寄った。波多野が立ったまま、筒井から聞いた話を署長たち二人に伝えた。

「被害者の耳ピアスに有働警部補の指の皮脂が付着してなかったからといって、それでシロと考えるのはどうかね？」

野中が志帆と波多野の顔を等分に見た。

志帆は波多野に先に反論してほしいと目顔で訴えた。波多野が小さくうなずき、先に意見を述べた。

「筒井係官は、偽造指紋シールが使われた可能性を否定しませんでした。わたしも、その可能性はあると考えています」

「真犯人が偽の指紋シールを使って、有働警部補を陥れたんではないかと考えてるんだね？」

「ええ、そうです。有働は、警察官僚《キャリア》の方たちにも悪態《あくたい》をつくような男です。身内の中に敵がいるんでしょう」

「そうだとしても、警察内部の者が現職刑事を殺人犯に仕立てようとするだろうか。わたしには、説得力のある話とは思えないがね」

野中が言った。志帆は反論する気になった。そのとき、野中署長が馬場管理官に意見を求めた。

「警察組織内にさまざまな派閥があって、必ずしも一枚岩じゃない。出世競争もあるし部下に責任を押しつける上司もいる。しかし、どんなに相手を毛嫌いしていたとしても、身内に殺人の濡衣を着せようとする腹の黒い人間はいないだろう？」

馬場が応じた。

「そうでしょうか。警察官だからといって、聖者のように生きてるわけではありません。

誰もごく普通の俗人ですよ。打算や思惑《おもわく》もあるでしょうし、さまざまな欲得にも引きずられているはずです。邪欲に取り憑《つ》かれた若い警官が女子大生をレイプして、殺してしまった事例もありました。そのほか警察官の不祥事は、うんざりするほど起きています。現に毎年九十人前後の警官が懲戒処分になってますよね？」

「そうなんだが……」

「警察関係者が有働を犯罪者に仕立て上げたくて、絵図を画《か》いた可能性はあると思います」

「いったい誰が有働警部補を陥れようとしたと言うんだねっ」

野中署長が波多野を睨《ね》めつけた。

「それは、まだわかりません」

「推測で、そういう軽々しいことを言うのは困るな。わたしと田丸課長は有働警部補が呉紅蓮《ウーホンリエン》を殺害したという確信を得たから、裁判所の逮捕令状を請求したんだ。われわれの判断が間違っていたと言うんだったら、もっと説得力のある反証を揃えてくれ」

「現在のところは、ほかに反証材料はありません」

「本件の捜査副本部長は、このわたしなんだ。差し出がましいことは慎んでもらいたいね」

「波多野君、いったん引き取ってくれないか」

馬場管理官が言って、野中署長を執《と》り成《な》しはじめた。

「わたしも波多野警部と同じく有働さんはシロだと考えています。署長、とりあえず有働さんの指名手配を解除していただけないでしょうか」

志帆は野中に言った。

「そんなことはできないっ」

「有働さんがシロとなったら、署長は取り返しのつかないミスをしたことになるんですよ。そうなったときのお覚悟はできているのでしょうか？」

「保科！　おまえは誰に言ってるんだっ。わたしは署長なんだぞ」

「わかっていますよ」

「おまえを奥多摩あたりの小さな署に飛ばしてやるっ」

野中が憤然《ふんぜん》と立ち上がって、志帆を指さした。志帆は言い返そうとした。

そのとき、かたわらに立った波多野が目配せした。彼は黙って頭を下げると、決然と署長室を出た。志帆は波多野に従った。

エレベーター乗り場に向かいながら、波多野が意を決したような口調で告げた。

「こうなったら、有働を逃がす。そして、おれが真犯人《ホンボシ》を取っ捕まえる」

「わたしにも何かお手伝いさせてください」

「後悔したって知らないぞ」

「わたし、昔から後悔しない性質《たち》なんですよ」

志帆は笑顔で言って、急ぎ足になった。

3

有働は溜息をついて、ステアリングを両腕で抱え込んだ。焦《じ》れてきた。

午後八時半を過ぎていた。張り込んで、かれこれ三時間が経つ。

レンタカーは、俠勇会宇神組の事務所の少し手前の路上に停めてある。

渋谷の道玄坂から一本奥に入った裏通りだ。ラブホテル街として知られている円山《まるやま》町《ちょう》に近い。

組事務所は六階建ての自社ビルだ。

各階の窓は明るい。組長の宇神義直が事務所内にいることは、偽のセールス電話で確認済みだった。

これまでの流れを考えると、やはりストーカーの松浪等の死と自分の殺人容疑がリンクしていることは間違いない。謎の脅迫者は警察に関わりのある人間で、十一カ月前に高輪署管内で発生した傷害過失致死事件を有働や伴内にほじくり返されることを恐れていたのだろう。そして、こちらの動きを察知したにちがいない。

だから、顔の見えない首謀者は第三者を使って、まず有働に刺客を差し向けた。だが、宇神組に雇われたと思われる呉許光《ウーシェクアン》は有働の射殺に失敗した。そこで黒幕は、次に有働を殺人犯に仕立てることを思いついたのではないか。

その犠牲になったのが呉紅蓮《ホンリエン》だ。有働の抹殺にしくじった兄の許光は溺死させられた。その上、妹の紅蓮も殺害されてしまった。

どうして呉兄妹は葬《ほうむ》られたのか。その謎が解けない。兄妹は誰かの秘密を知っていたのではないか。それだけではなく、その相手から口止め料の類《たぐい》を脅し取ろうとしていたのかもしれない。

そう考えれば、呉兄妹が始末された理由が得心できる。しかし、果たして推測通りなのかどうか。

それとは別に、松浪を殺してしまったと高輪署に出頭した城島賢次は宇神組長か大幹部に言い含められ、身替り犯になった。

その城島は、高輪署の留置場で自腹で出前させた毒入り和食弁当を食べて命を落とした。城島自身が毒を盛って自殺したとは考えられない。なぜなら、自死しなければならない理由などなかった。

となれば、城島に毒を盛ったのは十一カ月前の事件関係者の疑いが濃い。脳挫傷を負って若死にした松浪が執拗《しつよう》につきまとっていた立石香苗の夫は、四谷中央署の副署長だ。警察官僚《キャリア》の立石勝が保身のためとはいえ、自らの手を汚すとは考えにくい。

立石は四谷中央署に異動になる前、渋谷署の生活安全課の課長を務めていた。渋谷の道玄坂、円山町、宇田川町《うだがわちょう》を縄張りにしている宇神組とは何らかの接点があったはずだ。

立石は妻の犯罪を揉み消したくて、宇神組長に協力を求めたのではないだろうか。宇神は求めに応じて、組員の城島をストーカー殺しの加害者として高輪署に出頭させた。その後、〝自弁食〟が出前される途中で誰かに和食弁当に青酸化合物を混入させたのではないか。多分、末端の構成員の手を汚させたのだろう。

有働はそこまで推測し、はたと頭を抱えてしまった。

殺された呉《ウー》兄妹は、立石勝と接点はないと思われる。妻の犯罪の隠蔽工作には、誰か協力者がいたにちがいない。その人物が呉兄妹に何か弱みを握られていたのか。おそらく、そうだったのだろう。そう考えなければ、一連の事件は繋がらない。

有働はロングピースをゆったりと喫《す》った。

一服し終えたとき、宇神組の持ちビルの地下駐車場から黒塗りのロールスロイス・ファントムが走り出てきた。新車なら、五千数百万円はする超高級車だ。

運転席と助手席には、逞《たくま》しい体軀《たいく》の男が坐っていた。二人とも組長のボディーガードだろう。

宇神は後部坐席に腰かけていた。

濃いグレイの背広を着込み、地味な色合のネクタイをしている。五十二歳だが、すでに貫禄《かんろく》がある。大手商社の役員といっても通りそうだ。

有働はレンタカーで、ロールスロイスを追尾《ついび》しはじめた。

車間距離は三十メートル以上、保ちつづけた。宇神を乗せた車は玉川通りをひたすら直進し、やがて世田谷区上野毛《かみのげ》の邸宅街に入った。かつての捜査資料によれば、宇神組長の自宅は参宮橋《さんぐうばし》にあるようだ。最近、上野毛に転居したのだろうか。

ほどなくロールスロイスは、ひと際《きわ》目立つ豪邸の門の前に横づけされた。門前には、ひと目で筋者《すじもの》とわかる人相の悪い男たちが並んでいる。

宇神がロールスロイスから降り、邸内に吸い込まれた。

超高級車は低速で走り去った。

有働は車で豪邸の前を抜け、門の表札を見た。富永《とみなが》と記《しる》されている。俠勇会の理事のひとりに富永慎太郎《しんたろう》という老やくざがいた。その富永の妻の通夜《つや》が営《いとな》まれているようだ。

有働はプリウスを脇道に入れ、すぐ運転席から離れた。

四つ角まで戻り、物陰から富永邸をうかがう。

宇神が車と二人のボディーガードを帰らせたのは通夜に顔を出してから、愛人宅にでも行くつもりでいるのではないか。組長クラスの渡世人が単独で行動する場合は、親密な女性宅を訪れることが圧倒的に多い。

宇神が富永邸から現われたのは、小一《こ》時間後だった。

組長は大通りに向かって歩きだした。大通りでタクシーを拾うつもりなのか。

有働はレンタカーに乗り込み、すぐさまシフトレバーをRレンジ《リヴァース》に入れた。辻までバックし、車首の向きを変える。

宇神の後ろ姿は闇に紛《まぎ》れかけていた。有働は、プリウスのアクセルペダルを踏み込んだ。瞬《また》く間に宇神に追いついた。

宇神は大通りまで進むと、左に曲がった。

有働もレンタカーを左折させた。宇神は大通りの路肩《ろかた》に立ち、金髪の白人女性と何か言葉を交わしていた。二人の横には、真紅《しんく》のポルシェが見える。

どうやら組長の愛人は、外国人らしい。宇神組は渋谷で白人ホステスばかりの高級クラブを直営している。ブロンド女性は、店の雇われママなのか。

宇神がポルシェの助手席に乗り込んだ。金髪美人が運転席に入り、手早くシートベルトを掛ける。

有働は、走りだしたポルシェを追った。高級ドイツ車は玉川通りに入ると、渋谷方面に進んだ。そのまま青山通りを走り、南青山三丁目交差点を左折した。

通称キラー通りだが、正式には外苑西《がいえんにし》通りだ。ポルシェは仙寿院《せんじゅいん》交差点を左に折れ、千駄ヶ谷《せんだがや》二丁目に入った。ビル、マンション、一般住宅が混然と建ち並んでいる。

ほどなくポルシェは、二階建ての洋風住宅のガレージに納められた。先に車を降りた宇神が家屋《かおく》の中に消えた。

有働はレンタカーを路上に駐《と》め、洋風住宅の敷地に無断で足を踏み入れた。ポルシェを降りた白人女性が有働を滑《なめ》らかな日本語で咎《とが》めた。

「勝手に他人《ひと》の家に入らないで！」

「おれは警視庁の者だ。おとなしくしてないと、手錠《ワッパ》打つぞ。やくざの愛人《レコ》なら、少しは後ろめたいことをしてるだろうからな」

「わたし、宇神さんの契約愛人してるけど、悪いことは何もしてない」

「契約愛人だって？」

「そう。わたし、モデルの仕事をしてる。でも、ギャラはそんなに高くないの。わたし、西麻布に自分のブティックを開きたいのよ。それ、五年前に日本に来たときからの夢だったの」

「ブティックの開業資金が欲しくて、宇神の契約愛人になったわけか？」

「ええ、そう。二年間、宇神さんのベッドパートナーを務めれば、五千万円貰えることになってるの。もう三千万円溜《た》まったわ。ところで、彼は何をしたの？」

「ちょっと訊きたいことがあるんだ。悪いが、協力してもらうぞ」

有働は相手の片腕を掴んだ。

「日本のお巡りさん、ちょっと乱暴ね。アメリカの警察はもっと紳士的よ」

「アメリカ人なんだ？」

「そう。フリスコ育ちなの」

「サンフランシスコ育ちってわけか。ついでに名前を教えてもらおうか」

「スーザンよ。スーザン・マコーミック。あなたの名前は？」

「忘れてしまったな」

「狡《ずる》いわ」

スーザンが肩を竦《すく》めた。瞳は澄んだブルーだった。三十歳前後だろうか。

有働はスーザンの腕を引っ摑みながら、彼女と一緒に玄関に入った。靴を脱ぎ、玄関ホールに上がる。

宇神は玄関ホール脇の洋室にいた。ソファに坐って、ネクタイの結び目を緩《ゆる》めているところだった。すでに上着は脱いでいた。

「おたく、桜田門の組対《そたい》にいた番長刑事《デカ》だよな。名前は有働力哉だったか。面識はねえが、おたくの噂は耳に入ってたよ」

「そいつは光栄だな」

「令状《オフダ》を見せてほしいな」

「ただの聞き込みだよ」

「それにしちゃ、ちょいと失礼じゃねえか」

「頭にきたんだったら、ポケットピストルでも出せよ。そのほうが、こっちもやりやすくなる」

「丸腰だよ。情婦《おんな》のとこに来るのに物騒な物なんか持ってたら、興醒《きょうざ》めじゃねえか」

「それもそうか」

「スーザンを姦《や》る気なのか!?」

「場合によっては、そういうことになるだろう」

「スーザンに妙なことをしたら、おたくを殺《や》っちまうぞ」

「ほざくな」

有働は一喝《いっかつ》し、宇神に横蹴りを浴びせた。

宇神がソファから転げ落ちる。有働は前に踏み込んで、宇神の脇腹をキックした。宇神が四肢を縮め、長く唸《うな》った。

「運が悪かったと諦《あきら》めてくれ」

有働はスーザンの衣服を剝《は》ぎ、ランジェリーだけにした。床に這わせ、張りのあるヒップを引き寄せる。スーザンが大声で詰《なじ》った。

「日本の刑事《コップ》、クレージーだわ」

「クレージーなのは、おれだけさ」

有働は両膝を床に落とし、スーザンのパンティーを後ろから引き下ろした。

「わたしをレイプしないで！」

スーザンが這って逃げようとする。

有働はスーザンの両足首を摑んで、強く引き戻した。

スーザンが腹這いになって、全身でもがく。張りのある白い尻が妖《あや》しく揺れた。煽《せん》情的《じょうてき》だった。そそられる。

しかし、有働はスーザンを穢《けが》す気はなかった。宇神を心理的に追いつめることが目的だった。

「おたくの狙いは何なんだ？　金なんだろ？」

宇神が上体を起こした。

「あんたに確かめたいことがあるだけだ。ストーカーの松浪等を死なせたのは、組員の城島じゃないな？」

「なんのことか、さっぱりわからねえな」

「そうかい」

有働は薄く笑って、スーザンのパンティーを一気に足首から抜き取った。スーザンが驚き、ヒップをすぼめる。

「いい尻《けつ》してるな」

「スーザンを姦《や》らねえでくれ。おれは、スーザンに本気で惚れてるんだ。最初は物珍しさで愛人《レコ》にしたんだが、人柄にも惚れちゃったんだよ。スーザンは舶来品だが、大和《やまと》撫子《なでしこ》みてえなとこがあるんだ」

「スーザンが大事なら、正直になれや。城島は身替り犯だなっ。ストーカーの松浪を突き飛ばして死なせちまったのは、本当は立石香苗なんだろうが！」

「それはわからねえけど、城島を身替り犯にしたのはおれだよ」

「やっぱり、そうだったか。で、誰に頼まれて城島を高輪署に出頭させたんだ？」

「それがわからねえんだよ」

「ふざけんな。あんたがそのつもりなら……」

有働はスラックスのファスナーを引き下ろす真似をした。

「やめろ、やめてくれーっ。十一カ月前のある夜、正体不明の男からおれの家《ヤサ》に電話がかかってきて、宇神組《うちの》でやってる闇金融、企業恐喝、麻薬《クスリ》の密売なんかのことを細かく喋りはじめたんだ。相手は、いつでも立件できる物証もあると凄《すご》んで、おれに松浪等って野郎を死なせた犯人を用意しろって脅迫しやがったんだ。組の裏ビジネスを次々に立件されたら、解散に追い込まれちまう。それは避けたかった。それだから、おれは城島を身替り犯に仕立てて、しばらく麦飯《バクシャリ》を喰ってこいと因果を含めて高輪署に出頭させたんだよ」

「それだけじゃないよな？」

「え？」

「あんたは城島が自費で出前を頼んだ和食弁当のおかずに青酸化合物を混入させ、毒殺したんじゃないのかっ」

「おれは誰にも城島を殺《や》らせちゃいねえ。本当だよ。おそらく脅迫電話をしてきた奴が、誰かに城島の〝自弁食〟に毒を盛らせたんだろう」

宇神組長が言った。有働は、組長の言葉をそのまま鵜呑《うの》みにはしなかった。

スーザンから離れ、宇神を蹴りまくる。摑み起こして、投げ飛ばしもした。

「彼を殺さないで！」

スーザンが衣服をまといながら、涙声で訴えた。宇神は床に倒れ、息を喘《あえ》がせていた。

有働は宇神に近づき、右腕をへし折った。

スーザンが泣き喚《わめ》きはじめた。宇神が左手で折れた右腕を支えながら、のたうち回りはじめた。

「もう一度訊《き》く。あんたは本当に誰にも城島の口を封じさせてないんだな？」

「ああ、そうだよ。うーっ、痛《いて》えーっ！」

「脅迫者は公衆電話から連絡してきたんだな。ボイス・チェンジャーを使って」

「その通りだよ」

有働は膝を伸ばして、すっくと立ち上がった。宇神が白目を見せ、全身を震わせはじめた。激痛が意識を霞ませたのだろう。

「組の幹部に連絡して、宇神をどこか外科医院に運ばせてやってくれ。少しひどいことをしたな。おれを一生、恨んでくれてもいいよ」

有働はスーザンに言って、洋間を出た。そそくさと靴を履き、表に出る。宇神組長が警察に被害届を出す心配はないだろう。

有働はレンタカーに乗り込み、立石警視正の住む戸建て公務員住宅に急いだ。

目的の場所に着いたのは二十分弱後だった。プリウスを立石宅の斜め前の暗がりに停めた直後、官舎の門扉《もんぴ》が開いた。

現われたのは立石だった。軽装で、右手にビニールの手提《さ》げ袋を持っている。

若手の警察官僚は近くの表通りまで歩き、タクシーを拾った。有働はレンタカーでタクシーを追った。

立石がタクシーを停止させたのは、六本木の裏通りにあるレンタルルームだった。

貸会議室という看板が掲《かか》げられているが、ラブホテル代わりに使うカップル客が多い。

立石は浮気相手とレンタルルームで密会するつもりなのだろうか。

「わかった」

有働はプリウスの中から、レンタルルームの出入口をうかがいはじめた。

十数分が流れたころ、店からロック・ミュージシャン風の男が姿を見せた。なんと立石警視正だった。

長髪のウィッグは、紺と灰色に染め分けられている。格子柄の綿ネルの長袖シャツの上に黒のレザージャケットを羽織《はお》っていた。下は迷彩パンツだった。靴はブーツだ。パンクファッションに近い。

立石は六本木通りで、またタクシーに乗った。

有働は、そのタクシーを慎重に尾《つ》けた。立石がタクシーを捨てたのは、新宿二丁目だった。ゲイのメッカと呼ばれている飲食街だ。ゲイバーがひしめき合っている。

立石は『アポロン』という店名の酒場の中に消えた。

通い馴《な》れた足取りだった。馴染《なじ》みのゲイバーなのだろう。

決して数は多くないが、警察官の中には昔からホモがいる。有働も二十代半《なか》ばのころ、同性にしか興味のない先輩刑事に妙な色目を使われたことがあった。自衛隊の中にも、同性愛者たちがいるらしい。

有働は同性愛やバイセクシャルに偏見は懐《いだ》いていないが、自分はあくまでもストレートだ。同性愛者にはまったく関心がない。

『アポロン』の近くで四十分ほど張り込んでいると、立石警視正が店から出てきた。ひとりではなかった。二十二、三歳の美青年と一緒だった。

男色趣味のある男たちは新宿二丁目をハッテン場と呼び、公園、ゲイバー、通りなどでワンナイトラブの相手を見つけて近くの同性愛者専用のラブホテルにしけ込む。

立石は美青年と身を寄り添わせながら、その種のホテルの中に入っていった。数時間は出てこないだろう。

有働はプリウスを始動させ、立石宅に引き返した。

門灯とポーチの照明は点《つ》いていたが、家の中は暗い。妻の香苗も外出しているようだ。

有働は立石宅の隣家の生垣《いけがき》にレンタカーを寄せ、手早くライトを消した。エンジンも切り、張り込みを開始する。

立石宅の前にジャガーが横づけされたのは、一時間数十分後だった。

車体の色は沈んだ灰色だ。助手席には女性が乗っている。よく見ると、立石香苗だった。その美しさは、十一カ月前と少しも変わっていない。

運転席には、三十六、七歳の男が坐っていた。マスクは整っていそうだが、暗くて造作の細部まではわからなかった。

香苗は男と濃厚なくちづけを交わしてから、車を降りた。男に手を振りながら、彼女は家の中に入っていった。ジャガーは、あっという間に走り去った。有働は男の素姓《すじょう》が気になったが、追尾のチャンスを逸《いっ》してしまった。立石は、まだ帰宅しないだろう。

有働はレンタカーを下北沢の自宅マンションに向けた。シャワーを浴びて、下着や衣類を替えたかった。

自分の塒《ねぐら》に帰り着いたのは、およそ五十分後だった。自宅マンションの斜め前には、捜査車輛が停まっていた。覆面パトカーの横の暗がりに身を潜めているのは、本庁の同僚刑事と町田署の岡江だった。

呉紅蓮《ウーホンリエン》殺人事件の重要参考人と目《もく》されているのだろう。すでに別件か殺人容疑で逮捕令状が裁判所から下りているのか。

いま身柄を確保されたら、真犯人を捜せなくなる。捜査の追っ手を振り切ってでも、目的を果たさなければならない。

どこかホテルに泊まるほかなさそうだ。有働はプリウスを脇道に入れ、自宅マンションから遠のきはじめた。

4

迎えの公用車が動きだした。

黒塗りのセンチュリーだ。後部座席に乗り込んだ立石勝は眠たげな顔つきだった。明け方まで新宿二丁目で美青年と睦《むつ》み合ってから、急いで帰宅したのだろう。まだ午前九時前だった。

有働はレンタカーの中で、調理パンを頰張りはじめた。

前夜はJR品川駅近くのビジネスホテルに泊まり、今朝《けさ》七時過ぎから立石宅のそばで張り込みはじめたのである。調理パンと缶コーヒーはコンビニエンスストアで買ったものだった。

立石夫妻は、とうに心が寄り添わなくなっているようだ。サラリーマンならば、何年も前に立石は妻の香苗と離婚していたのではないか。

しかし、警察官僚にとって、離婚は大きなマイナスになる。そんなことで、若手のキャリアは〝仮面夫婦〟を演じているのだろう。

不幸なことだ。人生は、たったの一度しかない。できるだけ自分の心に忠実に生きなければ、晩年、悔やむことになるだろう。

有働は四個の調理パンを平らげ、缶コーヒーを空にした。一服してから、伴内のスマートフォンを鳴らす。

「昨夜《ゆうべ》、何度も有働に電話したんだぞ。でも、いつも電源が切られてた」

伴内が早口で言った。

「怪しい人影がちらついてるんだな？」

「いや、不審者は迫ってないよ。きのうの午後、高輪署指定の『一膳屋《いちぜんや》』にまた行ってみたんだ」

「伴内、動き回るなと言っただろうが！　殺されてもいいのかっ」

「有働の忠告を無視するつもりはなかったんだが、襲撃者に怯《おび》えて逃げ回ってるのもなんか癪《しゃく》なんで、以前に取材したことのある仕出し弁当屋に行ってみたんだよ。前回の取材のとき、出前専門のアルバイト従業員が何か隠しごとをしてるような印象を受けたんでな」

「それで、収穫はあったのか？」

「あったよ。バイト従業員が城島の和食弁当を出前したとき、高輪署の前で三十三、四歳の男が待ち受けてたらしいんだ。そいつは刑事課の者と称して、和食弁当の中身を見せてほしいと言ったそうなんだよ。剃刀《かみそり》や紐《ひも》なんかが紛《まぎ》れ込ませてあるかどうかチェックしたいんだと理由を述べたという話だったな」

「で、出前の男は城島が頼んだ弁当の中身を見せたわけだ？」

「そうらしい。そうしたチェックは通常、留置係がやってる。有働、おかしいとは思わないか？」

「確かに変だな。刑事課の人間がやることじゃない。その男が和食弁当のおかずにこっそり青酸化合物を混ぜたのかもしれないな」

「おれも、そう直感したよ。そいつは、ちらりと警察手帳《チヨウメン》を見せたそうなんだ。しかし、高輪署の刑事じゃないだろう」

「ああ、おそらくな」

「有働、誰か思い当たるか？」

「いや、残念ながら……」

有働はそう答えながら、本庁人事一課監察の尾形肇の顔を思い浮かべていた。尾形は急に有働をマークしなくなった。考えてみれば、不自然だ。一度だけ下北沢の自宅マンションから職場まで尾行したきりで、その後は接近してこない。

尾形は、有働を陥れた人間に巧《たく》みに取り込まれて協力する気になったのか。それで、城島の〝自弁食〟に毒物を混入させたのだろうか。

「その男がわかれば、ストーカーの松浪等を死なせたのは立石香苗だったってことを暴《あば》けるんじゃないか」

「そうだろうな。しかし、もう伴内は動くな。とにかく、おれの言う通りにしてくれ」

「わかったよ」

伴内が電話を切った。

有働は通話終了ボタンをタップした。そのすぐ後、例の脅迫者から電話がかかってきた。

「きょう中に伴内を始末しろ。命令に従わなかったら、きさまをさらに窮地《きゅうち》に追い込む。そして、そのうち必ず息の根を止めてやる」

「おれに尻尾《しっぽ》を掴まれかけてるんで、少し焦《あせ》りはじめたようだな。そっちが立石勝と何らかの関わりがあることはわかってる」

「えっ⁉」

「図星だったらしいな」

「立石なんて人物は知らない。死にたくなかったら、言われた通りにしろ！」

相手が焦《あせ》った様子で通話を切り上げた。有働は電源を切って、煙草をくわえた。

時間がいたずらに流れた。

立石香苗が国家公務員住宅から姿を現わしたのは、午前十一時数分過ぎだった。着飾っていた。ジャガーの男とホテルで密会し、真昼の情事に耽《ふけ》る気なのか。

香苗は大通りに向かって歩きだした。

有働はプリウスを静かに発進させ、低速で美しい人妻を尾《つ》けはじめた。香苗は表通りでタクシーに乗った。

そのタクシーを追う。一度、信号で大きく引き離されたが、なんとか見失わずに済んだ。香苗の目的地は、銀座二丁目にある画廊だった。タクシーを降りると、彼女はガラス張りの洒落《しゃれ》たギャラリーの中に入っていった。知り合いの女流画家が個展を開いているようだ。

有働はレンタカーを画廊の少し先の路上に駐《と》め、すぐに引き返した。通行人を装って、画廊の前を往復する。

画家と思われる女性の周《まわ》りには、四人の客がいた。その人の輪の中に香苗も見える。四人は同じような年恰好《としかっこう》だった。それぞれが旧知の間柄らしい。学生時代からの友人なのだろう。有働はたたずんだ。

香苗は壁面に飾られた十数点の油彩画をじっくりと眺め、画廊の男性従業員に声をかけた。六号ほどの大きさの静物画を指さした。男性従業員が笑顔になった。つき合いで、女流画家の作品を購入したのだろう。

有働は、また画廊の前を行きつ戻りつしはじめた。香苗が友人と思われる三人と一緒にギャラリーから出てきたのは、およそ五十分後だった。

香苗たち四人は、画廊の並びにある有名なフレンチ・レストランに入った。昼食を摂《と》るようだ。

有働はレンタカーの中に戻った。

香苗たちが店から出てきたのは、午後二時過ぎだった。香苗が三人の連れとフレンチ・レストランの前で別れ、銀座三丁目方向に歩きだした。ほかの三人はまだ話し足りないらしく、近くのフルーツパーラーに入った。

有働は十分ほど経ってから、プリウスを降りた。

フルーツパーラーに入る。三人の女性は、窓際のテーブルで談笑していた。有働は身分を明かし、聞き込みに協力してもらった。

三人は聖星《せいせい》女子大文学部仏文科で香苗と同級だった。個展を開いていた画家は、大学の二年先輩だという。

クラスメイトたちの話によると、一年三、四カ月前から香苗はストーカーの松浪にしつこくまとわりつかれて、不安にさいなまれていたそうだ。松浪は香苗が三年以上も前から建築家の箱崎亮《はこざきりょう》と不倫関係にあることを調べ上げ、自分ともデートしてくれと迫っていたらしい。

三十六歳の箱崎は斬新《ざんしん》なデザインで人気が高く、テレビ番組や雑誌で何度も紹介されているという。オフィスは神宮前《じんぐうまえ》にあるそうだ。

香苗の夫は新婚生活わずか数カ月で、妻の体にはまったく触《ふ》れなくなったという。立石は自分が独身のころから同性にしか関心がないことを告白し、香苗の浮気は公認していたらしい。

有働はフルーツパーラーを出ると、レンタカーを神宮前に走らせた。

箱崎建築事務所は、神宮前四丁目にあった。奇抜な形をした三階建ての低層ビルだった。駐車場には、見覚えのあるジャガーが駐《と》められている。

有働は警視庁の刑事であることを明かし、所長の箱崎との面会を求めた。箱崎は香苗は単なる知り合いだと主張し、不倫関係にあることを認めようとしなかった。

有働は粘《ねば》らなかった。社員のひとりに箱崎所長の自宅の住所を教えてもらい、間もなく訪問先を辞した。

箱崎の自宅は目黒区碑文谷《ひもんや》五丁目にある。有働は箱崎の自宅にレンタカーを走らせ、夫人に会った。箱崎の妻は歪《ゆが》んだ笑みを浮かべ、夫の素行調査報告書を見せてくれた。浮気の証拠写真には、箱崎と香苗が腕を組んでシティホテルから出てくる姿が鮮明に写っていた。有働は不倫の証拠写真を箱崎の妻の目を盗み、一葉《いちよう》だけくすねた。

箱崎建築事務所に取って返し、所長に証拠写真を突きつける。人気建築家はみるみる蒼《あお》ざめ、香苗との不倫を認めた。

松浪が死んだ晩も、箱崎は都心のホテルで香苗と激しく求め合い、立石宅の近くまで車で送ったという。その後、香苗は夜道でストーカーに抱き竦《すく》められたのだろう。

不倫の件で彼女は松浪に脅され、デートに応じるよう求められていた。しかし、香苗は松浪の要求を受け入れる気はなかった。それで、ストーカーを強く突き飛ばしてしまったのだろう。

松浪が死んだことを知った香苗は、夫の立石勝に何もかも打ち明けた。慌てた立石は香苗のアリバイをまず用意しなければならないと考え、キャリア仲間に嘘の証言をしてもらった。そして、誰かの協力を得て、俠勇会宇神組の城島を身替り犯にしたのだろう。その後、第三者に城島を毒殺してもらったにちがいない。

有働は箱崎建築事務所を後にすると、立石宅にレンタカーで向かった。目的の場所に着いたのは午後五時過ぎだった。

黄昏《たそがれ》が迫っていたが、立石宅の門灯は点いていなかった。香苗は、まだ外出先から戻っていないようだ。

有働はプリウスを立石宅の二軒隣の生垣《いけがき》の際《きわ》に停め、そのまま張り込みはじめた。

三十分あまり待つと、大通りの方から香苗が歩いてきた。老舗《しにせ》デパートの紙袋を手に持っていた。

有働はプリウスを降り、路上に立った。

香苗が近づいてくる。有働は香苗に大股で歩み寄った。香苗が立ち止まった。

「何かご用でしょうか？」

「警視庁の者です。ストーカーの松浪等を突き飛ばして死なせたのは、あんただね？もちろん、松浪を殺す気はなかったんだろう。相手が運悪く倒れたときに路肩に頭を強打して、脳挫傷を負った」

「そのことでしたら、事件当夜、わたしにはアリバイがあります」

「そのアリバイが崩れたんだよ。松浪が死んだ夜、あんたは自宅にいなかった。夫のキャリア仲間が口裏を合わせて、あんたを庇ってくれたんだろうが、もう観念したほうがいいな。こっちは、あんたの不倫相手の箱崎亮の証言を得てるんだ」

「えっ、そんな……」

「このイケメン建築家が事件当夜、あんたとホテルで熱い一刻《ひととき》を過ごした後、車でこの近くまで送ったとはっきり証言したんだよ」

有働は上着のポケットから不倫の証拠写真を抓《つま》み出し、香苗の目の前に翳《かざ》した。

香苗の右手からデパートの紙袋が落ちた。茫然《ぼうぜん》と立ち尽くしたままだ。体が小刻みに震えはじめた。

「紙袋、落としたぞ」

「わたし、あのストーカーを殺すつもりはなかったんです」

「それはわかってるよ。隠蔽《いんぺい》工作を思いついたのも、旦那なんだろう。そいつもわかってるんだ。だが、協力者というか、共犯者の面《つら》が見えてこない。立石警視正自身が宇神組の組長に脅迫電話をかけて、身替り犯も用意しろと言ったわけはないよな？」

「誰が協力してくれたのか、わたしにはわからないんです。夫は自分がすべてうまく揉み消すからと言って、後は何も教えてくれなかったんですよ」

「そうか」

「わたしが傷害過失致死を認めたら、立石は出世コースから外されるでしょうね。それどころか、辞表を書かされることになるでしょう。そんなことになったら、わたしはきっと夫に殺されるわ。わたしのせいで自分の人生が台なしになってしまったと怒ってね」

「夫婦なんだから、旦那もそこまではしないと思うがな」

「わたしたち、法律上は夫婦ですけど、絆《きずな》なんてないの。心身ともに背中を向け合ってるんですから、なんの結びつきもありません。赤の他人と同じですよ」

「いや、何かで繋がってるはずだ」

「そう思いたいけど、繋がりなんてないの。わたしが松浪さんを過失で死なせたことを自供したら、立石はわたしを生かしてはおかないでしょう。わたし、夫に殺されたくない」

「奥さん、少し落ち着きなさいよ」

有働は言って、路面の紙袋を拾い上げた。

そのとき、香苗が急に身を翻《ひるがえ》した。立石の妻は何か叫びながら、大通りに向かって駆けはじめた。

「待てよ、奥さん！」

有働はデパートの紙袋を胸に抱え、香苗を追いかけた。香苗は全速力で走り、大通りに達した。少し遅れて、有働も大通りに出た。

車道の横断歩道は赤信号だった。香苗が左右を見て、横断歩道に飛び出した。横断歩道を渡り切る寸前、衝突音が鈍《にぶ》く響いた。

香苗が走行中のRV車に高く撥《は》ねられ、十メートルほど離れた車道に落下した。ブレーキ音が幾重《いくえ》にも重なった。

だが、間に合わなかった。倒れた香苗の体をコンテナトラックの片側のタイヤが轢《ひ》き潰《つぶ》した。もう生きてはいないだろう。

「なんてこった」

有働は舌打ちして、大通りに背を向けた。

立石宅の前に駆け戻り、デパートの紙袋を門柱に凭《もた》せかける。レンタカーの運転席に入り、エンジンを始動させた。

有働はシフトレバーに手を掛け、自分が動揺していることを感じ取った。

香苗をレンタカーの助手席に坐らせて四谷中央署に行き、立石警視正に迫る気でいた。立石の職場に急いだところで、無駄足になることに気がつかなかった。頭が混乱している証拠だ。

香苗の事故死は、じきに夫の耳に届くだろう。立石はただちに事故現場に駆けつけるにちがいない。

有働は車のエンジンを切って、大通りの手前まで歩いた。早くも交通課のパトカーが四台到着し、加害者から事情聴取中だった。

被害者の体はブルーシートですっぽりと覆われている。そのことは、香苗が生存していないことを物語っていた。

沿道には、夥《おびただ》しい数の野次馬が群れている。何人もの男女がスマートフォンのカメラで事故現場を動画撮影していた。

「てめえら、どういう神経してるんだっ。動画なんか撮《と》るな！」

有働は無神経な男女を怒鳴りつけながら、香苗の夫が事故現場に現われるのを待った。だが、一時間が過ぎても立石警視正は姿を見せなかった。

何か事情があったにせよ、到着が遅すぎる。立石は、まだ四谷中央署にいるのか。あるいは事故の所轄署に先に回ったのだろうか。自分が二つの所轄署に問い合わせるわけにはいかない。

有働はポリスモードの電源を入れ、上司の波多野に電話をかけた。

「おまえ、どこにいるんだ？」

「立石警視正の自宅の近くにいるんだ。おれが罠に嵌《は》められた理由《わけ》がわかったよ。十一カ月前のストーカーの死にまつわる隠蔽工作に気づいたんで、おれは呉許光《ウーシエクアン》に命を狙われ、妹の紅蓮《ホンリエン》殺しの犯人に仕立てられた。それから、立石の妻の香苗が事故死したよ」

「本当に事故死なのか？　誰かに口を封じられたんじゃないのか？」

波多野が言った。有働は経緯《いきさつ》をつぶさに喋った。

「そういうことか。おまえも覚悟してただろうが、紅蓮殺しの容疑者として逮捕令状が下りた。被害者の耳ピアスに有働の指紋《モン》が付着してたんだ。真犯人《ホンボシ》が偽造指紋シールを使って、有働を犯人に仕立てたんだろうな」

「くそっ」

「おまえが指名手配されたことは、まだ全マスコミに伏せてある。おれと保科巡査長は、有働は無実だと信じてる」

「嬉しいね。たった二人だけでも味方がいると、なんか心強いよ」

「おれたちは真犯人が捕まるまで有働を匿《かくま》うことにした。おれの名義で高円寺《こうえんじ》にリースマンションを借りた。これから、どこかで落ち合おう。その隠れ家におまえを案内する」

「二人の支えはありがたいが、おれは自分で決着をつけたいんだよ」

「有働、おまえは追われてるんだ。指名手配犯なんだぞ。単独捜査で、真犯人《ホンボシ》にたどり着けるわけない」

「やれるところまでやらせてくれないか。係長《ハンチョウ》、頼むからさ」

有働は刑事用携帯電話《ポリスモード》の電源を切った。波多野と志帆の優しさと正義感が胸を打った。上司や仲間の思い遣《や》りが心に沁《し》みる。

有働は不覚にも涙ぐみそうになった。

慌《あわ》てて目をしばたたく。少し経《た》つと、涙は引っ込んだ。上司の波多野に電話をしたのは、立石の居所を探ってもらうためだった。しかし、肝心なことを頼み損なってしまった。

有働は自分の額を軽く叩いた。

第五章　隠蔽《いんぺい》の綻《ほころ》び

1

勘は正しかった。

有働は、ほくそ笑《え》んだ。高輪署の表玄関から立石警視正が現われた。

かたわらにいる五十年配の制服警官は、所轄署の交通課長だろう。深刻そうな顔つきだ。

妻を喪《うしな》った立石は、それほど悲しみに打ち沈んだ様子ではない。

ストーカーの松浪を死なせてしまった香苗が亡くなったことで、むしろ胸を撫《な》で下ろしているのではないか。妻と死別しても、そのことはマイナス材料にはならない。かえって職場の人々には同情されるだろう。

有働は高輪署の駐車場に身を潜《ひそ》めていた。

午後八時過ぎだった。有働は上司の波多野に電話をかけてから、自ら四谷中央署に副署長の所在を確かめた。立石の友人と偽ったのだが、外出中であることしか教えてもらえなかった。

有働は、事故現場に姿を見せない立石が所轄署で妻の亡骸《なきがら》と対面すると見当をつけた。予想は的中したわけだ。

事故死の場合、轢殺《れきさつ》の疑いがなければ、基本的には解剖されない。遺体は一時的に所轄署に保管され、遺族に引き渡されている。

立石が腕時計に目をやり、交通課長と思われる男に何か言った。

相手が深々と頭を下げ、署内に戻った。どうやら立石は、葬儀会社の遺体運搬車を待っているようだ。香苗の亡骸はセレモニーホールに運ばれるのだろう。

有働は中腰で駐車場を抜け、立石に駆け寄った。肩口を引っ摑んで、署舎の脇の暗がりに引きずり込む。

「き、きみは誰なんだ⁉　おい、何者なんだっ」

立石が気色《けしき》ばんだ。

有働は無言でボディーブロウを放った。狙ったのは胃《ストマック》だった。的《まと》は外さなかった。立石が唸《うな》りながら、膝から崩れる。

有働は立石の胸倉を掴んで、荒っぽく立ち上がらせた。

「そっちの妻が車に撥《は》ねられる前に、ストーカーの松浪等を突き飛ばして死なせてしまったことを吐いたぜ。宇神組の組長に脅迫電話をかけて、身替り犯の城島を用意させたのは誰なんだ？　その野郎が城島の〝自弁食〟に毒物を混入させたのかっ」

「香苗は事件当夜、自宅にいたんだ。ストーカーの死にはなんの関わりもないよ」

「もうアリバイは崩れた。そっちがキャリア仲間たちに口裏を合わせてもらって、妻のアリバイ工作をしたことはバレちまったんだよ。死んだ香苗は不倫相手の箱崎亮と密会した後、自宅近くで松浪にまとわりつかれたんだ。殺意はなかったんだろうよ。けど、ストーカーを死なせてしまったことは犯罪になる」

「…………」

「何か言えよ。そっちは異性愛者じゃないことを四谷中央署の連中やキャリア仲間に教えてやるか。卑劣なやり方だがな」

「変なことを言うなっ。わたしはストレートだよ。だから、香苗と結婚したんじゃないか」

「同性にしか興味がないことを隠したくて、てめえは結婚したんじゃねえのか。え？」

「香苗をかけがえのない女性だと思ったから、彼女と結婚したんだ。無礼なことを言うなっ」

「嘘つけ！　仮面夫婦だったはずだ。そっちは新宿二丁目の『アポロン』で引っかけた美青年と同性愛者専用のラブホテルにしけ込んだ。おれは、この目で見てるんだよ」

「えっ⁉」

立石が絶句した。目を合わせようともしない。

「十一カ月前まで、おれはまだ本庁の組対《そたい》にいた。組員の城島がストーカー殺しの犯人として出頭したと聞いて、なんか釈然としなかったんだよ。で、事件のことをちょいと調べてみたんだ。その結果、城島はシロだという心証を得た。身替り犯と思われる城島が留置場で毒を盛られて死んだ。おれは、松浪がしつこくストーカー行為を繰り返していた立石香苗を怪しみはじめた」

「………」

「けど、そっちの妻のアリバイは立証されて、事件の真相は闇に葬られてしまった。何かおれはすっきりしなかったんで、警察学校で同期だった伴内繁樹に松浪の死について話したんだ。伴内も腑に落ちないと感じて、事件のことを洗い直してた。そっちは真相を暴《あば》かれたら、イメージダウンになると焦《あせ》った。それで、まず呉許光《ウーシェクアン》におれを射殺させようと企んだ。しかし、それは失敗に終わった。だから、呉許光の妹の紅蓮《ホンリエン》殺しの犯人に仕立てようとした。それだけじゃない。おれが新宿署員を抱き込んで、押収品の錠剤型覚醒剤〝ヤーバー〟をかっぱらったとも見せかけようとした。偽造指紋シールを使うことを思いついたのは、そっちなのか？　それとも、汚れ役を引き受けてくれた協力者が悪知恵を働かせたのかっ」

有働は椰子《やし》の実《み》のような膝頭で、立石の睾丸《こうがん》を蹴り上げた。立石が呻いて、頽《くずお》れそうになった。

有働は立石を引っ張り上げた。

そのとき、高輪署の若い制服警官が駆けてきた。片割れが有働の顔をまじまじと見た。

「あっ、指名手配中の有働力哉だ！」

「おれは罠に嵌められたんだ。誰も殺しちゃいない。四谷中央署の立石警視正が自分の妻の犯罪を隠蔽するため、おれを殺人犯に仕立てたんだよ」

「えっ、そうなんですか？」

別の制服警官が立石に確かめた。

「有働が言ったことは、でたらめだ。すぐ身柄を確保してくれ」

「はい」

二人の警官が相前後して特殊警棒を引き抜いた。

有働は素早く二人の首に腕を回し、頭と頭を強く鉢合わせさせた。その隙《すき》に立石は逃げた。追おうとしたが、間に合わなかった。

制服警官たちにS&W《スミスウエッソン》のM360Jを抜かれたら、逃げられなくなる。有働は二人の足を払い、高輪署の敷地から走り出た。数十メートル駆け、レンタカーに飛び乗る。

プリウスを急発進させ、ひとまず高輪署から遠ざかった。

都内に非常線が張られ、無数の検問所が設けられるだろう。

このままでは、逃げ切れない。有働は車を銀座に走らせ、変装用のハンチング、パーカ、黒縁眼鏡を買い求めた。『銀座ファイブ』のトイレで変装し、新宿署の名越隼人に電話をかける。

「おれは殺人犯に仕立てられ、指名手配されちまった」

「ええ、そのことは知っています」

「レンタカーやタクシーを使ったら、必ず検問に引っかかる。悪いが、覆面《メン》パトで都内を脱出させてくれねえか」

「わかりました。で、現在地は？」

「『銀座ファイブ』のトイレにいるんだ」

「それじゃ、四十分後に泰明《たいめい》小学校の前で落ち合いましょう。サイレン鳴らして、そちらに行きます。あまり動き回らないほうがいいでしょう」

名越が電話を切った。

有働は大便用ブースに入り、便坐カバーを下げた。便器に腰かけて、時間を遣《や》り過ごす。

トイレを出たのは九時四十分過ぎだった。泰明小学校は『銀座ファイブ』の近くにある。有働は外に出た。警官の姿は見当たらない。ひと安心する。

泰明小学校の校門の前には、黒いクラウンが停まっていた。

覆面パトカーだ。屋根の赤色灯は消えていた。

運転席には、名越が坐っている。有働はハンチングを目深《まぶか》に被り直し、クラウンに歩み寄った。ウインドーシールドを軽く叩いて、助手席に腰を沈める。

名越は警察無線の交信に耳を傾けていた。

「迷惑をかけて済まない」

「いいんですよ。有働さんはシロなんですから、傍観していられません。変装、上手ですね。かなり印象が違って見えますよ」

「そうかい」

「借りたレンタカーは？」

「日比谷の地下駐車場に置いてきた。もう見つかっちまったのかな」

「いや、まだ発見されてないようですよ。でも、そのうち見つかるでしょうね。銀座からは遠ざかったほうがいいだろうな。自分は単身用官舎住まいだから、有働さんを匿《かくま》ってやれません。母方の従兄《いとこ》が笹塚《ささづか》のアパートに住んでるんですよ。間取りは1Kですが、ロフト付きですので、そこに泊まることはできます」

「せっかくだが、そっちに迷惑をかけたくないんだ。錦糸町《きんしちょう》か浅草《あさくさ》あたりの安ホテルに今夜は泊まるよ」

「一般のホテルや旅館はもちろん、ビジネスホテル、ラブホテル、カプセルホテル、ネットカフェ、漫画喫茶、終夜営業のハンバーガーショップ、ドーナッツショップ、ファミレス、サウナはすべて危険だと思います。避けるべきですよ」

「そうだな。レンタルルームか、カラオケボックスあたりに身を潜めるほかないか」

「多分、そういう所も安全ではないでしょうね」

「だろうな」

　有働は吐息をついた。

「北新宿二丁目に解体直前の老朽化《ろうきゅうか》したマンションがあります。とっくに入居者は立ち退いて、もちろん電気や水道は使えません。各戸のドアノブも外されているんですが、ホームレスは住みついてません。夜間はだいぶ冷えると思いますが、この季節なら、凍《こご》え死ぬようなことはないでしょう。有働さん、そこで一日か二日過ごしてもらえませんか。その後は、ちゃんとした隠れ家《が》を必ず見つけますので」

「そこまで世話になろうとは思ってないが、今夜はその廃マンションの一室に身を潜めるか」

「そうしてください。ご案内します」

名越がクラウンを走らせはじめた。サイレンを高らかに響かせながら、覆面パトカーは一般車輌をごぼう抜きにしていく。

幹線道路のあちこちに検問所が設けられていた。パトロール中の警察車輌も、やたら目につく。だが、クラウンはノンストップで走りつづけた。

有働は助手席で無線の交信に耳をそばだてた。ポリスマニアたちの傍受《ぼうじゅ》を警戒してか、伝令には特殊な警察用語がちりばめられている。

レンタカーのプリウスは数分前に発見されたようだ。警視庁は、各局に手配犯が銀座周辺に潜伏している可能性があることを繰り返し伝えている。

「気になるでしょうから……」

名越が運転しながら、警察無線をオフにした。もっと交信に耳を傾けていたかったが、あえて有働は何も言わなかった。

覆面パトカーは赤坂見附から四谷を回り、靖国《やすくに》通りに入った。そのまま青梅街道を進み、成子坂下《なるこざかした》交差点を右折する。数十メートル先にコンビニエンスストアがあった。

「ちょっと買物をしてきますので、有働さんは車の中で待っててください」

名越がクラウンを停め、あたふたとコンビニエンスストアに駆け込んだ。

店から出てきたときは、両手に白いビニール袋を手にしていた。有働は膨《ふく》らんだ二つの袋を受け取った。中身は食料、飲料水入りのペットボトル、懐中電灯、使い捨てカイロなどだった。

「立て替えてもらったのは、いくらなのかな。三万もあれば足りるかい？」

「たいした出費ではありませんから、黙って受け取ってほしいですね」

「そうか。なら、厚意に甘えることにするよ」

「ええ、そうしてください」

名越が覆面パトカーを発進させた。

二つ目の角を左折すると、少し先の右側に四階建ての廃マンションがあった。エレベーターは設置されていない。出入口は封鎖されていた。

二人はクラウンを降りた。

名越が出入口のプリント合板をずらし、先にマンションの敷地に入った。有働は後に従った。

「各階に五室ずつあるんですが、一階の一室を使いますか？　一階のほうが踏み込まれたとき、逃げやすいでしょ？」

「いや、四階にしよう。一階だと、玄関とベランダの両方から捜査員が踏み込んできそうだからな。四階なら、ベランダが逃げ場になる。そっちのほうがいいだろう」

「なるほど、そうでしょうね」

二人は暗い階段を昇りはじめた。

四階に達すると、有働は奥の四〇五号室を選んだ。ドアを開け、懐中電灯を点ける。間取りは２ＤＫだった。

「わたしは署に戻ります。捜査当局の動きを知りたいでしょうから、スマホの電源は入れておいてくださいね」

「ああ、わかった。そっちを巻き込むつもりはなかったんだが、ごめんな。勘弁してくれや」

「有働さん、水臭いことを言わないでくださいよ。困ったことがあったら、自分のスマホを遠慮なく鳴らしてください。できる限りのことはさせてもらいます。それでは、いったん職場に戻りますので……」

名越隼人が四〇五号室から離れ、階段を駆け降りはじめた。

有働は四〇五号室に土足で上がった。手前のダイニングキッチンには、埃《ほこり》が分厚く溜《た》まっていた。ダイニングキッチンに接した居室《きょしつ》は四畳半の和室で、右側に押入れがある。ベランダ側の居室は六畳の洋室だった。

有働は奥の部屋の隅に腰を落とし、懐中電灯を手の届く場所に置いた。和室の底だけが薄明るい。

カーテンのない部屋は、どこか寒々しかった。

しかし、室内はそれほど冷え込んではいない。

有働は近くに置いたビニール袋から緑茶のペットボトルを取り出し、ふた口ほど喉に流し込んだ。コンビニエンスストアの袋の中には、安眠マスクも入っていた。名越の気《き》遣《づか》いが嬉しかった。

非常線を掻《か》い潜《くぐ》りながら、ふたたび立石に迫ることは容易ではないだろう。波多野や保科の力を借りるべきか。

有働は一瞬、気弱になった。しかし、自分の濡衣を立証できなかったら、波多野と保科に多大な迷惑をかけてしまう。ここで弱音を吐くわけにはいかない。

有働は自分を奮《ふる》い立たせ、ロングピースを吹かした。靴の底で煙草の火を揉み消し、肘枕《ひじまくら》で寝そべる。

瞼《まぶた》が次第に重くなってきた。有働は仰向けになって、目を閉じた。

寝入りそうになったとき、歩廊《ほろう》から小さな靴音が響いてきた。名越が戻ってきたのか。

そうではなさそうだ。四〇五号室に接近してくる者は忍び足だった。

刺客だろうか。それとも、捜査員か。

有働は跳《は》ね起き、懐中電灯を摑み上げた。スイッチを切り、和室との仕切り壁にへばりつく。押入れの真横だ。そこは死角になっていた。

靴音が熄《や》んだ。

四〇五号室のスチールドアが開けられた。

誰かが入室し、ダイニングキッチンに上がった。土足のままだ。

侵入者が和室に足を踏み入れた。有働は息を殺し、懐中電灯を逆手《さかて》に持ち替えた。

黒い人影が目の前を過《よぎ》った。

有働は相手の側頭部を懐中電灯の底で強打し、肩で弾《はじ》いた。怪しい男が短く呻いて、カーペットの上に転がった。

有働は懐中電灯のスイッチを入れた。

光輪の中に四十歳前後の男が浮かび上がった。初めて見る顔だ。両手に黒革の手袋を嵌《は》め、白い樹脂製の結束バンドを左手に握っている。商品名はタイラップだ。

本来は工具や電線を括《くく》る物だが、犯罪者たちは手錠の代用や絞殺具として使っている。その強度は針金並だ。

「結束バンドで、おれを絞殺するつもりだったようだな」

有働は言いながら、男の顔面を蹴り上げた。

相手が両手で顔面を覆って、転げ回りはじめた。有働は男の脇腹、腰、腿《もも》を容赦なく蹴った。男はのたうち回った。

「もう蹴らないでくれ。こっちも、三年前まで警察官《サツカン》だったんだ」

「そうかい。誰に頼まれて、おれを殺《や》りにきたんだっ。立石に雇われたのか？」

「違うよ。依頼人は別の者だ」

「上体を起こせ！」

有働は命じた。

男が肘を使って、上半身を支《ささ》え起こす。次の瞬間、闘牛のように頭から突っ込んできた。

残念だが、タックルは躱《かわ》せなかった。有働は尻餅《しりもち》をついてしまった。懐中電灯の光が揺れた。男が立ち上がって、ベランダに逃《のが》れた。

有働は起き上がり、男を追った。

男はベランダの柵《さく》によじ登り、隣室との仕切り板を跨《また》ぎかけていた。仕切り板を挟む形で、両方の足をコンクリート柵の上に掛けている。スラックスの裾が風に揺れていた。

有働はベランダを走り、両腕で男の片方の脚《あし》を押さえ込んだ。

「依頼人の名を吐かねえと、ベランダの下に落とすぞ」

「やめてくれ。警察庁の首席監察官の岸上陽平《きしがみようへい》さんだよ」

男が言った。三十四歳の岸上は、国家公務員一般職（旧Ⅱ種）試験合格者だ。いわゆる準キャリアだ。

準キャリアは全国で、およそ五十人しかいない。総合職試験（旧Ⅰ種）合格者たちのように、二十代で地方の所轄署の署長になれるわけではない。それでも、一般警察官《ノンキャリア》よりはずっと早く出世する。

立石たち六百数十人のキャリアが警察社会を支配している。準キャリアは、キャリアよりも格下だ。彼らは二つのタイプに分類される。格上のキャリアの主流派にひたすら取り入るタイプと逆にキャリアに反発するタイプのどちらかで、中立派は皆無と言ってもいい。

「岸上とは、どういう間柄なんだ?」

「池袋署の生安課で働いてたころ、おれは福建《フジェン》マフィアたちの違法ビジネスに目をつぶってやって、小遣いを稼いでたんだよ。それで本庁の人事一課監察に目をつけられ、警察庁の取り調べを受けたんだ。警察庁の首席監察官の岸上さんはこっちが三人の子持ちなんで、懲戒免職じゃなく、依願退職という形にしてくれたんだよ。そういう借りがあるんで、頼みを断れなかったんだ」

「岸上は、立石警視正と親しいんだな?」

「そのへんのことは、よくわからない」

「おまえの名は?」

「八雲《やぐも》満《みつる》だよ。あんたを始末できると考えたおれが甘かった。謝るから、勘弁してくれないか」

「こっち側のベランダに飛び降りろ」

「おれを半殺しにするつもりなんだな。もう赦《ゆる》してくれよ」

八雲と名乗った男が言いながら、右脚を引き抜こうとして暴《あば》れた。すぐにバランスを崩し、仰向けの状態で落ちていった。

数秒後、地べたに落下する音がした。落下音は鈍かった。

有働は懐中電灯を手にして、四〇五号室を走り出た。階段を下《くだ》り、マンションの裏庭に回る。

有働は懐中電灯のスイッチを入れ、裏庭を照らした。

八雲は枯れた雑草の中に倒れていた。首が奇妙な形に折れ曲がっている。微動だにしない。耳から血が流れている。すでに息絶えたようだ。

八雲は、なぜ有働が廃マンションの一室に隠れていることを知ったのか。尾行されていた気配はうかがえなかった。

新宿署の名越刑事が八雲を手引きしたのではないか。味方だと信じていた名越隼人が立石か岸上と通じていたとは意想外だった。背筋が冷たくなった。同時に、憤《いきどお》りも膨らんだ。

有働は懐からポリスモードを取り出し、電源を入れた。名越のポリスモードの電源は切られていた。

歯嚙みしたとき、正体不明の脅迫者から電話がかかってきた。

「きさまは不死身なんだな。伴内には、先にあの世に旅立ってもらった。彼を金属バットで撲殺《ぼくさつ》したのは、有働、おまえだ。凶器には、きさまの指掌紋がべったり付着してるよ」

「また偽造指紋シールを使いやがったな。変わり果てた伴内はどこにいるんだっ」

「現場にのこのこ行ったら、おまえは現行犯逮捕されるぞ。なにしろ伴内のそばには凶器のほかに預かってた警察手帳も落ちてるはずだからね」

「てめえら悪党どもを皆殺しにしてやる！」

有働は吼《ほ》えた。

「負けん気が強いね。しかし、きさまは呉紅蓮《ウーホンリエン》と伴内繁樹の二人を殺《や》ってしまったんだ。そう遠くない日に検挙《アゲ》られるだろう」

「それは、こっちの台詞《せりふ》だ。おれは一連の策謀の筋をもう読んだんだっ」

「だとしても、指名手配中の身では動きようがないだろう？」

「てめえは準キャリの岸上だなっ。キャリアの立石勝の代わりに汚れ役を演じてやって、恩を売っておこうって肚《はら》か。え？」

「もう話は終わりだ」

脅迫者が通話を切り上げた。

伴内は本当に殺されてしまったのか。そうなら、取り返しのつかないことになってしまった。どう償《つぐな》えばいいのか。

無力な自分が呪《のろ》わしかった。もう単独捜査では、真犯人を追いつめることはできない。

有働は波多野警部のポリスモードを鳴らした。

2

日付が変わった。

有働は、高円寺のリースマンションの居間にいた。上司の波多野が用意してくれた隠れ家だ。２ＬＤＫだった。三階の一室である。

この部屋に着いて、まだ十分も経っていない。有働は波多野に電話をし終えると、廃マンションを出て、第一都庁舎の前まで歩いた。

波多野に第一都庁舎の前で待てと指示されたのだ。しばらく待つと、上司は覆面パトカーで迎えに現われた。車は黒のスカイラインだった。

波多野は有働が助手席に乗り込むと、廃マンションの四階のベランダから転落死した八雲満の遺体が発見されたことを告げた。さらに新宿一帯に包囲網が張られた事実も明かした。

波多野は、間一髪で逮捕を免れた有働の運の強さに驚いていた。有働自身も、それは日頃から感じていた。

警察官になってから、命を落としそうになったことが十回はある。心肺停止に陥ったことさえあった。それでも死ななかった。強運の持ち主というよりは、悪運が強いのだろう。

有働は隠れ家に着くまで車の中で、逃亡中に調べ上げたことを波多野に何もかも語った。波多野は黙って聞いていた。そうこうしているうちに、このマンションに着いた。

波多野は有働をリビングソファに坐らせると、すぐに部屋を出ていった。覆面パトカーに搭載《とうさい》されている無線の交信を聴き、捜査当局の動きを探るためだった。

有働は伴内に関する情報も集めてほしいと頼んであった。謎の脅迫者が作り話をしたとは思えない。有働は第一都庁舎前で波多野を待つ間、何度も伴内のスマートフォンを鳴らした。しかし、いっこうに電話は繋がらなかった。

伴内は金属バットで撲殺されてしまったのだろうか。彼はどこで誰に殺害されたのか。それを一刻も早く知りたい。

有働はそう考えながら、紫煙をくゆらせはじめた。

ふた口喫《す》いつけたとき、新宿署の名越刑事のことが頭に浮かんだ。熱血漢の名越は、法律や道徳に縛られない生き方をしている有働を苦々しく思っていたのか。そうした反感があって、有働を警察社会から追放することに一役買ったのだろうか。

それとも、準キャリアの岸上に恩を売ってスピード昇進を狙う気になったのか。そうではなく、キャリアの立石の妻の犯罪の揉み消しに力を貸すことで、警察官僚たちに目をかけてもらいたいと願っているのだろうか。どちらにしても、名越隼人は敵側の人間だ。

有働は自分の甘さを恥じた。年齢の割には、人を見る目はあるつもりでいた。しかし、それはうぬぼれにすぎなかった。

有働は自嘲しながら、喫いさしの煙草の火を消した。

それから間もなく、波多野が部屋に戻ってきた。表情が硬い。

「新宿署は、おまえが廃マンションの四階のベランダから八雲満、四十一歳を投げ落としたと考えてるようだ」

「冗談じゃねえ。名越の野郎が何か嘘の証言をしたにちがいないよ」

「ああ、そうなんだろう」

「くそっ、あの野郎をぶっ殺してやる！」

「有働、落ち着くんだ」

「けどさ……」

有働は口を尖《とが》らせた。波多野が向かい合う位置に坐った。

「転落死した八雲は退職後、岸上首席監察官の世話で大手警備会社に就職したんだが、一年近く前に上司とぶつかって退職してる。その後は新興スーパーの保安係をやってたんだが、給料はひどく安かったようだ」

「金に困って、岸上の言いなりになったんだろうね。おれは岸上に個人的に恨まれるようなことはしてない。岸上は立石の窮地を救うことによって、優位に立とうとしてるんじゃねえかな。下剋上《げこくじょう》の歓《よろこ》びを味わいたくなったんだろう」

「そうなのかもしれない」

「準キャリは、キャリア連中より格下だからな。しかも少数派だ。キャリアと立場が逆転することはないわけだが、立石が妻の犯罪を隠蔽した事実を知って貸しを与えておけば、岸上は優位に立てるよね？」

「そうだな。しかし、逆のケースも考えられるんじゃないか。キャリアの立石は格下の準キャリの岸上に汚れ役を押しつけた、何か気を惹《ひ》くような話をちらつかせてな」

「それも考えられるね」

「そのへんのことは、おれと保科巡査長が調べ上げる」

「よろしく頼むね。係長《ハンチョウ》、伴内のことなんだが……」

有働は促《うなが》した。

「伴内繁樹の撲殺体は、世田谷の砧《きぬた》公園内で前夜十時前に発見された。金属バットで強打されたようで、頭部は大きく陥没し、左の眼球は潰れていたらしい。遺体のそばには、おまえの警察手帳が落ちてたそうだ」

「やっぱり、そうだったか。汚《きたね》えことをやりやがる。実行犯が誰かわからないが、そいつを雇ったのは警察庁《サッチョウ》の岸上首席監察官だろう。警察庁の人間なら、指紋データベースからおれの登録データを引き出して、偽の指紋シールも簡単に造れる。伴内を殺《や》った実行犯は凶器の金属バットに、おれの指紋と掌紋をべたべたとくっつけたにちがいない」

「ああ、そうだろうな」

「そいつが呉紅蓮《ウーホンリエン》を扼殺して、おれに濡衣を被せたんだろうね。呉許光《シエクアン》も、その野郎が仲間に手伝ってもらって、生きたまま霞ヶ浦に投げ込みやがったんじゃないか。岸上や立石が自分の手を汚すわけない。実行犯は金で雇ったアウトローだな」

「多分、そうなんだろう」

「係長《ハンチョウ》、岸上と立石を何とかこの部屋に連れ込んでくれないか。おれが二人をとことん痛めつけてやる。そうすりゃ、どっちかが口を割るだろう。キャリアも準キャリも暴力には弱いからね。ガキのころに一度も殴り合いの喧嘩なんかしたこともない優等生はすぐにビビって、必ず自白《ウタ》うって」

「有働、焦《あせ》るな。われわれは裏社会の人間じゃないんだ。合法的な捜査を重ね、犯罪者たちを捕まえる。それがルールじゃないか」

波多野が言い諭《さと》した。

「その通りなんだが、おれは殺人容疑をかけられたんだ。それも一件じゃなく、三件もさ。被害者のひとりは、警察学校で同期だった伴内だったんだよ。あいつには、さんざん迷惑をかけたし、世話にもなった。そんな伴内まで巻き添えにしてしまった。違法捜査でも何でもやって、早く伴内を成仏《じょうぶつ》させてやりたいんだ」

「おまえの気持ちはわかるが、部下を暴走させるわけにはいかないな」

「責任はおれが取るよ。係長《ハンチョウ》、車の鍵を渡してくれ。おれが覆面《メン》パトを走らせて、岸上と立石を生け捕りにする。早くキーを……」

有働は右腕を一杯に伸ばした。

「車の鍵《キー》は渡せない」

「なら、力ずくで奪《と》るしかないな」

「有働、本気なのか⁉」

「ああ」

「頭を冷やせ！」

波多野が声を張り、S&WのM360Jを取り出した。日本の警察の別注モデルだ。ブルー仕上げで、フレームは軽合金である。シリンダーはステンレス製だった。

警察官には、原則としてS&WのM360Jかシグ・ザウエルP230Jが貸与される。女性刑事は自動拳銃の携帯を認められていた。

「係長《ハンチョウ》、悪い冗談はやめてくれ。シリンダーは空っぽだよね？」

「いや、五発装弾してある」

「けど、撃つ気はないよな。ただの威《おど》しだろ？」

有働は問いかけた。

波多野が無言で撃鉄《ハンマー》を掻《か》き起こした。輪胴型弾倉《シリンダー》がわずかに回った。

「マジかよ」

有働は肩を竦《すく》め、波多野の右手首を両手で掴んだ。銃口を天井に向け、S&WのM360Jを奪う。

「車のキーを出してくれ」

「出さなきゃ、引き金を絞るか？」

波多野は少しも怯《おび》えていない。有働はハンマーをゆっくりと押し戻し、シリンダーを左横に振り出した。弾倉には一発も装塡《そうてん》されていなかった。

「なんだよ、係長《ハンチョウ》！　てっきり発砲されると思ったよ」

「おまえを撃てるわけないだろうが。しかし、どうしても車のキーを出せと言うなら、前手錠を打つ。公務執行妨害だ」

波多野が笑顔で告げた。

有働はシリンダーを戻し、S&WのM360Jをコーヒーテーブルの上に置いた。波多野が小型リボルバーをホルスターに収め、ソファから立ち上がった。

「帰るの？」

有働は訊いた。

「今夜は、おれもここに泊まる。もちろん、部屋は別々だ。冷蔵庫に缶ビールを一ダースほど入れてある。つまみも、いろいろ買っておいたよ」

「そいつはありがたいね。素面《しらふ》だと、怒りが鎮《しず》まりそうにないんだ」

「アルコールで激した感情を少しなだめたほうがいいな。一緒に寝酒を飲もうじゃないか」

波多野がダイニングキッチンに移り、手早く酒の用意をした。有働は手伝う気になって、ソファから腰を浮かせた。

「おまえは坐ってろ」

波多野が手で制し、大きな洋盆《トレイ》を持って居間に戻ってきた。缶ビールが六本と四、五種のオードブルが載《の》っていた。

二人は差し向かいで、ビールを飲みはじめた。有働はミックスナッツ、裂《さ》き烏賊《いか》、棒チーズ、柿の種の袋の封を切って、紙皿に盛り付ける。

「ここにシングルマザーがいれば、手造りのオードブルを二、三品こしらえてくれたんだろうがな」

「保科巡査長は、翔太君を連れて朝早くこの部屋に来ることになってる」

「彼女、ここに泊まり込んで、おれの世話をしてくれるわけ⁉　そいつは嬉しいな」

「早とちりするな。何日か泊まるのは翔太君だけだ。きょうから、保育所は改修工事で五日ほど休みになるらしいんだよ。おまえは翔太君の面倒を見ながら、この部屋でおとなしくしててくれ。おれと保科巡査長が一連の事件の首謀者を突きとめる」

「保育所が臨時の休みになったというのは、もっともらしい嘘なんだろ？　おれがこっそり部屋を抜け出して動くのを防ぐために、翔太君を見張り役にしたわけだよね？」

「考えすぎだよ。保育所は本当にきょうから、改修工事がはじまるんだ。いいから、寝酒を飲め！」

波多野が言って、ぐびぐびと缶ビールを飲んだ。有働も釣られてビールを呷《あお》った。

二人は、たちまち三缶ずつ飲んでしまった。

「なんか飲み足りねえな」

有働はソファから立ち上がって、冷蔵庫に残っていた六缶をそっくり取り出した。居間に戻り、またビールを傾けはじめる。

やがて、一ダースの缶ビールがなくなった。有働たちはそれぞれ別室で横になった。

午前三時近い時刻だった。

有働は五分も経たないうちに寝入った。波多野に叩き起こされたのは、午前八時過ぎだった。

居間に移ると、志帆と翔太が並んで長椅子に腰かけていた。こちら向きだ。

「何かと心配をかけたな。係長《ハンチョウ》やそっちを巻き添えにはしたくなかったんだが、自分ひとりじゃ片をつけられそうもなかったんでさ」

有働は志帆に声をかけた。

「賢明なご判断だったと思います。事後承諾《じごしょうだく》になってしまいますけど、何日か翔太の世話をお願いしますね」

「ああ、任《まか》せてくれ。翔太君、なんか不機嫌そうだな。いつもよりも早く起こされたせいかい？」

「ママ、本当に保育所は改修工事で休みになったの？　ぼく、先生から何も聞いてないよ」

翔太が有働を無視して、母親に問いかけた。と、志帆が息子の頭を軽く叩いた。

「有働さんにちゃんと返事をしないと失礼でしょ！」

「でっかいおじさんだって、ママに偉そうな口をきいてる。なんか感じ悪いよ。ぼく、有働のおじさんはあんまり好きじゃないんだ。不良っぽいし、頭もよくなさそうだからさ」

「こら、翔太！」

「波多野のおじさんは大好きだよ。優しいし、頭もいいから。顔もいいよね、有働のおじさんより」

「翔太、有働さんに謝りなさい」

「いいんだ。子供は正直だな。思ってることをそのまま喋っちまう。いっそ気持ちがいいよ。謝ることなんかないさ」

有働は言った。

「でも……」

「おじさん、ごめんね！」

翔太が有働に顔を向けてきた。

「謝ってくれたんだ？」

「うん、そう。おじさんの悪口ばかり言っちゃったけど、喧嘩は強そうだよね。それって、男の場合は自慢になることじゃない？」

「そうかな」

「絶対にそうだって」

「だけど、波多野のおじさんのほうが好きなんだろ？」

「ま、そうだね。ママも波多野のおじさんのことは嫌いじゃないと思うな」

「翔太、いい加減にしなさい。生意気なことばかり言ってると、ママ、怒るわよ」

志帆が息子を叱《しか》り、目顔で有働と波多野に詫びた。困惑顔だった。

「ママは午前四時過ぎに起きてさ、サンドイッチやおにぎりをたくさん作ったんだよ。それから鶏《とり》の唐揚げ、海老フライ、サラダなんかもね」

「ええ、そうなんです。みんなで食べましょうよ」

志帆がビニールの手提《さ》げ袋の中からプラスチック容器を次々に取り出し、コーヒーテーブルの上に並べた。二つのポットには、緑茶とコーヒーが入っているらしい。

「せっかくだから、ご馳走《ちそう》になろう。有働、早く顔を洗ってこい。こっちは、もう洗顔を済ませたんだ」

波多野が言った。

有働は洗面所に向かい、冷たい水で顔を洗った。すぐに居間に戻り、サンドイッチを口に入れる。シンプルなハムサンドだったが、格別にうまく感じられた。志帆の手造りだからだろう。

「リュックの中に翔太の洗面用具や着替えが入っています。食事は出前でもかまいません。差し当たって、どのくらい食事代をお渡ししておけばいいでしょうか？」

志帆が有働に訊いた。

「よそよそしいことを言うなって。翔太君の食事代なんか、当然おれが払うよ。それより係長《ハンチョウ》と早く真犯人《ホンボシ》を割り出してくれ」

「ええ、頑張ります」

「おれが調べ上げたことは、すべて係長《ハンチョウ》に話してあるよ」

「わかりました」

「翔太君、有働のおじさんと一緒に待っててね。ママとおじさんは悪い奴を見つけ出して、早く捕まえなきゃならないんだ」

波多野が柔和な顔で言った。翔太が大きくうなずいて、海老フライを食べはじめた。

やがて、四人は朝食を摂《と》り終えた。

「翔太、有働さんを困らせないでよ」

志帆が愛息に言って、波多野と一緒に部屋を出ていった。それから数分経つと、翔太の瞳が涙でみるみる盛り上がった。

「ママがいなくなったんで、心細くなったか。無理ねえよな。まだ四つなんだからさ。寂しいときや悲しいときは、思いっきり泣きな。うーんと涙を流せば、少しは気持ちが楽になるから」

「違うもん」

「え？」

「ママが行っちゃったから、寂しくて泣いたんじゃないよ。ぼく、悔《くや》しくなって泣きそうになったんだ」

「どういうことなんだい？」

有働は問いかけた。

「先月さ、保育所に将大《まさひろ》って子が新しく入ってきたんだ。その子は五つなんだけどね、すごく威張《いば》ってるんだよ。ぼくを家来《けらい》にしようと思って、命令ばかりしてるんだ」

「腕白坊主なんだな、そいつは」

「ただのいじめっ子だよ、将大なんて。あいつはぼくが言うことを聞かないと、すぐに突き飛ばすんだ。ぼくはタックルしてやるんだけど、そうすると、将大はものすごく暴れるんだよ。先生が注意しても、ずっとぼくに馬乗りになったままなんだ。それでね、顔に唾《つば》をかけてくるんだよ。肘《ひじ》で上瞼《うわまぶた》をごりごりとやることもある。ぼく、いつも将大に負けてることが悔しくなって、涙が出そうになっちゃったんだよ」

「ママがいなくなって、べそをかきそうになったわけじゃないんだ？」

「そう。ぼくは男の子だから、ママがいなくなったって、泣いたりしないよ。弱虫じゃないからさ」

「そうだよな」

「ぼく、どうしても将大をやっつけたいんだよ。あいつはね、女の子もいじめてるんだ。女をいじめる男は最低だって、いつもママが言ってる。おじさん、そう思うよね？」

翔太が相槌《あいづち》を求めてきた。

「そうだな。そういう奴は屑《くず》野郎だ」

「ごみたいなもんなんだね？」

「ううん、ごみ以下だな」

「へえ、将大はごみ以下なんだ。だったら、怖くないや。おじさん、喧嘩の仕方を教えてよ。タックルだけじゃ、将大に勝てなそうなんでさ」

「よし、翔太君を強い男にしてやろう。おじさんが教えた通りに反撃すれば、必ず喧嘩には勝てるようになるよ。さ、立って！」

有働は志帆の息子をソファから立ち上がらせ、まず防御《ぼうぎょ》の仕方から伝授しはじめた。

「相手が蹴ってきたら、いったん後ろに退《さ》がって、すぐに体当たりすればいいんだね？」

「そう。相手が倒れなかったら、パンチかキックを素早く放つんだよ。それで、たいてい相手は倒れる」

「倒れなかったら？」

「そしたら、得意のタックルで引っくり返してやれよ」

「うん、わかった。相手が棒を振り回したときは、どうやればいいの？」

翔太が矢継《やつ》ぎ早《ばや》に質問してくる。

「間合《まあ》いを一気に詰めるんだよ」

「その言葉、わからないよ。どういう意味？」

「間合いというのは、相手との距離のことなんだ。素早く相手に接近して、振り下ろした棒がまともに当たらないように片腕で相手の棒を受けながら、足払いを掛けたり、肩口を摑んで引き倒すんだよ。相手が倒れたら、膝頭で首、肩、背中、腰のどこかを強く押さえ込む。それで勝負はつく。口で説明するよりも、実際にやってみよう」

有働は手取り足取りしつつ、実戦のテクニックを次々に指導しはじめた。

3

目の前を捜査員が通り抜けた。

町田署の神崎刑事だった。波多野は、相棒の志帆を立ち止まらせた。リースマンションのエントランスロビーである。

「波多野さん、どうしたんですか？」

「いま外に出るのはまずい。町田署《おたく》の神崎刑事が、このリースマンションの前を通り抜けていったんだ」

「えっ、気づきませんでした」

「もしかしたら、昨夕あたりスカイラインに電波発信器か現在位置測定システム《GPS》を装着させたのかもしれない。野中署長と田丸刑事課長は有働をクロと思ってるからな」

「波多野さんはシロだと見てるんで、署長たちは……」

「ああ、こっちが有働の逃亡に手を貸すかもしれないと警戒する気になったんだろう」

「覆面パトカーに電波発信器かGPS端末を取り付けられてたら、このリースマンションの三〇三号室に有働さんが潜伏してることはもう覚《さと》られてるんでしょうね?」

志帆が言った。

「そう思ったほうがいいだろうな」

「どうしよう⁉」

「うろたえるな。こんなこともあろうかと思って、吉祥寺《きちじょうじ》のリースマンションも借りておいたんだ」

「さすが波多野さんですね」

「きみは三〇三号室に戻って、待機しててくれ。こっちはスカイラインを何キロか走らせて、電波発信器かGPS端末を路上駐車中の乗用車に装着する。そうすれば、尾行を撒《ま》けるだろう」

波多野は相棒がエレベーターに乗り込んでから、アプローチに足を向けた。

植え込みの陰から、通りをうかがう。神崎の姿は見当たらない。追跡車輛に戻ったようだ。その車は、リースマンションの近くに潜《ひそ》んでいるにちがいない。

波多野は通りに出て、路上に駐《と》めてある黒い覆面パトカーに自然な足取りで近づいた。スカイラインの横で屈《かが》み込む。靴の紐を結び直す振りをしながら、車体の下を覗き込む。案の定《じょう》、リアバンパーのそばに磁石式の電波発信器が装着されていた。文庫本ほどの大きさだ。

警察が採用している車輌追跡装置のレーダーは、十数キロ全域の発信電波を捉《とら》えられる。電波発信器を取り外さないと、間違いなく有働は身柄を確保されるだろう。容疑者の逃亡を手助けした波多野と志帆も逮捕されるはずだ。

自分は罪人になってもかまわない。しかし、シングルマザー刑事に検挙歴があったら、職業は限定されてしまうのではないか。子育ても、ままならなくなるにちがいない。

波多野はスカイラインに乗り込み、東中野まで走らせた。裏通りに入ると、路上に乗用車や商用車が何台も連《つら》なっていた。

波多野は覆面パトカーを停めた。ハンカチを使って、スカイラインから電波発信器を取り外した。それを路上駐車中のレクサスの車体に装着する。マグネットタイプの電波発信器は勢いよく車台《シャーシー》に吸いついた。

波多野は覆面パトカーで高円寺に引き返した。

リースマンションの三〇三号室に行くと、有働と翔太は待機していた。翔太はリュッ電波発信器のことを有働に話す。緊張した面持《おもも》ちだった。

「おれは、また単独で動く」

有働が言った。

「係長《ハンチョウ》、もう充分だよ。ここで別れよう。

「何を言い出すんだ⁉」

「捜査本部《チョウバ》はスカイラインに電波発信器を仕掛けて、このリースマンションを突きとめたにちがいない。三〇三号室を借りたのが係長《ハンチョウ》だって、じきに調べ上げるだろう。これ以上、係長《ハンチョウ》や保科に迷惑かけられない」

「有働、おれも保科巡査長ももう同じボートに乗って、オールを漕《こ》ぎだしたんだ。運命共同体なんだよ。ボートは川を下って大河を抜け、広くて自由な海に向かってるんだ」

「しかし……」

「おれたち二人は、おまえのことを信じてるから協力してるんだ。疑ってたら、手なんか貸さなかったよ。きみも同じだよな？」

波多野は志帆を顧《かえり》みた。

「はい。町田署《うち》の署長と刑事課長は有働さんをクロだと極《き》めつけていますが、予備班長の任に就《つ》いた安西強行犯係長の心証はシロなんですよ」

「それは本当なのか？」

有働が志帆に訊いた。

「ええ。それだから、安西係長はわたしと波多野さんのペアに報告を上げてくれとは一度も言わないんですよ。自由に真犯人捜しをさせてくれてるんです。わたしたちは有働さんの交友関係を洗って、潜伏先を突きとめると安西係長に言ってあるんですけど、聞き込みの経過報告を求められたことはないの」

「安西さんは、われわれの味方だよ。野中署長や田丸刑事課長の手前、おおっぴらに自分の心証を語ったりしないがな」

波多野は補足した。

「係長《ハンチョウ》、捜査一課《うち》の課長や馬場管理官はおれのことをどう思ってるのかな?」

「二人とも、おまえのことを重参《じゅうさん》とか被疑者とは思ってないだろう。ただ、所轄の署長が令状《オフダ》を取ってるし、立件材料もあるんで、強くは抗議できないんじゃないか」

「味方が何人かいるんだな」

「ああ、その通りだ。だから、おまえはじっとしててくれ」

「わかったよ。吉祥寺のリースマンションに連れてってくれないか」

有働が言って、翔太の肩に太くて長い腕を回した。

波多野は最初に三〇三号室を出た。志帆、有働、翔太と一緒にエレベーターで階下に降り、通りの左右を確認する。気になる人影は目に留《と》まらない。胸を撫で下ろす。

有働と翔太を覆面パトカーの後部坐席に押し込んでから、波多野は助手席に入った。早くも志帆はハンドルを握っていた。

吉祥寺のリースマンションに着いたのは、午前十時半過ぎだった。マンションは八階建てで、井《い》の頭《かしら》公園のそばにあった。借りた部屋は六〇一号室だ。間取りは2LDKだった。

四人は六〇一号室に落ち着いた。家具付きのリースマンションだ。冷蔵庫が備えられ、ガスや水道も使える。

「連絡を密《みつ》に取り合おう」

波多野は有働に言って、十一時数分前に志帆と六〇一号室を出た。スカイラインに乗り込む。

波多野は助手席に坐ると、新宿署生活安全課に電話をかけた。

受話器を取ったのは課長だった。親しくはなかったが、面識はあった。五十三、四歳で、広瀬《ひろせ》光輝《みつてる》という名だった。

「名越刑事にちょっと確認したいことがあるんですよ。もう出署してますよね？」

「あいにく非番なんですよ。西新宿の待機寮でごろごろしてると思います。名越が何か犯罪に関与してるんでしょうか？」

「そうではありません。名越君は警察庁《サッチョウ》の岸上陽平首席監察官と親しいんでしょ？」

「名越は岸上さんの高校の後輩なんです。二人は島根県の出身なんですよ。そんなことで、名越は準キャリアの岸上さんに目をかけられてるんです。彼もわたしと同じでノンキャリア組ですが、出世は早いと思いますよ」

「準キャリの岸上首席監察官は、まだ三十四、五でしょ？　そんなに力があるのかな？」

「彼はツルがいいんですよ」

「そうですか」

波多野は短い返事をした。

ツルとは、人脈やコネを意味する警察社会の隠語だ。よくも悪くも警察は派閥に属していないと、いずれ疎外《そがい》感を味わわされることになる。

寄らば大樹タイプは、本庁でも所轄署でも最大派閥に擦《す》り寄る。そうしなければ、昇進のチャンスを摑めないからだ。出世欲の強い警官は茶坊主に徹し、常に勝ち馬に乗ることを考えているのだろう。

「警察庁の岸上さんは準キャリですが、本庁の飯塚《いいづか》保《たもつ》警務部部長にかわいがられてるんですよ。警務部長はキャリアの出世頭で、何年か先には副総監になると噂されてる方ですからね」

「警視総監になりそうだな、将来は。切れ者だし、面倒見もいいからね。わたしよりも二つ年上だが、風格が違う」

「真偽を確かめたわけではありませんが、準キャリの岸上さんはキャリアの親睦会『勇者の輪』の会合にも、ちょくちょく出席してるって話ですよ。正規の会員資格はないわけですが、飯塚警務部部長の引きで、岸上さんは特別会員にしてもらったんじゃないのかな」

「飯塚部長と岸上首席監察官とは仕事上で接点はないはずだが……」

「それはないですね。それなのに、飯塚部長は岸上さんに特別に目をかけています。なんか勘繰《かんぐ》りたくなっちゃいますよね。あっ、いまのは冗談ですので」

広瀬が早口で付け加えた。

飯塚部長は、首席監察官の岸上に何かスキャンダルを知られてしまったのではないか。それで、格下の準キャリアを特別扱いしているのかもしれない。

「そういうことなんで、うちの名越も岸上さんに擦り寄ってるんでしょう。彼は正義漢ぶってますが、なかなかの曲者《くせもの》みたいです。裏社会の奴らから〝車代〟をせしめてる風俗刑事《デカ》から小遣いをせしめてるって噂が流れたことがあるんですよ。結局、尻尾《しっぽ》を摑むことはできませんでしたが、要注意人物ですね。個人的には嫌いな部下です。だいたい正義感を振り翳《かざ》したり、善人ぶってる奴はどこか胡散《うさん》臭いでしょ？」

「ま、そうですね。名越君は、四谷中央署の立石副署長ともつき合いがあるんですか？」

「そういう話は聞いたことがありませんね。その立石という方もキャリアで、確か母方の伯父が警察官僚出身の国会議員だったんじゃないのかな。ええ、間違いありません。飯塚警務部部長は、立石氏の伯父の芦川伸輔《あしかわしんすけ》氏に目をかけられてたはずです」

「そうなんですか」

「名越が何か悪さをしてるんだったら、遠慮なく検挙《アゲ》てくれて結構です」

「よっぽど嫌いな部下なんですね。とりあえず単身用官舎に行ってみます。情報、ありがとうございました」

波多野は電話を切って、志帆に広瀬との遣《や》り取りを伝えた。

「ありがたい情報ですね。いい、からくりが透けてきました」

「きみの筋読みを聞かせてもらおう」

「はい。岸上首席監察官はキャリアの飯塚警務部部長の何か不正か醜聞《スキャンダル》を揉み消してやって、キャリアの親睦会『勇者の輪』の会合に顔を出せるようになった。弱みを握られた飯塚部長が準キャリの岸上を自分たちと同格に扱ってやれと後輩の警察官僚に言ったんでしょうね」

「それ、考えられるな。先をつづけてくれないか」

「わかりました。飯塚部長は、国会議員の芦川氏の子飼いだったんでしょう。芦川氏の甥《おい》である立石勝の妻の香苗が十一カ月前のある夜、ストーカーの松浪等を死なせてしまった。そのことを知った飯塚部長は、警察庁の岸上首席監察官に芦川氏の甥の妻の犯罪を隠蔽するよう頼み込んだ」

「岸上は飯塚と立石に恩を売るチャンスだと算盤《そろばん》を弾《はじ》いて、身替り犯の城島賢次を高輪署に出頭させ、高校の後輩の名越に和食弁当に青酸化合物を混入させた？」

「ええ、そうだったんでしょうね。ストーカーの死の裏に何かあると睨んだ有働さん、それから伴内さんを生かしておいたら、隠蔽工作はいつか暴かれることになるかもしれない。敵はそんな強迫観念に取り憑《つ》かれて、上海マフィアの一員の呉許光《ウーシェクアン》に有働さんを撃ち殺させようとした」

「しかし、それは失敗に終わった。それで今度は、有働を呉紅蓮《ホンリエン》殺しの犯人に仕立てようとした。そういう筋読みだね？」

「はい。有働さんは指名手配されても、なかなか捕まらない。敵は焦《じ》れて、次に有働さんが伴内さんを撲殺したと細工をしたんでしょうね。現場に有働さんの警察手帳を置いたりして。それから、凶器の金属バットには有働さんの指掌紋が付着してたって話でした。また偽造指紋シールが使われたことは間違いないと思います」

「そうだろうね。さっき広瀬さんに探りを入れるべきだったな、北新宿の廃マンションの四階のベランダから転落死した元刑事の八雲満のことを」

「今朝《けさ》のテレビニュースでは、単なる事故死だろうと報じてましたよ」

「そうか。八雲を手引きしたと思われる名越は、有働を抹殺できると思ってたんだろうが、意外な展開になって、戸惑ってるんだろうな」

「ええ、そうだと思います」

志帆が応じた。

「陰謀の構図は確かに透けてきたが、まだ謎は残ってる。有働殺しを呉許光に依頼したのは、いったい誰だったのか。岸上が新宿署の名越経由で、殺しの依頼をしたんだろうか。名越は生安課の刑事《デカ》だ。上海マフィアのメンバーの何人かとは面識があるだろうからな」

「ええ、そうですよね。だけど、呉紅蓮を消さなければならない理由がわからないんですよ。本庁の飯塚警務部部長は呉《ウー》兄妹に何か秘密を知られてしまったのかしら?」

「そうなのかもしれないぞ。呉紅蓮《ホンリエン》は以前、歌舞伎町の上海クラブで働いてたんじゃないのかな?」

波多野は刑事用携帯電話を取り出し、有働に確かめた。勘は正しかった。

「係長《ハンチョウ》、呉兄妹に本庁の飯塚部長の女性関係のスキャンダルを知られちまったんじゃねえか。それ、考えられるな。福建省出身の楊《ヤン》って情報屋を知ってるから、ちょいと電話で訊いてみらあ」

有働が電話を切った。

数分待つと、コールバックがあった。

「歌舞伎町のさくら通りにある『来香《ライシャン》』って上海クラブのママの王莉菲《ワンリーフィ》のパトロンは日本人の四十代半ばの男だって噂があるらしい。そいつが飯塚だったら、呉兄妹を始末させたのは本庁《うち》の警務部部長臭《くせ》いな。楊の話によると、その店のホステスたちは日本人の高齢者たちと偽装国際結婚してるらしいんだ。飯塚がホステスたちの不法入国に便宜《べんぎ》を図ってたんじゃねえの?」

「呉兄妹がそこまで知ってたとしたら、いずれ消されることになるだろうな」

「ああ。飯塚が準キャリアの岸上に呉兄妹を始末させたんじゃないのかね。いや、待てよ。準キャリの岸上も、てめえが直《じか》に殺し屋探しはしないな。岸上は、新宿署の名越に実行犯を見つけさせたんだろう」

「そうなのかもしれない。おまえにボイス・チェンジャーを使って脅迫電話をかけたのは、岸上なんだろう」

「ああ、おそらくね。警察官僚《キャリア》どもは根が臆病《おくびょう》だから、なるべく表面には出たがらないものだから」

「そうだな。まず名越の動きを探ってみよう」

「係長《ハンチョウ》、まどろっこしいよ。名越なんて雑魚《ざこ》は相手にしないで、首席監察官の岸上を揺さぶってくれないか。準キャリだって、根は小心者だよ。とことん締め上げりゃ、落ちるって」

「物には順序ってものがある」

「係長《ハンチョウ》、敵が準キャリやキャリアだからって、まさかビビってるんじゃないよね？」

「おれがそんな腰抜けに見えるかっ」

「悪気はなかったんだよ」

「心配するな。証拠が揃ったら、おまえと伴内繁樹の仇《かたき》は討ってやる」

波多野はポリスモードの通話終了ボタンをタップして、志帆に覆面パトカーを発進させた。

西新宿の警察寮に着いたのは小一時間後だった。

波多野は先にスカイラインを降り、独身寮に足を踏み入れた。受付のブザーを鳴らすと、寮長が姿を見せた。四十代半《なか》ばの男だった。

「名越君を呼んでくれないか」

波多野は刑事であることを明かし、寮長に頼んだ。

「今朝九時過ぎにキャリーケースを持って、あたふたと寮を出ていきましたよ。田舎にどうしても帰る用事ができたと言っていましたが、妙に顔つきが暗かったな。名越君、何かやらかしたんですか？　彼は真面目そうに見えますが、いろんな面でルーズなんですよね。門限は守らないし、先輩の寮生にも横柄な口をきいたりするんです」

「そう」

「でも、誰も名越君には面と向かっては文句を言わないんですよ。彼は高校の先輩に当たる準キャリに目をかけられていますので」

「その準キャリというのは、首席監察官の岸上のことですね？」

「ええ、そうです。岸上さんは三十代前半なのに警務部部長にも対等な口をきいてるって話ですよ。本庁の警察官僚の偉い方に岸上さんはかわいがられているらしいんです。

準キャリアの上司にタメ口《ぐち》をきけるっていうんですから、岸上さんは上層部のどなたかの弱みを押さえているんでしょう。エリート官僚だって、聖人君子ってわけではありません。何か後ろ暗いことをしてる方もいるんでしょう」

「だろうね」

「警察の中の警察と呼ばれてる首席監察官たちは、ある意味では警視総監や警察庁長官よりも怖い存在です。偉い方たちも無下《むげ》には扱えないんでしょう」

「そうだろうな。どうもお邪魔しました」

「どういたしまして」

人の好《よ》さそうな寮長が右手を横に大きく振った。いつの間にか、斜め後ろには志帆が立っていた。

「警察庁《サッチョウ》に回ろう」

波多野は相棒に耳打ちして、独身寮の玄関を先に出た。

4

罠を仕掛ける気になった。

波多野は、そのことを運転席の志帆に告げた。覆面パトカーは、中央合同庁舎第2号館の通用口の近くに停車中だった。

第2号館には、警察庁や国家公安委員会のオフィスがある。警視庁本部庁舎に隣接しているビルだ。

あと数分で、午後五時になる。警察庁は警視庁とは異《こと》なり、人の出入りが少ない。一般の省庁と同じく、職員の大半は日勤だ。夕方には退庁する。

岸上が庁舎内にいることは確認済みだ。張り込む前に波多野はテレビ局の局員を装って庁舎の二階にある広報室に電話をかけ、特別監察官たちに匿名取材させてもらいたいと申し入れたのである。

当然ながら、取材は拒否された。そのとき、岸上首席監察官が自席に着いていることを確かめたわけだ。

「どんな罠を仕掛けるんですか？」

志帆が訊いた。

「有働が新宿中央公園のホームレスたちに匿《かくま》われてるという偽情報《ガセネタ》を流して、岸上の反応を探るんだよ。何らかのリアクションを起こすだろう」

「岸上自身が新宿中央公園に行くでしょうか？」

「いや、本人は動かないだろうな。しかし、誰かに確認に行かせると思うよ」

「そうでしょうね」

「自分のポリスモードを使うわけにはいかないんで、公衆電話で岸上に嘘の情報を流すよ。ちょっと行ってくる」

波多野はスカイラインを降りた。

暮色が漂いはじめていた。中央合同庁舎第2号館の裏手に電話ボックスがあった。波多野はボックスに入ると、丸めたハンカチを口に含んだ。

警察庁の代表番号をプッシュし、電話を岸上に回してもらう。

「岸上です。どなた？」

「わたし、都内の某所轄署の刑事課に勤務している者です。自己紹介は省《はぶ》かせてもらいます、密告《チクリ》なんで」

「密告の内容は？」

「殺人容疑で指名手配中の有働力哉は、都内に潜伏してますよ」

「奴は、有働はどこに隠れてるんだ？」

「新宿中央公園です。ホームレスたちの段ボールハウスに泊めてもらっています」

「中央図書館のある北側の公園に住みついてる宿なしたちに有働は匿われてるのか？」

岸上が問いかけた。

「いいえ、淀橋《よどばし》給水所のある南側の公園のホームレスたちに匿われています」

「都庁の第二本庁舎の真裏にある公園のほうだね？」

「はい、そうです」

「南公園のどのへんの段ボールハウスに隠れてるのかな。十二社《じゅうにそう》通り寄りにジャブジャブ池があったと思うが、そのあたり？」

「有働は、いろんな段ボールハウスを転々としてるんですよ。ですので、その日によって、居る場所が違うんです」

「わかった。それで有働は現在、南公園内のどこかにいるんだね？」

「いまは、いません。夕方六時過ぎまで有働は雑居ビルの駐車場や機械室に身を潜めてるんですよ、毎日ね」

「そうなのか。表が暗くなってから、南公園に戻ってるわけだな？」

「ええ、そうです」

「おたくは有働に個人的な恨みがあるようだな」

「そうなんですよ。あの男が本庁の組対《そたい》にいたころ、管内で暴力団関係者が射殺されたんですが、有働はわれわれ所轄の強行犯係を軽く見て、殺人捜査で主導権を握りっ放しだったんです。被害者《マルガイ》がヤー公だったから、本庁組対が仕切っても仕方ないんですが、こっちは殺人捜査を多く手がけてきたんです。プライド、ずたずたですよ」

「そうだろうね。有働は警察内部の弱みを知ってるんで、でっかい面《つら》をしてきたんだ。上層部も奴を排除《はいじょ》したがってるんだよ」

「そうでしょうね」

「有働は町田で中国人女性を殺《や》って、友人の元刑事も金属バットで撲殺したんだ。必ず取っ捕まえて、刑務所《ムショ》にぶち込んでやる」

「ええ、早く奴を逮捕《パク》ってください」

波多野は受話器をフックに掛け、口から唾液《だえき》に塗《まみ》れたハンカチを吐き出した。

岸上は偽情報《ガセネタ》を真《ま》に受けた様子だった。誰か息のかかった者を新宿中央公園に急行させるにちがいない。

波多野は電話ボックスを出ると、急ぎ足で来た道を引き返した。覆面パトカーの助手席に乗り込む。相棒が顔を向けてきた。

「どうでした？」

「岸上は偽情報を少しも疑ってない感じだったよ」

波多野はそう前置きして、志帆に電話内容を喋った。

「リアリティーのある作り話ですね。それなら、岸上首席監察官は信じたでしょう」

「多分ね。新宿中央公園に向かってくれ。きっと誰かが南側の公園に現われるよ」

「ええ、そうでしょうね」

志帆がスカイラインを走らせはじめた。

覆面パトカーが数キロ進んだとき、波多野の懐で刑事用携帯電話《ポリスモード》が鳴った。発信者は馬場管理官だった。

「有働の潜伏先は、まだわからないのか?」

「ええ」

「成城署が捜査本部の設置を要請してきた。元刑事の伴内繁樹殺しも有働の犯行《ヤマ》と見てたらしいんだが、事件当夜、砧《きぬた》公園から黒いフェイスマスクを被った男が走り出てきたという目撃情報が寄せられたというんだよ。その不審者は身長が百七十センチ前後だったというから、明らかに有働とは別人だね」

「その怪しい奴が伴内繁樹を金属バットで撲殺したのかもしれません」

「ああ、おそらくね。そいつが目撃されたのは、伴内の死亡推定時刻内だったんだ。その男が予《あらかじ》め偽造指紋シールを使って凶器に有働の指掌紋を付着させてから、犯行に及んだんだろう。不審な男は両手にゴム手袋を嵌めてたという話だったからね」

「それなら、その男が伴内を殺害したんでしょう。それから、呉紅蓮《ウーホンリエン》を扼殺したのもそいつかもしれませんよ」

「有働が無実ならば、わたしは取り返しのつかないミスをしたことになるな。町田署の野中署長が有働の逮捕状を裁判所に請求するのを阻止できなかったわけだからね」

「捜査副本部長は野中署長なんですから、管理官が猛反対することはできなかったと思います」

「それにしても、わたしは捜査一課《う ち》の人間を庇い通すことができなかった。さぞ有働は、わたしを恨んでるだろうね」

「あいつは器《うつわ》のでっかい奴です。管理官が立場上、野中署長の意見に強硬には反対できなかったことは察してると思いますよ」

波多野は言った。

「そうだろうか」

「管理官、有働を信じてやってください。有働は〝問題児〟ですが、殺人《コロシ》まではやりませんよ。呉紅蓮はもちろん、親しくしてた伴内繁樹も殺すわけない。有働は十一カ月前に高輪署管内で死んだストーカーの死の裏に何かあると感じて、その事件を個人的に洗い直したんです。しかし、真相は暴《あば》けませんでした。有働は釈然としなかったので、警察学校で同期だった伴内にその事件のことを喋ったんです。伴内は事件に興味を持って、取材してたというんですよ」

「その話は、有働から聞いたのか？」

「ええ、そうです」

「その事件のことを詳しく教えてくれ」

馬場が促した。

波多野は短く迷ってから、松浪等の事件の詳細を語った。ただし、有働を吉祥寺のリースマンションの一室に匿っていることは明かさなかった。

「四谷中央署の副署長を務めてる立石警視正が夫人の傷害過失致死を隠蔽したくて、俠勇会宇神組の組員だった城島を身替り犯にした疑いがあるってことだね？」

「そうです。立石香苗の犯罪の揉み消しに一役買ったのが、警察庁の岸上首席監察官なんでしょう。岸上は準キャリですが、キャリアの親睦会『勇者の輪』の会合に出席してます。本庁の飯塚警務部部長が岸上をかわいがってるようですから、部長の引きでキャリアたちの会合に顔を出せるようになったのでしょうね」

「そうなんだろうな」

「飯塚部長は、立石の母方の伯父に当たる国会議員の芦川伸輔が警察官僚だった時代に世話になったようなんですよ。恩人の甥が妻の傷害過失致死で困惑してると知って、身替り犯を立てることを思いついたんでしょう」

「組員だった身替り犯の城島の〝自弁食〟に毒物を混入させたのは、誰なんだね？」

「まだ確証は摑んでいませんが、岸上の高校時代の後輩の新宿署生安課の名越隼人という刑事だと思われます。その名越はきょうは非番の日なんですが、午前中にキャリーケースを携《たずさ》えて独身寮を出ました」

「高飛びしたんだろうか」

「その可能性はあると思います」

「波多野君、有働に脅迫電話を何度もかけたのは岸上か名越という刑事なのか？」

「多分、岸上がボイス・チェンジャーを使って脅迫電話をかけたのでしょう」

「呉《ウー》兄妹は、なぜ始末されたんだ？　どちらも立石夫人がストーカーの松浪という男を死なせたことは知らないはずだがな」

馬場が言った。

「ええ。呉兄妹は、飯塚部長の弱みを知っていたのかもしれません。おそらく兄の許《シェ》光《クアン》が部長を強請《ゆす》ってたんでしょう。飯塚部長は妹の紅蓮《ホンリエン》にも自分の弱みを知られてしまったと思い、誰かに呉兄妹を葬《ほうむ》らせ、有働を紅蓮殺しの犯人に仕立てたんでしょう」

「飯塚部長の弱みとは何なんだね？」

「それは今夜中に突きとめるつもりです」

「そうか。キャリアと準キャリが結託してたなんて、前代未聞の話だ。きみの筋読み通りなら、世も末だな」

「ええ、そうですね」

波多野は言って、通話を切り上げた。

スカイラインが新宿中央公園に到着したのは五時四十分過ぎだった。

波多野たちは車を淀橋給水所の際《きわ》に駐《と》め、南公園に足を踏み入れた。ジャブジャブ池のある広場の近くの植え込みに身を隠す。

「ホームレスに声をかける奴がいたら、すぐ教えてくれ」

「はい。わたしは少し移動しますね」

志帆が灌木《かんぼく》を縫《ぬ》いながら、ゆっくりと離れていった。

波多野は夕闇を透かして見た。路上生活者たちが点々と見える。所在なげにベンチに腰かけている男が多いが、車坐になって酒盛りをしている連中もいた。

波多野は目を凝《こ》らしつづけた。

本庁警務部人事一課監察の尾形肇が園内に駆け込んできたのは、六時数分過ぎだった。

尾形はホームレスを見つけると、すぐ走り寄った。

波多野は植え込みから出た。遊歩道を抜き足で進み、尾形の背後に迫る。

「警視庁の者だが、三十代後半の大柄な男を段ボールハウスに泊めてやってる者がいるはずなんだ」

尾形が六十年配の男に話しかけた。

「そうなの？」

「そいつは指名手配犯なんだよ。レスラー並の大男を見たことは？」

「ないね、一度も」

「おかしいな。そいつは、ここに住んでる路上生活者に匿《かくま》われてるって情報が入ったんだよ」

「本当に見かけたことないって」

男がベンチから立ち上がり、足早に歩み去った。

波多野は尾形の肩を叩いた。無言だった。尾形が振り返る。すぐに表情を強張《こわば》らせた。

「警察庁《サッチョウ》の岸上首席監察官に頼まれて、この公園に有働力哉がいるかどうか確かめに来たんだな？」

波多野は先に口を開いた。

「そ、それは……」

「空とぼける気かっ。そっちも岸上に言われて、何か危《ヤバ》いことをしてたのか？」

「自分は法律に触《ふ》れるようなことは何もしていませんよ。岸上さんには日頃お世話になっているので、頼まれたことをやろうとしただけです」

「有働がこの公園にいたら、岸上に連絡することになってたんだろう？」

「は、はい」

尾形がうなだれた。そのとき、志帆が駆けてきた。

「本庁人事一課監察の尾形だよ。岸上に頼まれて、ここに来たそうだ」

波多野は相棒に言った。

「この彼も一連の事件《ヤマ》に関わってるのでしょうか？」

「そのあたりのことを町田署の捜査本部でじっくり聴取させてもらおう」

「自分は疚《やま》しいことは何もしていません。本当です。ですんで、任意同行には応じられませんよ」

「そうか。なら、岸上に電話してもらう。それも拒むんだったら、疑わしいな」

「わかりました」

尾形が岸上に電話をかけた。

通話可能状態になった。波多野は尾形の官給携帯電話を引ったくって、自分の耳に当てた。

「罠に引っかかったな」

「誰なんだ⁉」

「捜一の波多野だ。あんたが身替り犯の城島を高輪署に出頭させて、新宿署の名越に毒を盛らせたのかっ。呉《ウー》兄妹と伴内繁樹を誰かに始末させ、有働に濡衣を着せた。そうなんだな！」

「なんの話なのか、さっぱりわからないな」

「往生際が悪いぞ。あんたが立石と飯塚に恩を売っといて損はないと考え、十一カ月前のストーカー殺しの隠蔽工作に手を貸したことはわかってるんだ」

「どれも身に覚えがないね」

岸上がうそぶき、唐突に電話を切った。すぐに電源はオフにされた。

「岸上さんは何をやったんです？」

尾形が訊いた。

「じきにわかるさ」

「二人のキャリアの名前も出てきましたが……」

「もう帰ってもいい」

波多野はポリスモードを尾形に返した。尾形は何か言いかけたが、無言で公園の出入口に足を向けた。

「彼は本当に一連の事件にはタッチしてないんでしょうか？」

志帆が口を開いた。

「そう思っていいだろう。尾形は警察庁の首席監察官の使いっ走りをして、少し点数を稼ぎたいと考えてたんだろう。そんな男には犯罪《ヤマ》を踏む度胸はないよ」

「でしょうね。それはそうと、岸上をあそこまで揺さぶってもいいんですか。敵は焦って、有働さんに殺し屋《プロ》を差し向けるかもしれませんよ」

「危険な賭けだが、あれぐらいのインパクトを与えないと、立石も飯塚も燻《いぶ》り出せないだろう」

「そうなんでしょうけどね」

「どこかで夕飯を喰ったら、さくら通りの『来香《ライシャン》』に行ってみよう」

波多野たちは公園を出て、スカイラインに乗り込んだ。

新宿駅の東口に回り込み、和風レストランで早めの夕食を摂《と》った。喫茶店で午後八時過ぎまで時間を潰《つぶ》し、『来香』を訪ねた。

ママの王莉菲《ワンリーフィ》は、まだ店に顔を出していなかった。波多野たちは警察手帳を呈示し、十二人の中国人ホステスから事情聴取した。

彼女たちは本庁警務部部長の飯塚が店の上客であることはすぐに認めたが、ママの莉菲と愛人関係にあるかどうかは一様《いちよう》に言葉を濁《にご》した。

波多野は偽装国際結婚のことを持ち出す気になった。ちょうどそのとき、ママが店にやってきた。莉菲は満三十三歳のはずだが、若々しかった。どう見ても二十代だ。

目鼻立ちが整い、肢体《したい》は肉感的だった。ママは波多野たちが刑事とわかると、二人を奥の事務室に導いた。波多野は志帆と長椅子に並んで腰かけた。

「店で働いてる娘《こ》たちは、みんな日本人男性と結婚しています。不法入国者はひとりもいませんよ。わたしは中国籍ですけど、ちゃんと外国人登録証を持っています」

莉菲が流暢《りゅうちょう》な日本語で言って、波多野の前に坐った。香水が強く匂った。かたわらの志帆が少しむせた。

「あなたと飯塚保は親密な関係なんでしょ？」

波多野は単刀直入に質問した。

「飯塚さんは、お店のいいお客さんです。上客ですけど、わたしたちは男女の関係ではありません」

「捜査に協力してもらえないんだったら、ホステスさんたちの国際結婚が偽装かどうか徹底的に調べることになりますよ」

「あなた、わたしを脅してるの？　そうなら、飯塚さんに言いつけることになるけど、それでもいいのねっ」

「開き直ったか。こっちは飯塚部長をもっと困らせる切札を持ってるんだ」

「切札って、何なの？」

「そんなことより、店の女の子たちの国際結婚のことをとことん調べてもいいのかな。結婚相手とはそれぞれが数日だけ同居して、いまは別々に暮らしてる。そうだね？　全員とは言わないが、ホステスたちの大半が高齢の日本人男性と偽装結婚したことはわかってるんだっ」

「………」

「黙り込んだな。飯塚部長がホステスたちの不正入国に手を貸したことが表沙汰になれば、この店は営業できなくなるだろう」

「それは困るわ。とても困ります」

「ママは、飯塚部長といい仲なんでしょ？　つまり、愛人関係なのよね？」

志帆が口を挟んだ。

「ええ、まあ」

「いつから深いつき合いをしてるの？」

「もうじき二年になります」

「飯塚部長からお手当を貰ってるのかな？」

「金銭的な援助は受けてません。でも、彼にはいろいろよくしてもらっているから
……」

「ホステスさんたちの偽装国際結婚のお膳立てをしてもらったり、日本人組員が店に近づかないようにしてもらってるわけね？」

「どう答えればいいのか、返事に困ってしまうわ」

「その答えで充分よ。ところで、呉許光《ウーシェクアン》のことは知ってるんじゃない？　もう殺されてしまって、この世にはいないけど」

「彼は一年ちょっと前まで、この店の用心棒でした。でも、呉はお店の女の子に手をつけたり、遊ぶお金をせびったりしてたんで、クビにしたんですよ」

「ママが直接、呉許光を辞めさせたの？」

「女のわたしでは言うことを聞いてくれないと思ったんで、彼に、飯塚さんに代わりに解雇を言い渡してもらったんです」

「呉はおとなしく引き下がったのかな？」

波多野は相棒よりも先に言葉を発した。

「ええ、一応ね。でも、呉許光《ウーシェクアン》は先々月、飯塚さんに五千万円の口止め料を出せって言ったんです。店の女の子たちの不正入国に飯塚さんが手を貸したことと、わたしを愛人にしてるのを内緒にしといてやるからと言ってね」

「で、飯塚はどうしたんだ？」

「お金はそのうち都合すると呉には言ってたみたいだけど、五千万を払う気はないようだったわ」

「飯塚は誰かに呉を生きたまま、霞ヶ浦に投げ込ませて溺死させたんだな？」

「よく知らないけど、そうみたいね」

「呉の妹まで殺したのは、どうしてなんだ？」

「それが事実かどうかわからないけど、呉は五千万を要求したとき、妹の紅蓮《ホンリエン》に飯塚さんの弱みを教えてあると言ったらしいの。だから、飯塚さんは呉兄妹を片づけなければと考えたんでしょうね」

莉菲《リーフィ》が肩を落とした。

「兄妹を殺した実行犯、おおよその見当はついてるんじゃないのか？」

「いいえ、わからないわ」

「飯塚がここに立石や岸上を連れてきたことは？」

「その二人は三、四回来たわね」

「ほかに飯塚は警察の人間を誰か連れてこなかった？」

「新宿署生活安全課の名越って刑事さんを一度連れてきて、店でトラブルがあったら、その彼をすぐ呼びなさいと……」

「そうか。われわれがここに来たことは飯塚には言わないでくれ。もし喋ったら、すぐに店は廃業に追い込まれるよ」

「わたし、余計なことは何も喋りません」

「ああ、そうしてくれ」

波多野は莉菲に言って、すっくと立ち上がった。志帆も腰を浮かせた。事務室を出ると、相棒が小声で言った。

「呉紅蓮と伴内繁樹さんを殺害したのは、新宿署の名越刑事なんじゃないかしら？　呉許光を溺死させたのは、名越が集めた暴力団関係者かもしれませんよ」

「こっちも、そう思いはじめてたんだ。引き揚げよう」

波多野は店の出入口に向かって大股で歩きだした。志帆が小走りに追ってくる。

二人は『来香《ライシャン》』を出ると、エレベーターに乗り込んだ。

5

小さな背中が白い泡で隠れた。

有働はボディーソープを吸った浴用タオルで、翔太の背を擦《こす》っていた。

吉祥寺のリースマンションの浴室だ。午後九時過ぎだった。出前のミックスピザを一時間ほど前に食べ、ひと休みしてから一緒に風呂に入ったのである。

「おじさん、ちょっと背中が痛くなってきたよ。ママみたいに優しくタオルを動かして」

翔太が言った。

「ごめん、ごめん！　ソフトに擦ってるつもりだったんだが、つい力が入っちゃったんだろうな」

「そうなの。いまぐらいが丁度いいよ。おじさんに喧嘩の仕方を教わったから、ぼく、もう将大なんかに負けないからね」

「男は、やるときはやらなきゃな。相手が五つだからって、ビビっちゃ駄目だぞ。おじさんが教えた通りにやれば、翔太君は必ず勝てるよ。自信を持つんだ」

「うん、わかった」

「背中以外は自分で洗えるな？」

「洗えるさ。ぼくは、もう赤ちゃんじゃないからね」

「そうだよな。それじゃ、後は自分で洗ってくれ。大事なとこも、よく洗うんだぞ」

「あっ、ママと同じことを言った！」

「もっと小さいころは、お母さんにチンチンも洗ってもらってたんだろ？」

「うん、そう。でも、ずっと前のことだよ。おじさんの大事なとこ、すごくでっかいね。それに、毛がもじゃもじゃだ」

「大人だからな。翔太君も大きくなったら、おじさんと同じようになるよ」

「やだよ、ぼく」

「大人になっても、いまのままでいいか？」

「うん」

「そうか。手脚《てあし》や胸なんかもしっかり洗えよ」

有働は泡だらけのタオルを翔太に渡し、湯船に巨体を沈めた。湯が大量に洗い場に零《こぼ》れた。洗い場の排水口が音をたてはじめた。

「うわっ、洪水だ！　ぼく、溺れちゃうよ」

翔太がはしゃいだ。

有働は何か仄々《ほのぼの》とした気持ちになった。三十一、二歳で結婚していたら、翔太と同じ年頃の子供の父親になっていたかもしれない。

二十代のころは幼児が苦手だった。どの子を見ても、愛くるしいとは感じなかった。しかし、翔太は別だ。懸命に虚勢を張っている姿がほほえましい。男は見栄を張れなくなったら、もう終わりだ。何も魅力がなくなる。

翔太に甘い点数をつけるのは、母親の志帆に強く魅《み》せられているせいか。永遠《とわ》の愛があるのかどうかはわからない。それは幻想のような気もするが、いまは志帆を独《ひと》り占めにしたいという想いが募《つの》っている。

「本気で惚れちまったんだろうな」

有働は無意識に声に出して呟いた。

「えっ、何？」

「なんでもない。独り言だよ」

「そう。ぼくさ、初めは有働のおじさんのことはあまり好きじゃなかったんだ」

「いまは？」

「だんだん好きになってきたよ。おじさんは強そうだからね。強いと、カッコいいよ」

「それだけか?」

「体がでっかくて少し怖い感じだけど、わりかし優しいよね? それも好き!」

「別段、優しくはないよ。普通さ」

「ママは、おじさんのことを何とかって英語で言ってたな。シェーッじゃなくて、えーと……」

「シャイか?」

「うん、それ! 有働のおじさんは照れ隠しに乱暴な口をきくけど、他人《ひと》の気持ちがよくわかる男性《ひと》だって言ってたよ」

「ふうん」

「ママも、ぼくみたいに有働のおじさんのことを好きになりはじめたのかもしれないな」

「だけど、お母さんは波多野のおじさんのことが好きなんだろ?」

「うん、そうみたい。でも、波多野のおじさんのことはケイアイとかソンケイしてるんだって」

「敬愛と尊敬だな。ラブじゃなくて、リスペクトしてるってわけか」

「ぼく、おじさんが喋ったこと、よくわからないよ」

「ごめん、また独り言なんだ。翔太君は、波多野のおじさんが大好きなんだよな？」

「うん、そう！　でも、有働のおじさんもそのうちに波多野のおじさんと同じくらい好きになると思うよ。ぼく、そんな気がしてるんだ」

「そうなったら、嬉しいな。おじさんも翔太君のことは大好きだからさ」

「両方のおじさんがね、代わりばんこにぼくのパパになってくれればいいんだよ」

「それは無理だな。お母さんは二人の男とは再婚できないんだ」

「そうなの。だったら、ママはどっちとも結婚しないで、二人のおじさんと山崎団地で暮らせばいいんだ」

「世の中には、いろいろ面倒臭いルールがあるんだよ」

「ふうん」

翔太がシャワーで全身の泡を洗い落としはじめた。有働は足《た》し湯をし、浴槽から出た。

翔太が湯船に浸《つ》かり、先に浴室を出た。

有働は頭髪と体を手早く洗って、二分ほど浴槽に入った。風呂から上がり、リビングに移る。

翔太はリビングソファに腰かけ、ぼんやりとテレビを観《み》ていた。お笑い番組だ。

「あれ、まだパジャマに着替えてないのか？」

「おじさん、忘れちゃったの？　お風呂に入った後、明日《あした》食べる物を一緒にコンビニに買いに行こうって約束したじゃないか」

「おっと、そうだったな」

「ぼく、チョコバーと小倉《おぐら》アイスを買ってほしいな。ママはどっちか一つにしなさいって言うに決まってるけど、おじさんはそんなことは言わないでしょ？」

「ああ、言わないよ。欲しい物があったら、なんでも買ってやる。でも、お母さんには黙ってるんだぞ」

「うん、わかった。すぐコンビニに行く？」

「ちょっと一服させてくれよ」

有働は冷蔵庫に歩み寄り、冷えた缶ビールを取り出した。湯上がりには、やはりビールが一番だ。

リビングソファに腰かけ、缶ビールを呷《あお》る。うまかった。ほとんど一気に飲んでしまった。ロングピースを一本喫《す》ってから、志帆の愛息と部屋を出る。

有働は翔太の小さな手をしっかと握りながら、歩廊《ほろう》をうかがった。怪しい人影は目に留《と》まらない。安堵《あんど》して、エレベーターの函《ケージ》に乗り込む。

コンビニエンスストアは、リースマンションの七、八軒先にある。有働は翔太の手を引きながら、店まで歩いた。

「おじさん、欲しい物をこれに入れてもいいんだよね？」

翔太が備《そな》え付けの籠《かご》を両手で持ち上げた。

有働は笑顔を返した。翔太が嬉々《きき》とした顔で陳列台の間に入っていく。籠がやけに大きく見える。

有働は自分も籠を手にして、翌日用の食べ物を選びはじめた。菓子パン、カップ麺《めん》、スナック菓子、数種の飲料水などを籠に入れ、目で翔太の姿を確認する。翔太は冷凍ケースを覗き込んでいた。小倉アイスを探しているのだろう。

有働は缶ビールを半ダース買い、数種類のつまみも籠に入れた。煙草をワンカートン買うためにレジに向かう。

店内を見回すと、翔太の姿が見当たらない。陳列台の前でしゃがみ込んでいるのか。

有働は籠を提《さ》げ、店の中をくまなく巡《めぐ》った。

だが、翔太はどこにもいなかった。有働はレジカウンターに走り、若い男性店員に声をかけた。

「四歳ぐらいの男の子が店から出ていかなかった？　おれと一緒に店に入ったんだが、

いなくなっちゃったんだ」

「その子なら、少し前に外に出て行きましたよ。店の前で酔っ払い同士が何か言い争ってたんで、表の様子が気になったのかもしれませんね。多分、店の近くにいると思います」

「すぐに戻ってくるよ。これは後で精算するから、カウンターの前に置いといてもいいね？」

「はい」

店員が快諾《かいだく》した。有働は商品の入った籠を床に置き、すぐ表に出る。

店の前には、十代後半の少年たち四人が坐り込んで談笑していた。

「店から出てくる子供を見なかったかい？　四つの男の子なんだが……」

有働は翔太の人相着衣を少年たちに教えた。すると、茶髪《ちゃぱつ》の少年が口を開いた。

「その子なら、黒いキャップを被《かぶ》った三十代ぐらいの男に声をかけられて、一緒に従《つ》いていったな」

「どっちの方向だ？」

有働は早口で問いかけた。

少年がリースマンションのある方を指さした。有働は礼を言って、勢いよく走りだした。リースマンションのはるか先まで駆けてみたが、翔太を見つけることはできなかった。有働は道沿いの商店の人たちや通行人に声をかけてみた。

しかし、結果は虚《むな》しかった。悪い予感が生まれた。

翔太は、たまたま幼児連れ去り事件に遭《あ》ってしまったのか。そうではなく、一連の事件に関与している者が翔太を拉致《らち》したのだろうか。後者なら、志帆の息子は囮《おとり》にされたのだろう。有働は慄然《りつぜん》とした。

どちらにしても、自分の不注意だ。志帆に申し訳ない気持ちだが、いま彼女に翔太の行方がわからなくなったと伝えてもいいのか。いたずらに不安にさせるだけだろう。もう少し様子を見守るべきかもしれない。

思い迷っていると、懐で刑事用携帯電話が鳴った。有働は道端にたたずみ、急いでポリスモードを取り出した。

ディスプレイを見る。

発信者のナンバーは、非通知になっていた。禍々《まがまが》しい予感を覚えた。

有働は通話終了ボタンをタップし、機先を制した。

「誰なんでえ！　なめた真似をすると、ぶっ殺すぞ」

「保科志帆の息子を預かった」

例の脅迫者の声だった。いつものようにボイス・チェンジャーを使っている。

「岸上だな？」

「その質問には答えられない。保科翔太を殺されたくなかったら、こちらの命令に従え！」

「子供を人質に取るなんて、卑怯《ひきょう》じゃねえかっ。おれはどこにでも行く。だから、翔太をすぐ解放してやってくれ」

「それはできない。いまから二十分以内に井の頭公園に来い。池の畔《ほとり》に弁天堂《べんてんどう》がある。その前に子供はいるよ。言うまでもないことだが、きさまひとりで来るんだ。いいな？」

「わかった。必ずひとりで行くから、人質には何もするなっ」

有働は電話を切ると、駆けはじめた。吉祥寺駅前通りを走り、五、六分後に園内に入った。池の北側だ。人っ子ひとりいない。

池を回り込み、第二パークサイドマンションの脇を通過する。水生物館を左手に見ながら、池の反対側に回った。ほどなく左側に弁天堂があった。弁財天を祀《まつ》った祠《ほこら》だ。

「早かったですね」

暗がりから、黒いキャップを被った名越隼人が現われた。

その横には、翔太が立っている。名越は両刃のダガーナイフを翔太の首に寄り添わせていた。

「てっきり高飛びしたと思ってたぜ」

「そう見せかけて、必死に都内のリースマンションの借り主を調べたんですよ。本庁捜一の波多野警部は、高円寺と吉祥寺の二カ所に家具付きの部屋を借りてた。それで、有働さんの潜伏先を突きとめたってわけですよ」

「おまえは、おれの味方だと思ってたぜ」

「そう見せかけなきゃ、こっちが怪しまれるでしょ？〝ヤーバー〟に付着してた有働さんの指掌紋のことまで話したのは、サービスしすぎだったかな。偽の指紋シールのことは黙ってるべきでした」

「おまえがおれの自宅マンションに忍び込んで、一年も前に義仁組から押収したタイ製の服《の》む覚醒剤《シャブ》を置いてったんだな？」

有働は確かめた。

「ええ、そうです」

「呉紅蓮《ウーホンリエン》と伴内を殺《や》ったのも、てめえなんだろうが！　呉許光《ウーシエクアン》は、どこかのヤー公に始末させたんだな？」

「いい勘してますね。許光を水死させたのは、横浜の港友会《こうゆうかい》を破門された三人の元構成員ですよ。そいつらは、もう日本にいません。東南アジアの某国に潜《もぐ》りました」

「おまえが警察庁《サッチョウ》の岸上の飼い犬に成り下がってたとはな。準キャリの岸上は立石の女房の傷害過失致死を揉み消し、本庁の飯塚警務部部長の弱みを消してやってキャリア扱いしてもらいたかったんだろうが、人間が甘いな。岸上は二人のキャリアにうまく利用され、おまえも首席監察官に上手に使われただけさ」

「そんなことはない。飯塚部長は岸上さんをキャリア扱いし、一般警察官《ノンキャリア》の自分には異例のスピード昇進を約束してくれたんだ」

「だから、身替り犯の城島賢次が『一膳屋』から出前させた和風弁当のおかずに青酸化合物を混入したんだな？」

「それも見抜いてたのか⁉」

「てめえは大甘《おおあま》だ。何人もの人間を殺《や》った実行犯を本気で岸上、立石、飯塚の三人が面倒見てくれると信じてたんなら、救いようのない世間知らずだな。間抜け野郎だ」

「有働！」

「呼び捨てか。上等、上等！　岸上におれを刺し殺せって言われたんだな？」

「そうだよ」

名越が翔太を突き倒し、ダガーナイフを腰撓《だ》めに構えた。翔太が泣き叫びはじめた。

有働は翔太を自分の後ろに庇《かば》い、名越の腹を蹴った。

名越が呻いて、前屈《まえかが》みになった。次の瞬間、彼の体が横に吹っ飛んだ。まるで突風に煽《あお》られたような倒れ方だった。

左側頭部を撃ち抜かれていた。身じろぎもしない。

銃声は聞こえなかった。近くに消音型拳銃を持った岸上がいるにちがいない。

有働は素早く翔太を横抱きにした。

そのとき、頭上を銃弾が疾駆《しっく》していった。左側の遊歩道に岸上が立っていた。両手で保持しているのは、マカロフPbだろう。

有働は翔太を横抱きにしたまま、遊歩道の向こう側の林の中に逃げ込んだ。

林は広い。公園通りを挟んで、広範囲に樹木が連《つら》なっている。左手は恩賜《おんし》公園西園だ。

岸上が猛然と追ってきた。

しかし、樹木が多くて発砲はできない。しかも暗かった。

有働は翔太を泣き止ませ、樫《かし》の太い枝に跨《また》がらせた。地上二メートル以上の高さだった。

「おじさん、怖いよ」

「しーっ！　両手で幹《みき》にしがみついて、じっとしてるんだ」

「こうしてれば、ぼく、またママに会える？」

「ああ、会えるさ。いい子だから、言われた通りにしてくれな」

「わかったよ。おじさん、早く悪い奴を捕まえて」

翔太が囁《ささや》き声で言った。

有働は翔太から三十メートルほど離れ、使い捨てライターの火を点けた。誘いだった。

案《あん》の定《じょう》、岸上が猟犬のように勢い込んで走ってきた。有働はライターの炎を消し、横に五メートルほど移動した。

屈み込み、枯れ枝を拾う。それを投げた。

枯葉が小さな音をたてた。陽動作戦だ。

「くたばれ！」

岸上が高く叫び、連射してきた。放たれた弾《たま》が樹幹《じゅかん》にめり込み、枝葉を舞わせる。

じきに弾が切れた。有働は立ち上がり、逃げる岸上を追った。

距離が縮まった。岸上が何かにつまずいて、前のめりに倒れた。

有働は岸上の背中に跳《と》び乗った。岸上が動物じみた声を発した。有働は岸上の後頭部を五、六度、強く踏みつけた。そのつど、岸上は呻いた。

有働は岸上の右手からマカロフPbを奪い取り、銃把《グリップ》の角で頭部を力まかせに撲《う》った。

岸上が悲鳴を洩《も》らした。

有働は岸上の腰から手錠を引き抜いた。すぐに後ろ手錠を掛け、両足首を靴の踵《かかと》で三度ずつ踏み潰《つぶ》す。

岸上が女のような声で苦痛を訴え、体を左右に振った。もう逃げられないだろう。

「準キャリで充分じゃねえか。つまらねえことで高望みするから、人生、終わっちまうんだっ」

有働は岸上の脇腹を蹴り、翔太のいる場所に駆け戻った。

「おじさん、悪い人は捕まえたの？」

「ああ、取っ捕まえた。まだ動くなよ」

「うん」

翔太が顔だけを有働に向けた。

有働は両腕を高く伸ばし、翔太を優しく抱き取った。

「ぼく、コアラみたいだね。おじさんは強いんだな。ママとぼくをずっと護《まも》ってよ」

「お母さんと波多野のおじさんがいいって言ったらな」

「ぼく、ママと波多野のおじさんに頼んであげるよ。やっぱり、新しいパパは誰よりも強くなくちゃね」

「話が合いそうだな」

有働は翔太の頭を撫《な》で、電話で上司の波多野に応援要請をした。通話を切り上げ、志帆に詫《わ》びの電話をかける。

有働は事の経過を伝え、翔太に怖い思いをさせたことを幾度も謝罪した。

「二人が無事なら、それでいいの。早く翔太の顔を見たいわ。もちろん、有働さんの顔もね。波多野さんと井の頭公園に急行します。あっ、その前に息子の声を聴《き》かせてもらえます？」

「いいお母さんだな」

「当然でしょ、母親ですもの」

「ますます惚れたよ」

「えっ⁉」

「迷惑か？」

「そんなこと……ないわ」

「脈ありか？」

「大ありです」

「からかうなって」

「こんなこと、冗談では言えないでしょ？」

志帆の声には、はじらいがにじんでいた。

有働はポリスモードを翔太に渡し、指を高く打ち鳴らした。


翌日の夕方である。

有働は波多野、志帆、翔太の三人と原町田六丁目にある鮨屋『久須木《くすき》』の二階の予約席で飲食をしていた。

前夜に名越を射殺した警察庁の岸上首席監察官は観念し、一連の事件に深く関与していたことを全面的に自供した。岸上に凶行を強《し》いたのは、本庁警務部部長の飯塚と四谷中央署副署長の立石の二人だった。

飯塚と立石は示し合わせて今朝《けさ》未明にそれぞれ東京を発ち、伊豆下田《しもだ》駅前で落ち合った。そして二人は石廊崎《いろうざき》の断崖で向かい合わせに立ち、互いの心臓部に官給拳銃の銃口を向けた。しかし、どちらも引き金は絞れなかった。

波多野たち捜査班の八人は投身自殺を図りかけていた飯塚と立石を発見し、殺人教唆《きょうさ》の容疑で緊急逮捕した。

町田署に連行された二人は波多野警部が岸上の供述調書を読み終えると、子供のように泣き崩れた。どちらも岸上の出世欲につけ入り、巧《たく》みに汚れ役を引き受けさせたことを認めた。狡猾《こうかつ》な岸上も、高校の後輩である名越刑事に実行犯を押しつけた。

「岸上、飯塚、立石の三人を伴内の遺骨の前でぶっ殺してやりたかったよ」

有働は波多野に言って、ビールを呷《あお》った。

「おまえの気持ちはわかるが、法治国家なんだ。三人を私的に裁くことはできない」

「班長《ハンチョウ》、わかってるって。そうしたいぐらい腹立たしいんだよ。伴内は、とばっちりを受けて名越の野郎に撲殺されてしまった。あいつに申し訳なくてね」

「その気持ちをずっと背負いつづけてれば、伴内繁樹はきっと赦《ゆる》してくれるだろう」

「わたしも、そう思うわ」

志帆が波多野に同調した。すかさず山葵《わさび》抜きの握り鮨を頬張っていた翔太が、高く片手を挙げた。

「よくわかんないけど、ぼくもママに賛成！」

「翔太君は、お母さんが大好きだからな」

「ぼく、有働のおじさんも大好きになったよ。波多野のおじさんもね。みんな、大好きだよ」

「そうか、そうか」

「有働のおじさん、もう隠れなくてもいいんでしょ？」

「ああ。おじさんな、悪いことをしたと疑われてたんだよ。でも、本当に悪いことをした奴らが捕まったんで、もう逃げ回らなくてもよくなったんだ」

有働は喋りながら、昼間、野中署長と田丸刑事課長が捜査本部で土下坐した光景を思い出していた。

逃亡中、彼は署長たちに腹を立て、烈《はげ》しく憎んでいた。しかし、野中たち二人が恥も外聞もなく謝罪する姿を目にして、水に流す気になった。

「馬場管理官は明日中に岸上たち三人の送致手続きを済ませてくれと言ってた」

波多野が告げた。

「それじゃ、明日の夕方には捜査本部《チョウバ》は解散だな。寂しくなるな」

「ええ、わたしも」

有働の言葉に志帆の声が重なった。

「二人は個人的に会えばいいじゃないか」

波多野が言った。

「え？　係長《ハンチョウ》、おれが保科にちょっかい出してもいいの？」

「もう出してるんじゃないのか。え？　話は逸《そ》れるが、昨夜《ゆうべ》、元妻の夢を見たんだ。別れた悠子《ゆうこ》はおれが仕事にかまけてばかりいるんで年下の男の許《もと》に走って再婚したわけだが、関東医科大のベッドで余命いくばくもないのに、懸命に命の灯を燃やしつづけてる。彼女が妙にいとおしく思えてな。悠子はもう他人の奥さんなんだが、まだ彼女に未練があるのかもしれない」

「係長《ハンチョウ》、そういう屈折した優しさはよくねえよ。浪花節《なにわぶし》はやめてほしいな」

「有働、曲解しないでくれ。本当に悠子が愛《いと》しく思えるんだよ。なんとか年を越すまで生きててほしいね。なんだか急に悠子の顔が見たくなったな」

「波多野さん、ごめんなさい。わたし、いつの間にか……」

志帆が済まなそうな表情で頭を下げた。

「こっちに謝ることなんかないさ。わたしは、殉職した保科君の代役の真似事をしただけなんだから。有働は本気できみと翔太君を見守ってやりたいと思ってるようだから、困ったことがあったら、相談するといいよ」

「波多野さんのご親切には、深く感謝してます。いろいろありがとうございました」

「保科君よりもルックスは落ちるが、有働はいい奴だよ。鯣《するめ》みたいに嚙めば嚙むほど味が出てくる。できるだけ長くつき合ってみるんだね。今夜は不作法だが、中坐させてもらうよ」

波多野がにこやかに言って、静かに立ち上がった。翔太が不安顔を波多野に向けた。

「先に帰ってもいいけど、おじさん、ママやぼくのことを嫌いにならないで」

「嫌いになんかなるもんか」

「本当だね。それなら、町田署《カイシャ》が休みのときに有働のおじさんと一緒にぼくんちに遊びに来てよ。ママにカレーライスを作ってもらうから、四人で食べない？」

「ああ、そうしよう。いつか有働のおじさんと一緒に翔太君の家に遊びに行くよ」

「約束だよ。嘘ついたら、針千本飲ましちゃうからね」

「おじさんが波多野警部を引っ張って、必ず翔太君の家に行くよ」

有働は翔太の小さな肩を抱き寄せた。

波多野が志帆に目顔で別れを告げ、テーブル席から離れていった。有働は波多野の粋な計らいに感謝しながら、男のダンディズムを学んだ気がしていた。

「もう少し飲まないと、ぎこちなさが消えないわね」

志帆がビール壜《びん》を持ち上げた。有働はビアグラスを傾け、すぐに志帆のグラスを満たした。

「もう一回、乾杯しようよ」

翔太がオレンジジュースのグラスを摑み上げた。有働と志帆は、ほぼ同時にグラスを手に取った。

三つのグラスが触《ふ》れ合った。当分、夜遊びは控えよう。

有働はそう考えながら、ビールをひと息に飲み干した。

本作品はフィクションであり、実在の
個人・団体などとは一切関係がありません。

二〇〇九年十月祥伝社文庫刊
『嵌められた警部補』を改題。
再文庫化に際し、著者が大幅
に加筆をしました。

実業之日本社文庫　最新刊

倉阪鬼一郎
おもいで料理きく屋　大川あかり
おきくと幸太郎の夫婦が営む料理屋「きく屋」。常連の提案で、大切な人との思い出の味を再現した料理を出すことに。それには思いもよらぬ力があり――。
く4 14

知念実希人
幻影の手術室　天久鷹央の事件カルテ　完全版
手術後のオペ室で医師が死亡した。その容疑者は……鴻ノ池⁉　部下の窮地に天久鷹央が動き出す。書き下ろし掌編「鴻ノ池の笑顔」収録の完全版。
ち1 202

知念実希人
密室のパラノイア　天久鷹央の推理カルテ　完全版
誰も入れない密室で起きた「溺死」。病院理事長の息子は、なぜ不可解な死を遂げたのか……？　書き下ろし掌編「小鳥遊先生、さようなら」収録の完全版。
ち1 103

葉月奏太
癒しの湯　純情女将のお慰め
雪景色を眺めながら、吾郎は列車に揺られていた。突然、札幌に転勤になったのだ。10年ぶりに訪れた温泉旅館には、あの純情美人女将が…。大人気温泉官能！
は6 16

南 英男
夜の罠　捜査前線
殺したのは俺じゃない！――元マル暴で警視庁捜査一課警部補の有働力哉が目覚めると、隣には女の全裸死体が。殺人容疑者となった有働に罠を掛けた黒幕は⁉
み7 32

睦月影郎
美人母娘の蜜室
大学生の文夫に憧れの先輩と懇ろになるチャンスが来た。期待に胸を膨らませ部屋に向かう途中、彼女がその場に立ちすくむ。そこには二人の美女がいて……。
む2 19

実業之日本社文庫　好評既刊

南英男
特命警部　狙撃
新宿の街で狙撃された覆面捜査官・畔上拳。本人は助かったが、流れ弾に当たって妊婦が死亡。その夫は畔上を逆恨みし復讐の念を焦がす……シリーズ第3弾！
み7 6

南英男
特命警部　札束
多摩川河川敷のホームレス殺人の裏で謎の大金が動いていた――事件に隠された陰謀とは!?　覆面刑事が闇に葬られた弱者を弔い巨悪を叩くシリーズ最終巻。
み7 7

南英男
報復の犬
ガソリンで焼殺された罪なき弟。復讐の狂犬となった、元自衛隊員の兄は犯人を追跡するが、逆に命を狙われ……壮絶な戦いを描くアクションサスペンス！
み7 8

南英男
探偵刑事《デカ》
警視庁特命対策室の郡司直哉は探偵稼業を裏の顔に持つ刑事。正義の男の無念を晴らすべく、手段を選ばぬ怒りの鉄拳が炸裂。書下ろし痛快ハードサスペンス！
み7 9

南英男
捜査魂
誤認逮捕によって警視庁のエリート刑事から新宿署生活安全課に飛ばされた生方猛が、さらに殺人の嫌疑をかけられ……刑事の誇りを賭けて、男は真相を追う！
み7 10

実業之日本社文庫 み 7 32

夜《よる》の罠《わな》 捜《そう》査《さ》前《ぜん》線《せん》

2023年12月15日　初版第1刷発行

著　者　南《みなみ》 英男《ひでお》

発行者　岩野裕一
発行所　株式会社実業之日本社
〒107-0062　東京都港区南青山6-6-22 emergence 2
電話 [編集]03(6809)0473 [販売]03(6809)0495
ホームページ https://www.j-n.co.jp/
ＤＴＰ　株式会社千秋社
印刷所　大日本印刷株式会社
製本所　大日本印刷株式会社

フォーマットデザイン　鈴木正道(Suzuki Design)

ISBN978-4-408-55857-8（第二文芸）